KB052897

Falling Into You

폴 링 인 투 유

폴링 인투 유

1판 1쇄 찍음 2017년 7월 19일
1판 1쇄 펴냄 2017년 7월 26일

지은이 | 고여운
펴낸이 | 고운숙
펴낸곳 | 봄 미디어

기획·편집 | 김민지, 김지우, 홍주희, 김현주
표지 디자인 | 김수지

출판등록 | 2014년 08월 25일 (제387-2014-000040호)
주소 | 경기도 부천시 원미구 소향로17, 304(두성프라자)
영업부 | 070-5015-0818 편집부 | 070-5015-0817 팩스 | 032-712-2815
E-mail | bommedia@naver.com
소식창 | http://blog.naver.com/bommedia

값 9,000원

ISBN 979-11-5810-352-1 03810

Falling Into You

폴 링 인 투 유 고여운 장편소설

Contents

프롤로그

거나하게 취한 선배가 지수의 곁에 앉아 잔을 채워 주었
다. 이미 한 잔을 깨끗이 비웠음에도 한 번은 정 없다며 더
마시라고 강요하는 모양새가 대책 없었다. 빨리 마시고 다른
데로 보내라는 동기들의 눈치에 지수는 눈을 질끈 감고 폭
탄주를 연달아 원샷했다. 늦은 밤부터 시작된 술자리는 끝을
모르고 이어졌다.

평소 술자리에서 자주 볼 수 없는 선배들까지 성현의 송별
회에 참석한 까닭에 K대 인근에서 가장 큰 호프집은 만석이
었다. 주인공인 그의 곁은 교수님과 여자애들로 둘러싸여 있
었다. 그중, 단연 그가 제일 돋보였다.

지금까지 과 톱을 놓치지 않았던 성현은 머리만 좋은 게

아니라 외모 또한 매우 출중했다. 180cm는 되어 보이는 훤칠한 키에 철저한 자기 관리로 탄탄한 몸매까지 갖췄으니, 주변에 여자들이 넘쳐 나는 것은 당연한 것이었다.

하지만 그는 다가오는 여자들에게 눈길 한 번 주지 않을 뿐만 아니라 고백을 받는 족족 냉정하게 거절하곤 했다. 들리는 말에 의하면 유학을 갈 예정이기 때문에 여자를 사귀지 않는다고는 했지만 지수가 보기엔 달랐다. 애당초 이성에겐 관심이 없는 것 같았다. 지수는 동기가 채워 준 잔을 들어 입술을 적셨다.

"성현 선배 취하니까 귀엽지 않니?"

동기의 말에 상념을 떨친 지수의 시선이 건너편으로 향했다. 교수님들과 함께 얘기를 나누고 있는 그가 어딘지 모르게 어색했다. 살짝 휘어진 입술과 접혀진 눈이 냉소적인 모습과 사뭇 다르게 느껴졌다.

"그러게. 저렇게 웃을 줄도 아네? 말 한마디도 제대로 못해 봤는데 졸업과 동시에 유학이라니."

"후회하는 여자들이 너뿐인 줄 아니? 아마 한 트럭은 넘을 거다."

거나하게 취한 그의 모습을 보는 건 처음이었다. 늘 자제력을 잃지 않고 적당히 마신 뒤 일찍 자리를 떴었는데. 흐트러진 채로 있는 성현의 모습은 마치 나사가 하나 빠진 것 같았다.

특히 반쯤 접힌 눈이…….

"귀엽네."

뱉어 놓고 스스로 놀랐지만, 워낙 주변이 시끄러워 다행히 듣는 이는 없었다. 가슴을 쓸어내리며 지수는 바람이나 쐴 겸, 호프집 밖으로 나왔다.

시간을 가늠하기 어려울 정도로 어두운 밤하늘에 그녀의 마른 숨이 길게 뿌려졌다. 아마도 자정을 가볍게 넘기지 않았을까.

스산한 겨울바람이 그녀의 몸을 덮쳐 왔다. 양손으로 팔을 문지르던 지수가 미처 점퍼를 입지 않았다는 사실을 깨닫고 다시 가게 안으로 들어가기 위해 몸을 틀었을 때였다. 막 호프집에서 나오던 성현과 마주쳤다.

"윤지수?"

그와 단둘이 있었던 적은 강의실에서 몇 번 마주쳤던 게 전부였다. 어색함에 머뭇거리는 사이 그가 한 걸음 지수에게 가까이 다가왔다.

"점퍼도 안 입고 나온 거야?"

"아니, 그게…… 에취!"

얼버무리던 지수가 크게 재채기하자 그의 입술이 묘하게 휘었다. 술은 사람은 정말 이상하게 만드는 모양이다. 찔러도 피 한 방울 안 나올 것처럼 냉철하고 차가운 그가 예쁘게 웃는 걸 보면. 게다가 입고 있던 점퍼를 벗어 지수의 어깨에 살포시 걸쳐 주기까지 했다. 때아닌 배려에 당황한 것도 잠시, 그의 온기가 남아 있는 점퍼가 따뜻해 지수는 거절하는 것조차 잊어버렸다.

"언제 떠나세요?"

"돌아오는 주말."

어색한 분위기에 괜한 말을 걸어 보았다.

주말이라. 생각보다 빨리 떠나네.

지수는 왠지 모를 아쉬운 기분이 들었다.

"선배는 어디서나 잘 할 거예요."

늘 어디서나 당당하고 제 몫을 제대로 해내는 사람이니 유학 가서도 마찬가지리라 믿었다.

"한 번쯤 너랑 대화를 나눠 보고 싶었어."

"……."

"마지막이 되어서야 소원을 이루네."

"선배."

"궁금했거든. 윤지수, 네가."

술기운 때문일까. 유독 말이 많아진 느낌이었다.

"저도 선배랑……."

살짝 그려진 미소는 취한 것 같은데 똑바로 응시한 눈빛은 한 점 흐트러짐이 없었다. 어느새 한 발짝 더 가까워졌다 싶더니 그의 상체가 앞으로 기울어졌다.

지수가 미처 피할 새도 없이 그의 큼지막한 손이 그녀의 차가운 뺨을 감싸 쥐었다.

"선······."

다급한 지수의 목소리는 그의 입안으로 사라진 뒤였다.

내가 취한 걸까, 그가 취한 걸까.

무의미한 사고 판단은 이미 정지된 후였다. 입안으로 넘어온 알싸한 알코올 향이 금세 전신으로 퍼졌다.

아찔한 첫 키스를 남긴 채.

1. 상사와 신입 사원

출근 시간보다 30분 일찍 도착한 지수는 직원의 안내에 따라 접견실로 이동했다. 긴장감과 기대감이 섞인 얼굴로 담당자를 기다렸다.

2주 전, 지수는 한일 식품 마케팅 팀 면접을 보았다. 팀장의 부재로 인해 과장과 일대일로 진행된 면접은 실무 위주의 질문이 대부분이라 생각 이상으로 어려웠고 경쟁률도 상당했다. 때문에 애초에 기대를 내려놓고 있던 그녀는 유선으로 합격 통보를 받고 엄마와 환호성을 지를 만큼 기뻐했었다.

지수를 접견실로 안내한 직원이 나가며 난방을 켜긴 했지만, 아직 온기가 돌지 않은 내부는 꽤 서늘했다.

잠시 뒤 회의실 문이 열렸다.

"밖에 많이 춥죠? 몸 좀 녹여요."

자리에서 일어난 지수에게 여자가 방금 뽑아 온 따뜻한 커피를 건넸다. 그녀의 목에 걸려 있는 사원증으로 지수의 시선이 향했다.

최지영 대리

단정하게 하나로 모아 묶은 머리와 은색 안경 때문인지 인상이 날카로워 보였다.

따뜻한 커피를 한 모금 마신 지수는 긴장을 떨치려 애썼다.

"감사합니다."

"생각보다 일찍 출근했네요. 버스가 많이 밀렸을 텐데."

밖은 어제 내린 눈으로 인해 도로가 꽁꽁 얼어붙은 상태였다.

"일찍 출발했더니 생각보다 많이 막히진 않더라고요."

이런저런 대화를 나누는 사이 따뜻해진 실내 온도에 잔뜩 긴장했던 마음이 풀어졌다.

"지금쯤이면 팀장님께서 출근하셨겠네요. 일어나죠."

고개를 내려 손목시계를 바라보던 최 대리가 자리에서 일어나자 지수도 그녀를 따라나섰다.

대리석 바닥에 울리는 구둣발 소리가 지수의 가슴에 울려 퍼졌다.

아직 팀장에 대한 정보가 없어 마케팅 팀 사무실 안으로 이동하는 지수의 얼굴이 긴장으로 경직되었다. 이미 출근한 몇몇 직원이 알은체를 하며 인사를 걸어오자 살짝 떨리는 표정으로 가볍게 인사했다.

"자리에 계셨네요. 오늘부터 출근한 신입 사원과 들어가겠습니다."

인터폰을 내려놓은 최 대리가 팀장실 문을 노크했다.

"신입 사원만 들여보내세요."

팀장치고 젊은 남자의 목소리. 다시 한번 옷매무시를 점검한 지수는 투명한 문을 열고 안으로 들어갔다. 그는 한창 서류 결재 중이었다.

"오늘부터 마케팅 팀에서 근무하게 된 윤지수……."

그가 서류에서 고개를 들어 올린 순간, 지수의 얼굴이 순식간에 차갑게 굳어졌다. 뒤늦게 명패로 시선을 내린 그녀의 표정에 감출 수 없는 당혹감이 서렸다.

"내가 별로 반갑지 않은 모양이네."

깍지 낀 손을 턱 밑에 내려놓은 채 느른한 미소를 지은 이는 다름 아닌, 지수의 첫 키스를 가져갔던 이성현이었다. 그녀는 반쯤 허리를 굽힌 채 그대로 얼어붙고 말았다.

그를 여기서 다시 만나게 될 줄이야.

"앉아."

먼저 정적을 깬 사람은 그였다. 여유 있는 손짓으로 소파를 가리키자 충격이 채 가시지 않은 얼굴로 그녀가 자리를 옮겼다.

"한국엔 언제 돌아온 거예요?"

애써 아무렇지 않은 척하며 지수가 말을 건넸다.

"6개월 쯤 됐나."

"얼마 안 되셨네요. 동문회에 오셔서 얼굴이라도 보여 주시지. 선배 안부 궁금해하는 사람 많았는데."

그간 취업 준비로 인해 그녀도 동문회에 참석하지 못했지만, 그가 참석했다면 동기들이 가만있을 리가 없었다. 성현에 대한 정보가 워낙 없어 여전히 외국에 있는 줄로만 알았다. 그랬던 그가, 멋대로 첫 키스를 가져간 남자가 제 직장 상사가 될 줄 누가 알았을까.

느리게 찻잔을 들어 입술로 가져가자 촉촉하게 젖은 남자의 입술로 지수의 시선이 내려앉았다.

"너도 포함이야?"

"네?"

"너도 내가 궁금했냐고."

찻잔이 내려앉는 작은 소리가 이 공간의 유일한 소임이었다. 그래서인지 그의 낮은 음성이 유독 크게 들리는 듯했다. 예의상 묻는 것이라고이라고 생각한 지수가 애써 밝은 표정으로 대답했다.

"과에서 선배가 얼마나 유명 인사였는데요. 당연히 궁금했죠. 직장 상사로 만나게 될 줄은 꿈에도 몰랐지만요."

"……"

"이 사실을 알면 다들 놀랄 거예요."

마음에도 없는 말을 주절거리는 지수의 목소리가 다소 들떠 있었다. 긴장하거나 어색할 때마다 나오는 버릇이었다. 이 사실을 그가 몰라 다행이란 생각이 들었다.

"앞으로 잘 부탁드려요, 팀장님."

표정이 살짝 굳어져 보이는 건 그저 착각일까. 하지만 지수는 확실히 선을 긋는 편이 좋을 거라고 생각했다. 오래전 일로 얼굴을 붉힐 필요는 없었다.

"어려운 일 있으면 언제든지 말해. 도와줄게."

"말씀만이라도 고맙습니다."

쐐기를 박고 지수가 자리에서 일어났다. 팀장실에서 나오자 긴장이 채 풀리지 않은 지수의 시선에 뭔가 묻고 싶은 것들이 많아 보이는 사람들이 보였다.

정신 차릴 틈 없이 일하다 보니 점심시간이 한참 지난 후였다. 오후 업무 시간의 반이 지나간 사무실은 컴퓨터 키보드 소리와 전화 받는 소리로 분주했다.

드르륵, 탁. 많은 업무를 처리해 예민해진 건지 밖에서 들려오는 소리가 어느 때보다 그의 신경을 건드렸다. 그중 성현의 신경을 제일 많이 건드리는 건 바로, 지수의 맑은 목소리였다.

"대리님, 복사한 서류는 여기 있습니다. 더 시키실 일은 없으세요?"

책 한 권쯤 되는 분량의 서류를 카테고리 별로 정리하는 솜씨는 어디서 많이 해 본 것처럼 야무졌다. 지수의 싹싹한 태도가 싫지 않은 듯 김 대리가 지수의 어깨를 두드렸다.

아무리 부하 직원이라도 그렇지, 엄연한 성희롱 아닌가. 어쩐지 김 대리의 행동이 마냥 곱게 보이지가 않아 미간이 좁아졌다.

한동안 그의 시선은 반쯤 열린 블라인드 밖으로 향해 있었다.

"시키실 일 있으면 언제든지 말씀하세요."

싹싹하게 웃으며 자리로 돌아간 지수는 서류를 훑는 데 열중하고 있었다.

긴 생머리를 귀 뒤로 넘기는 그녀의 모습을 가만히 지켜보다 저도 모르게 나직이 중얼거렸다.

"머리 많이 길었네."

마지막으로 봤을 땐 조금 긴 단발이었던 걸로 기억한다. 지금은 명치께로 늘어진 긴 머리로 인해 한층 더 여성스러워 보였다.

앳된 모습을 완전히 벗은 그녀는 남자들이 한 번쯤 눈을 돌릴 법한 어엿한 숙녀가 되어 있었다. 유학에서 돌아오자마자 바로 연락하지 못한 것이 후회될 정도였다.

안 그래도 그녀의 안부가 궁금하던 차였다. 충동 어린 행동이었으나 뒤늦게라도 설명이 필요하다 여겼었다.

하지만 한일 식품 팀장으로 부임한 이후 그는 단 하루도 쉬지 않고 일에 매달리느라 연락처를 알아볼 틈이 없었다.

또 오래전 일로 연락하자니 그녀가 당황할 거란 생각이 들어 섣불리 알아보기 어려웠다. 그러나 그의 우려가 무색하게 그녀는 너무나 태연했다.

지수는 그때의 일을 깨끗하게 잊은 듯 보였다. 이런 고민을 했던 자신이 우스워 보일 정도로.

"앞으로 잘 부탁드려요, 팀장님."

키스까지 한 사이에 안면몰수라니. 그녀가 자신의 굳어진 표정을 알아차리지 못할 정도로 둔해서 다행이었다.

"팀장님이라."

그녀의 입에서 그런 호칭을 듣게 될 거라고 상상이나 해 봤을까. 거리낌 없는 호칭이 기가 막힌 건 여전한데, 우습게도 싫지가 않았다.

불현듯 그녀의 시선이 그에게로 향했다. 당황한 성현은 재빨리 블라인드를 전부 내렸다. 밖은 보이지 않았지만, 지수의 목소리는 여전히 선명했다. 내내 그리웠던 그 예쁜 목소리가.

"앞으로 잘 지내 보자고, 윤지수 씨."

나직이 중얼거리는 목소리에 어떤 기대감이 묻어났다.

"다녀왔습니다."

지수는 퇴근하자마자 자신을 반겨 주는 은숙에게 피곤한 얼굴로 인사했다.

"첫 출근은 어땠어? 회사 사람들은 어때? 면접 때 못 봤다던 팀장님은 봤고?"

방까지 졸졸 쫓아오며 질문 공세를 펼치는 은숙은 딸의 첫 출근이 무척 궁금한 모양이었다.

코트를 벗어 옷장에 걸어 놓던 지수가 낮게 한숨을 내쉬었다. 그 모습을 놓칠 리 없는 은숙이 걱정스런 표정으로 물었다.

"왜? 꼬투리 잡아? 너 마음에 안 든대?"

"그런 거 아니야. 조금 피곤해서 그래. 지혁이는?"

"지혁이는 늦는대. 오늘 어땠는지 말 좀 해 봐."

답답하다는 듯 급기야 언성까지 높아진 은숙에게 고개를 돌린 지수는 무척 피곤한 얼굴이었다. 집에 와서까지 그 남자를 떠올려야 하는 현실이 너무 싫었다.

"엄마, 나 저녁도 안 주고 계속 질문만 할 거야?"

"맞다, 내 정신 좀 봐. 저녁 차려 줄 테니까 옷 갈아입고 나와."

저녁을 먹는 동안에도 질문이 이어질 게 뻔했지만, 일단 은숙에게 해방된 것만으로도 피곤이 가시는 느낌이었다. 첫 출근이니까 일찍 퇴근하라는 대리님에게 억지로 등 떠밀려 정시에 퇴근했지만 지수의 마음은 여전히 불편했다.

아무 생각하지 말자. 선배도, 회사도. 침대에 쓰러지듯 누운 그녀는 세상 편한 표정으로 눈을 감았지만 억울한 감정이 울컥 밀려와 다시 일어나 앉았다.

"이런 개 같은 상황이 어디 있냐고."

자신에게 인사를 건네던 그는 그날의 기억을 완전히 머릿속에서 삭제한 것 같았다. 그럴 거면 설레는 말로 사람 마음을 들었다 놓지나 말지. 김칫국 마시지 말라는 친구들의 말을 들었어야 했다.

"하필이면 왜 이성현이야."

이건 꿈일 거야, 꿈. 내일 출근하면 모르는 사람이 팀장 자리에 있을 거야. 눈을 꼭 감으며 주문을 걸어 보지만 현실은 지독히도 냉혹했다.

"지수야, 밥 먹고 자야지. 도대체 팀장이 어떤 사람이길래 애가 첫 출근부터 녹초가 된 거야?"

지수는 내 첫 키스를 훔친 잘생긴 도둑놈이라고 속으로 중얼거렸다. 오늘 밤, 영원히 잠에서 깨고 싶지 않았다.

❄   ❄   ❄

똑똑.

코트를 벗어 옷걸이에 걸어 두던 성현이 잠시 멈칫했다.

"팀장님, 잠깐 들어가도 될까요?"

지수가 부르는 호칭이 어색해서 옷을 마저 걸어 두고 나서야 성현이 대답했다.

"들어와."

자리에 앉자마자 서류를 펼친 그의 눈길이 잠시 열린 문으로 향했지만 개의치 않고 하던 일을 마저 했다. 이내 그윽한 커피 향이 난다 싶더니, 서류 더미를 피해 커피 잔이 책상 위에 놓여졌다.

"커피 드세요."

오랜만에 받아 보는 모닝커피였다. 피곤한 아침을 깨는 고소한 향기에 성현의 경직된 얼굴이 한결 부드러워졌다. 뒤늦게 고개를 올린 그는 하루 만에 까칠해진 지수의 얼굴을 가만히 응시했다.

"잠 못 잤어?"

"네. 조금 설쳤습니다."

얼굴을 매만지는 지수는 다소 민망한 표정이었다. 모른 척해 줄 걸 그랬나.

"긴장이라도 한 거야?"

"첫 출근이라 그랬나 봅니다."

난처한 그녀의 표정을 바라보며 턱을 괸 성현의 입술이 허물어졌다. 이런 식으로 아침을 시작하는 것도 썩 나쁘지 않았다.

손을 뻗어 컵을 가져와 마른 입술을 적시자 느른한 기분이 찾아왔다.

"그리고?"

답지 않게 말꼬리를 잡는 성현에게 지수가 눈을 동그랗게 떴다. 이렇게 지수와 길게 대화할 날을 상상조차 못했던 그로서는 기분이 묘했다.

"잠을 설친 또 다른 이유가 있는 것 같아서 물어본 거야."

잠을 설친 이유가 자신 때문이라면 왠지 뿌듯할 것 같았다.

"없습니다."

"커피 마실래?"

"아닙니다. 괜찮습니다."

정색하며 단칼에 거절하는 지수의 모습에 성현은 커피가 아닌 자신이 거부당한 듯한 언짢은 기분이 들었다.

"이래 봬도 나 커피 제법 잘 타."

지수가 대답하려는 사이 사무실 문이 열리며 사람들이 출근하는 소리가 들려왔다. 노골적으로 아쉬운 표정을 짓는 그에게 지수가 냉랭하게 말했다.

"그럼 나가 보겠습니다."

"윤지수 씨."

팀장실을 나가려던 지수가 몸을 틀었다.

"커피 잘 마실게요. 수고해요."

그녀가 타 준 커피 한 잔으로 하루의 시작을 맞이하는 아침이었다.

알고 보니 이 남자, 완전 선수였다. 여자 마음을 들었다 놨다 하는 데 일인자. 그가 손수 커피를 타 주겠다고 나설 줄 누가 알았을까. 놀라다 못해 질겁할 일이었다.

신입 사원 교육을 함께 받는 사람들과 구내식당에 내려가는 동안 지수는 아침의 일을 떠올리며 질색했다.

"받을 걸 그랬나."

그가 손수 탄 커피를 받을 날이 또 올지는 미지수 아닌가. 뒤늦게 너무 매몰차게 거절했다는 생각이 들었다.

"뭘 받아요? 선물? 아님 고백?"

곁에서 궁금한 얼굴로 묻는 이세영에게 지수가 고개를 저었다.

"커피요."

"누가 지수 씨 커피 사 준다고 했는데요?"

정확히는 커피를 '타 준'다고 했었지만 깜찍한 눈을 끔벅

이는 세영에게 굳이 말을 정정하지 않았다.

"그냥 뭐……."

"누군데요, 누구?"

총총걸음으로 팔을 잡아당기며 묻는 그녀가 참 귀여웠다. 남자들이 껌벅 넘어갈 것 같은 애교와 순수함이 매력이었다. 그 역시 이런 귀염성 있는 여자가 취향일까? 후, 내가 무슨 생각을 하는 거야.

"그냥 아는 선배가요. 식판 받아요."

식판을 세영에게 넘기며 지수가 얼버무렸다.

"다이어트라도 하는 건가?"

익숙한 얼굴이 보이지 않자 지수가 고개를 두리번거렸다. 어제에 이어 오늘도 구내식당에서 그를 볼 수 없었다. 외근도 없었으니 밖에서 식사했을 리도 없고, 매일 이렇게 끼니를 거르는 걸까.

마침 식당 안으로 들어오는 최 대리를 비롯해 마케팅 팀 사람들이 보였지만 그 무리에 성현은 없었다.

"팀장님께서는 식사 안 하세요? 보이시질 않네요."

"응. 원래 식사 잘 안 하셔. 특히 오늘처럼 오후에 회의가 있는 날엔 회의 준비로 더 정신없으시거든."

아무리 바빠도 끼니까지 거르며 일할 건 뭔가. 지수의 표정을 읽은 최 대리가 지수의 등을 떠밀었다.

"괜찮아. 나도 처음엔 적응 안 됐는데, 팀장님도 별로 신

24

경 안 써서 지금은 덤덤해졌어. 식사할 땐 또 먼저 나가자
고 하시거든."

불편한 표정을 지운 지수가 식판에 반찬을 골라 담았다.
하지만 여전히 사무실에 혼자 있을 그에게 마음이 쓰였다.

잠깐 자리를 비운 사이, 책상 위에 못 보던 게 하나 생겼
다. 초코바를 바라보는 성현의 얼굴이 묘한 표정으로 변했
다.

다른 사람이 이런 귀여운 짓을 했을 리는 없고, 짚이는 사
람은 단 한 사람뿐이었다. 인터폰으로 손을 뻗는 그의 입술
이 살짝 늘어났다.

"윤지수 씨, 방으로 들어와요."

성현은 느긋한 얼굴로 그녀가 들어오길 기다렸다. 또각또
각, 대리석 바닥에 부딪히는 경쾌한 구둣발 소리가 점차 가
까워졌다.

"부르셨어요?"

깔끔한 정장 차림인 지수가 걸고 있는 사원증에 성현의 시
선이 닿았다. 단정하게 머리를 하나로 모아 묶은 모습이 평
소보다 조금 앳돼 보였다.

고개를 들어 올리자 영문을 모르겠다는 표정을 한 그녀와
눈이 마주쳤다. 칠흑처럼 까만 눈동자에 생기가 서렸다.

"초코바는 왜 갖다 놓은 거야?"

잘 먹겠다는 말을 할까 하다 성현은 다른 말을 꺼내 놓았다.

"당 보충하시라고요."

"내가 당이 부족해 보여?"

"끼니도 잘 안 챙겨 드시는데 당까지 떨어지실까 봐요."

그를 정말 직장 상사로만 대하기로 작정했는지 하는 대답마다 사무적이었다. 아니, 사무적이다 못해 딱딱하다. 그것이 못마땅했다.

"너무 섣부른 걱정 같은데. 나 아직 젊어."

이제 막 해가 바뀌어 성현은 서른이 되었다. 물론 대충 둘러댄 말이란 것쯤은 알았지만, 일관되게 무심한 태도를 보이는 그녀를 건드리고 싶었다. 그러다 문득 다른 게 궁금해졌다.

"내가 끼니 잘 안 챙겨 먹는 건 어떻게 알았어?"

예리한 질문에 꼬박꼬박 대답을 잘하던 지수가 꿀 먹은 벙어리가 되었다. 이내 침착한 표정으로 담담하게 대답했다.

"최 대리님이 그러시던데요."

"쓸데없이 최 대리가 왜 그런 말을 했을까."

저 담담한 표정이 언제까지 계속될지 성현은 궁금했다.

"글쎄요."

"그거야 물어보면 되겠지."

내내 침착함을 유지하던 지수의 얼굴에 균열이 생겼다. 즐거운 표정으로 그녀의 반응을 살피던 그가 턱을 괴었다.

"더 이상 할 말 없으시면, 그만 나가 보겠습니다."

난처한 상황을 피하고자 하는 지수의 의도가 눈에 훤히 보였다. 몸을 틀어 방을 나서려는 그녀를 성현이 불러 세웠다.

"오늘 시간 어때?"

"네?"

다소 격양된 목소리가 되돌아왔다. 성현은 느긋한 얼굴을 한 채 강약 없는 목소리로 말했다.

"오늘 환영회를 할까 하는데, 시간 안 되면 다른 날로 잡고."

"시, 시간 괜찮습니다."

말까지 더듬는 지수는 꽤나 당황한 기색이 역력했다. 사람 놀리는 악취미는 없지만 그녀는 예외였다.

"그래, 나가 봐."

서류로 시선을 내린 성현이 멀어지는 구두 소리에 살짝 고개를 들었다. 무릎 위로 올라간 스커트로 향한 그의 시선이 곱지 않았다.

"너무 짧잖아."

"으음, 칵테일 완전 맛있다. 지수 씨도 마셔 봐."

달콤한 칵테일 한 잔에 기분이 좋아진 최 대리가 지수에게 칵테일을 권했다.

보기만 해도 예쁜 붉은색의 칵테일이 담긴 잔을 들어 지수가 입술을 적셨다.

"와, 진짜 맛있다. 대리님이 추천하시는 걸로 주문하길 잘했어요."

한 모금 맛본 지수가 홀짝거리더니 금방 반 이상을 비우곤 새우 카나페를 입으로 가져갔다.

"안주도 정말 맛있네요."

"그렇지? 이거 다 마시고 다른 것도 마셔 보자."

벌써 메뉴판을 펼치고 다음 술을 고르는 두 여자의 모습에 성현이 고개를 내저었다.

최 대리는 회사 내에서도 알아주는 술고래로 당할 자가 없었다. 이대로 그녀의 페이스에 맞췄다가는 지수가 술에 취해 업혀 가는 건 시간 문제였다.

"앗, 흘렸네."

지수의 검은 스커트 위로 샐러드가 떨어졌다. 성현이 손수건을 건네기도 전에 김 대리가 먼저 냅킨을 뽑아 스커트를 닦아 주는 상황이 발생했다.

"대리님, 제가 할게요."

김 대리의 손이 움직일 때마다 스커트가 위로 말려 올라가 허벅지가 드러나자 민망해진 지수가 어쩔 줄 몰라 하며 말했다.

"김 대리, 뭐하는 거야? 이거 엄연한 성희롱인 거 알아?"

속이 뻥 뚫릴 정도로 시원한 최 대리의 나무람에 아차 싶은 얼굴로 김 대리가 지수의 허벅지에서 손을 뗐다.

"미, 미안. 지수 씨. 난 그저 아무 생각 없이……."

"그러니까 생각 좀 하고 살아. 어디 아가씨 허벅지를 함부로 만져? 한 번만 더 내 눈에 띄어 봐!"

최 대리가 성현을 대신해 구박하고 나서는 통에 달리 할 말이 없어졌다. 식은땀을 비질비질 흘리는 김 대리를 흘길 뿐이었다.

악의로 그런 행동을 할 정도로 대범하지 못한 사람이라는 것을 알기에 한마디 하려다 참았다.

"윤지수 씨, 닦아요."

성현이 손수건을 꺼내 건넸다.

"괜찮습니다."

"얼룩 덜 닦인 것 같은데, 마저 닦아요."

거듭되는 그의 호의를 거절하지 못한 지수가 손수건을 받았다. 얼룩진 스커트를 마저 닦던 지수의 귀에 이수연의 호기심 어린 목소리가 날아왔다.

"맞다. 지수 씨랑 팀장님, 대학 선후배라면서요?"

하필이면 그를 포함해 다른 사람들까지 있는 자리에서 그런 질문을 받게 된 지수는 조금 난처해졌다. 선후배 사이였지만, 오가며 인사를 나누는 정도가 다였다. 가끔 강의실에 단둘이 있을 때 초코바를 나눠 먹으며 이야기를 나눈 적은 있어도 거의 대부분이 과제나 교수님 이야기였다.

"팀장님, 대학생 때 인기 엄청 많았죠? 그때랑 지금이랑 똑같아요?"

물론 여전히 근사하고 매력적이었다. 예전과 다름없이 냉소적이고 차가우며 곁을 내주지 않았지만, 회사에서 본 그는 어딘가 쓸쓸해 보였다. 제 첫 키스의 상대라는 것이 믿기지 않을 정도로.

"여전하세요. 그때나 지금이나 똑같아요."

"그때도 고백하는 여자들한테 차가우셨어요?"

작게 속삭이듯 물어오는 수연에게 지수가 의미심장한 미소를 지었다.

"지금보다 더 못됐었어요."

고백 받는 게 일상이 되어 버린 사람에겐 어찌 보면 피곤한 일이겠지만, 대놓고 면박을 주거나 상대방이 제대로 말을 꺼내기도 전에 돌아서는 모습을 여러 번 목격했었다. 그랬기에 자신에게 키스했을 때 바보같이 작은 기대를 품었는지도 몰랐다.

수연이 지수의 귀에 대고 뭐라 작게 속삭이는 모습을 성현이 의미심장한 표정으로 바라보고 있었다.

"정말요?"

재미있는 대화라도 이어 가는 모양인지 어느 때보다 환하게 웃는 지수를 향한 성현의 눈이 날카롭게 좁아졌다. 자신

앞에선 웃는 게 인색한 그녀가 다른 사람 앞에서 환하게 미소 짓는 모습이 마음에 들지 않았다.

"무슨 얘길 그렇게 재미있게 합니까?"

상체를 앞으로 기울인 성현이 호기심 어린 얼굴로 물어왔다. 짐짓 난처해하는 수연을 대신해 지수가 말했다.

"요즘 재미있는 영화가 개봉했다고 해서요. 그 얘기 잠깐 했습니다."

아무렇지도 않게 뻔한 거짓말하는 지수의 태도에 그의 심기가 더욱 불편해졌다. 해사하게 웃던 그녀는 어디로 갔을까.

"요즘 핫하다는 '러쉬' 말하는 거야? 그거 엄청 재미있다던데."

상념을 깨트리는 최 대리의 목소리에 화제는 요즘 한창 흥행하는 영화 이야기로 흘러갔다.

"네. 수연 선배도 친구랑 봤는데 강력 추천하길래 저도 보러 가려고요."

하지만 성현은 여전히 의구심 어린 표정이었다. 그의 눈엔 두 사람이 영화 얘길 그렇게 재미있게 하는 것 같지 않았다. 무슨 얘길 하는데 그런 즐거운 표정을 지었던 거지.

"그럼 우리 다음에 같이 영화 보러 갈까?"

최 대리가 모임을 주도하자 다들 흔쾌히 동의하는 눈치였다. 상사인 성현을 쏙 뺀 채로.

"왜 나한테는 안 물어봅니까?"

"팀장님도 가……셔야겠죠?"

묘하게 말을 바꾼 느낌을 지울 수가 없던 차에 주변의 의아한 표정이 일제히 그에게 쏠렸다.

"그냥 한 번 물어본 겁니다. 재미있게 보세요."

"팀장님이 생전 안 하시던 농담을 다 하시네요, 호호호."

석연찮은 표정으로 성현이 잔을 들었다. 갈색 빛깔의 칵테일은 도수가 높았다. 덕분에 조금 취기가 올라왔다. 무심코 고개를 돌린 그의 시선에 허벅지가 반쯤 노출된 지수의 다리가 보였다. 볼 때마다 느끼는 건데 치마가 너무 짧다.

성현은 주변 눈치를 살피며 옆에 벗어 둔 코트를 슬쩍 지수에게 밀었다. 다른 사람들은 영화에 대한 대화에 열중해 있던 터라 다행히 그의 행동에 별 관심이 없었다. 당황해 토끼처럼 커진 그녀의 시선이 그에게로 향했다.

"가리고 있어."

일부러 차갑게 말하곤 성현은 칵테일을 들었다. 집요할 정도로 자신에게 향한 지수의 시선이 부담스러워 그는 남은 칵테일을 전부 마셨다. 반쯤 남은 칵테일을 깨끗하게 비우자 취기가 확 올라왔다.

"지수 씨는 애인 있어? 참고로 우린 다 솔로야."

그 나이에 솔로인 게 훈장이라도 되는 양 무척 자랑스러운 표정으로 최 대리가 말했다. 화려한 골드 미스를 꿈꾼다고 했으니 본인에겐 자랑스러울 법도 했다.

"저도 이제 슬슬 만들려고요."

"그럼 솔로끼리 종종 뭉치자고."

이런저런 수다들로 회식 겸 환영식은 꽤 오랫동안 이어졌다. 술고래 최 대리는 3차를 외치다 결국 수연의 손에 의해 택시로 끌려갔고, 그나마 멀쩡한 김 대리는 자신의 실수를 다시 한번 사과하기 바빴다.

"지수 씨, 미안해. 난 그냥 닦아 주려는 것뿐이었어. 오해하지 마."

"괜찮습니다, 대리님. 조심히 가세요."

김 대리에게조차 사근사근한 지수를 성현이 못마땅한 표정으로 돌아보며 말했다.

"너무 늦었으니까 윤지수 씨는 내 차 타고 가요."

"네? 저는……."

"이 늦은 밤에 혼자 택시 타고 가려고?"

마침 대리 기사가 도착하자 뒷좌석 문을 열어 주며 김 대리가 지수의 등을 떠밀었다. 미처 거절할 새도 없이 뒷좌석에 성현과 나란히 앉게 되었다.

차 안의 공기는 어느 때보다 어색하고 적막했다. 출근 첫날의 충격이 가시자마자 그와 단둘이 있다는 것 자체가 지수에겐 곤욕이 따로 없었다. 뒷좌석으로 등 떠미는 김 대리만 아니었다면 그녀도 지금쯤 택시를 타고 집으로 가고 있었을 것이다.

"아까 이수연 씨랑 무슨 말했어?"

무심한 눈으로 건물들이 빠르게 휙휙 지나가는 걸 지켜보던 지수가 상념을 깨는 목소리에 퍼뜩 정신을 차렸다. 고개를 돌리자 제법 날렵한 턱 선이 눈에 제일 먼저 들어왔다. 이어서 깊어진 눈과 쭉 뻗은 콧날, 그리고 살짝 붉은 입술이 차례로 그녀의 시선을 사로잡았다. 얼굴이 화르륵 달아올랐다. 괜히 평소보다 더 심드렁한 목소리로 대꾸했다.

"말했잖아요. 영화 얘기 중이었다고."

"뻔한 거짓말은 하지 말고."

"거짓말 아닌데요."

"그것도 거짓말이잖아. 난 거짓말하는 사람, 신용 못 해. 뭔가 켕기는 게 있는 것 같아 불쾌해."

속을 완전히 간파당한 지수가 입술을 삐쭉 내밀었다.

"여심 루팡이라면서요?"

"뭐가?"

'뭐가'가 아니라 '누가'라고 해야 한다고 바로 잡아 주려다 말았다.

"팀장님이요. 누가 지은 건지 몰라도 아주 탁월한 별명이네요."

"무슨 말이야?"

성현의 미간이 좁아지더니 콧등에 주름이 생겼다. 불만스러운 그의 모습에도 지수는 아랑곳하지 않았다.

"얼마나 많은 도둑질을 했길래 루팡씩이나 되세요?"

잘난 남자 곁에는 늘 소문이 따라다니기 마련이지만, 여심 루팡이란 별명까지 붙을 정도면 회사 내 인기는 말로 표현할 정도를 넘어섰단 뜻이었다. 얼마나 많은 뭇 여성들이 그에게 마음을 뺏겼으면 그런 별명까지 붙여졌을까.

"윤지수."

그의 부름에 지수가 창밖으로 던진 시선을 성현에게 향했을 때였다.

끼익!

소름끼치는 소리와 함께 차가 급정지했다. 그 바람에 지수의 몸이 앞으로 쏠리려 하자 성현이 그녀의 허리를 끌어당겨 제 품으로 감싸 안았다.

"괜찮아?"

"괜, 괜찮아요. 사고 났나 봐요."

놀란 지수의 가슴이 크게 오르내렸다.

"여기 있어. 내가 나가 볼게."

그녀를 안정시킨 성현이 상황을 살피러 먼저 차에서 내린 대리 기사의 곁으로 다가가는 게 보였다. 지수는 놀란 가슴을 진정시킨 뒤 창문을 내려 밖을 내다봤다.

조금 어린 남자를 둘러싼 대리 기사와 성현의 표정이 심각해 보였다. 울 듯한 표정으로 남자가 성현을 향해 허리를 몇 번이고 숙이는 게 보였다.

"무슨 일이지······."

걱정스러운 표정으로 상황을 지켜보던 지수는 문득 차가 멈췄을 때 제 허리를 감싸던 그의 손길을 떠올렸다. 방금 전엔 너무 경황이 없어 그런 것까지 생각하지 못했는데, 그가 아니었다면 크게 다칠 뻔했다. 얼마 지나지 않아 대리 기사와 성현이 차로 돌아왔다.

"무슨 일이에요?"

"갑자기 도로에 뛰어든 모양이야. 다행히 다친 덴 없어서 단단히 주의 주고 보냈어."

"크게 사고 날 뻔했네요."

대리 기사가 손수건으로 이마에 맺힌 땀을 닦으며 말을 보탰다.

"그러게 말입니다. 젊은 사람이 겁도 없이 무단 횡단이라니. 요즘 심심치 않게 뉴스에서 떠들어 대고 있고만."

눈빛으로 긍정의 표시를 대신한 지수는 방금 전 상황이 얼마나 위험천만한 사고로 이어질 뻔했는지 다시금 깨닫자 등골이 서늘해졌다.

"어디 다친 데 없어? 아까 보니 많이 놀란 것 같은데, 괜찮은 거야?"

걱정 어린 표정으로 살뜰히 지수를 챙기며 성현이 물어왔다.

"다친 덴 없어요. 많이 놀라긴 했지만, 지금은 괜찮아요."

손을 내저으며 지수가 괜찮다는 표정을 지어 보였다. 다친 사람이 없어서 그나마 다행이었다.

"아까 보니 애인 분께서 꽉 잡아 주고 계시던데요? 자상하시네요."

허허 웃으며 흐뭇해하는 대리 기사의 표정이 보였다. 다시금 떠오른 그의 손길에 그녀의 가슴이 빠르게 뛰기 시작했다. 지수는 일부러 단호하게 대답했다.

"애인 아니에요. 팀장님이세요."

"아하. 부하 직원을 굉장히 아끼시는군요."

고개를 갸웃거리며 지수와 성현을 번갈아 바라보는 대리 기사의 시선이 느껴졌다. 불편한 표정으로 창밖을 내다보는 그녀의 귀에 계속 뭐라 말하는 대리 기사의 목소리가 들렸다. 받아 주는 이가 없음에도 혼자 떠드는 그를 향해 지수가 민망하지 않게 미소로 대답을 대신했다.

그러는 동안 차는 어느새 그녀의 집 앞에 도착했다. 자정이 넘은 시간이었다.

"많이 놀란 것 같으니까 청심환이라도 먹고 자."

끝까지 여심 루팡의 면모를 여지없이 보여 주는 성현이었다.

"걱정 마세요, 루팡 씨."

손을 흔들며 쏜살같이 빌라 안으로 사라진 지수의 가슴은 이유 모를 두근거림으로 한껏 들뜬 채였다.

술이라는 걸 잊게 할 만큼 달콤한 칵테일을 연달아 마신 탓일까. 아니면, 그에게 닿았던 손길 때문일까.

2. 관계의 정의

    사무실은 아침부터 웬일로 화기애애한 분위기였다. 이제막 출근한 성현에게 인사하는 사람들 틈으로 엄청난 친화력을 뽐내는 지수가 보였다. 회식 이후로 사람들과 제법 친해져 농담도 주고받으며 떠들고 있었다. 그가 팀장으로 부임한 이래, 가장 사무실 분위기가 밝았다. 혼자만 어색한 분위기를 어쩌지 못한 그가 사람들에게 인사했다.

    "좋은 아침입니다."

    인사하고 돌아서는 그의 뒤통수가 평소와 다르게 따가웠다.

    "지금 내가 제대로 들은 거 맞아요? 방금 좋은 아침이라고 인사하고 들어가셨죠? 갑자기 왜 저래?"

"오늘 무슨 좋은 일 있으신가?"

직원들의 뒷담화를 가만히 듣던 성현의 심기가 몹시 불편해졌다. 인사를 안 하면 안 하는 대로, 하면 하는 대로 욕먹는 이 상황을 그는 이해할 수 없었다.

"모닝커피 드세요."

깊고 그윽한 향이 나는 컵이 책상 위에 놓여졌다. 매일 아침마다 지수가 타 주는 모닝커피였다.

"밖에 나가서 다 들린다고 전해."

그가 퉁명스러운 얼굴로 말하며 찻잔을 들었다.

"네?"

"내 욕하는 거 다 들린다고."

"그동안 인사 정도는 받아 주시지 그러셨어요."

지수의 타박에 성현의 미간이 절로 좁아졌다. 신입 사원이 상사를 가르치는 격이었다.

"가르치는 건 윤지수 씨 후배한테나 해."

"없는 말 지어낸 것도 아닌데 뭘……."

순식간에 무섭게 변하는 성현의 얼굴에 지수가 냅다 덧붙였다.

"가뭄에 콩 나듯 인사 받아 주는 팀장님의 모습이 좋아서 그런 거예요."

"그 말을 나보고 믿으라고?"

믿지도 않지만 변명처럼 들려 더 기분이 나빠졌다.

"죄송합니다."

허리를 꾸벅 숙여 마음에도 없는 사과를 하는 지수가 내심 귀여웠다. 할 말을 하면서도 꽁무니를 빼려는 모습이 깜찍하기도 했다.

지수가 사무실 밖으로 나간 뒤 창밖으로 시선을 돌리자 사람들 틈에 웃고 떠드는 그녀의 얼굴이 보였다. 안 좋은 소리를 듣고도 밝게 웃는 모습이 마냥 신기하고, 또 궁금했다. 머그잔을 들어 마른 입술을 적신 그의 눈이 한층 짙어졌다.

"팀장님, 유통사별 매출 보고서입니다."

업무 시간이 시작된 지 얼마 지나지 않아 김 대리가 결재 서류를 가지고 왔다. 보고서를 검토하며 별일 아닌 듯 넌지시 물었다.

"그나저나 윤지수 씨, 일하는 건 어떻습니까?"

신입 사원 교육이 이틀 전에 끝난 후부터 지수는 김 대리에게 업무를 배우는 중이었다.

"손도 빠르고, 머리도 좋아 업무는 금방 습득할 것 같습니다. 거기다 의욕까지 넘쳐 나서 기대가 됩니다."

김 대리의 칭찬 일색을 듣는 성현은 흐뭇했지만 속내를 애써 무표정으로 감추었다. 마지막 장까지 보고서를 확인하고 나서야 결재 라인에 사인했다.

"수고했어요. 나가 봐요."

김 대리가 나가자 성현은 쌓여 있는 결재 서류들을 보며 낮게 한숨지었다. 수신함을 가득 채운 메일에 대한 회신도 해야 하고, 오후엔 거래처 미팅까지 잡혀 있었다. 오전도 채 지나지 않은 시간이 무척 더디게 가는 느낌이었다.

어떤 게 좋을까나. 퇴근하자마자 백화점에 들른 그는 고민에 빠졌다. 웬만한 건 부족한 것 없이 가지고 있는 조부에게 새해라는 핑계로 선물을 고르는 중이었다. 최근 골프에 재미가 들렸다고 전화했던 기억이 났다. 점수가 꽤 높게 나왔다고 자랑하셨었지. 최신 장비를 이미 가지고 있는 조부에게 골프 용품은 무용지물일 것이다. 백화점을 한 바퀴 도는 동안 결정하지 못한 그는 결국 정훈에게 전화를 걸었다. 당사자의 의견을 듣는 게 제일 빠를 것 같았다.

"이 노인네, 골프를 못 하게 할 수도 없고."

전화를 받지 않자 성현이 짜증 섞인 목소리로 중얼거렸다. 이제 막 재미를 붙이기 시작한 터라 하루 종일 필드에 나가 있어 한 번에 전화가 연결되는 일이 없었다.

한편으론 마음이 놓였다. 혼자 사는 노인들이 대부분 겪는다는 우울증을 이겨 내기 위해 일부러 활기차게 지내려고 노력한다는 것을 알고 있었다. 그가 하나뿐인 아들을 잃고 얼마나 많은 슬픔과 인내를 가지고 사는지 성현은 느끼고 있었다. 어린 손자를 위해 억지로 슬픔을 꾹꾹 눌러 담은 채 살고 계신 것도. 그에게 있어 할아버지는 부모 이상의 존재였다.

적당한 것을 골라 돌아가려던 성현의 발걸음이 갑자기 멈추었다.

"어떤 게 나아? 베이지 색이 예쁜 것 같은데."

"한 번 해 봐."

자신이 지금 보고 있는 게 무슨 광경인가. 기생오라비 같이 생긴 남자가 지수의 손에 있는 머플러를 목에 둘러 주고 있었다. 얌전히 남자의 손길을 받은 지수가 거울을 꺼내 제 모습을 이리저리 살핀다.

"어때?"

"예쁜데? 이걸로 할까?"

"다른 것 좀 더 보자."

다정하게 머플러를 고르는 두 사람은 누가 봐도 다정한 연인이 따로 없었다.

"애인 없다며."

저렇게 예쁘게 웃는 여자가 그녀가 맞나 싶었다. 지수를 쳐다보는 집요한 그의 눈빛이 차갑게 빛났다. 성현은 이내 쓸쓸한 표정으로 뒤돌았다.

주변을 둘러보던 지수가 지혁의 말에 퍼뜩 정신을 차렸다.

"가방은 어때?"

"안 그래도 며칠 전에 엄마 가방 봤는데, 완전 다 헤진 거 있지?"

"그럼 진작 말하지. 괜히 시간 낭비했네. 가방 싫어하는 여자 없으니까 보러 가자."

지혁의 말대로 엄마도 여잔데 딸이라는 게 그동안 너무 무심했다 싶었다. 학업과 취업 준비로 정신없던 그녀는 얼마 전에 너덜거리는 가방을 가지고 나가는 엄마의 모습을 보았다. 혼자서 남매를 키운 엄마는 밤낮없이 늘 식당 일에 매진하다가 지수가 취업하고야 여유가 생겼다. 그동안 가꿀 여유도 없이 고생한 엄마에게 앞으로 좋은 것을 많이 해 주고 싶었다. 돌아오는 엄마 생신 선물로 지수는 근사한 가방을 안겨 줘야겠다고 생각했다.

"그럼 우리 2층으로 가자."

"이번에 배우 홍지은이 모델인 가방이 중년 여성들 사이에서 인기라며?"

벌써 인터넷으로 검색을 마친 지혁이 휴대폰을 지수에게 내밀었다. 금액이 만만치 않았지만 할인을 받거나 포인트를 사용하면 부담스러운 가격도 아니었다.

"그걸로 하자, 지혁아."

지수는 가방 매장으로 올라가기 위해 에스컬레이터로 향했다. 그러다 문득 누군가 자신을 보고 있었던 것 같은 착각에 지수가 걸음을 멈추고 뒤돌았다. 하지만 그곳엔 분주하게 오가는 사람들뿐이었다.

"왜, 아는 사람 봤어?"

"아니야. 내가 착각했나 봐."

석연찮은 표정으로 말하며 지수가 지혁의 뒤를 따랐다.

❉   ❉   ❉

다음 날 퇴근 무렵.

평소보다 일찍 팀장실에서 나서며 그가 사람들에게 인사했다.

"먼저 퇴근합니다. 다들 주말 잘 보내세요."

야근을 밥 먹듯이 해 평소엔 먼저 퇴근하는 직원들을 불편하게 하던 상사가 칼퇴하는 모습에 다들 의아한 표정이 되었다. 거기다 늘 마시던 모닝커피까지 거절하곤 하루 종일 냉랭했던 그였기에 지수의 기분이 더 묘했다.

"하루 종일 저기압이시더니, 웬일로 칼퇴를 다 하시네."

그러게 말이다. 오늘 아침엔 모닝커피를 거절하며 앞으론 그녀가 탄 커피는 사절이라고 선포했다. 하고 싶은 말을 대신 해 준 수연을 바라보며 지수는 하던 일을 마무리했다.

"데이트하러 가시나?"

"데이트하러 가는 남자의 표정치고는 너무 차가운데요."

최 대리의 추측을 단번에 뒤집은 김 대리가 그럴 리 없다며 단정 지었다.

45

"팀장님, 애인 있었어요?"

"있었으면 진작 차였을걸. 야근을 밥 먹듯이 하는 남자를 어떤 여자가 좋다고 만나겠어?"

불 꺼진 팀장실을 보고 있자니 오늘따라 기분이 이상했다. 거기다 먼저 퇴근하는 그의 뒷모습이 어딘가 쓸쓸해 보여 마음에 걸렸다.

"그럼 우리도 슬슬 출발하자."

어느덧 퇴근 준비를 마친 최 대리를 따라 다들 분주하게 하던 일을 정리했다. 오늘은 일전에 약속했던 영화를 보러 가는 날이었다. 영화에서 모임이 끝나면 좋겠지만 2차, 3차까지 이어질 가능성이 농후해 지수는 마음을 단단히 먹었다.

문득 회식 때 모임을 제안하는 최 대리에게 자신한테는 왜 묻지 않느냐고 되묻던 그의 얼굴이 떠올랐다. 이런 모임엔 별 관심 없을 거라고 다들 입을 모았지만, 어쩌면 그렇지 않을 수도 있지 않을까.

"대리님, 다음엔 우리 팀 전부 모여서 영화 보러 가요. 팀장님 빠지니까 왠지 다 모인 것 같지 않아요."

"그래, 뭐. 오늘 하루 종일 저기압이던데, 다음에 기분이나 풀어 주자."

이왕 오늘 같이 갔으면 좋았을 걸. 아쉬움을 담은 눈길로 주인 없는 팀장실을 바라보던 지수가 사람들을 따라나섰다.

영정 사진 속의 남자는 무척 젊었다. 성현과 조부의 모습을 반씩 섞어 놓은 듯한 남자의 나이는 고작 서른넷에서 멈추었다. 지독하게 일밖에 모르던 아버지의 몸은 망가질 대로 망가져 손쓸 시기를 놓쳤다고 했다.

아버지가 돌아가시고 얼마 지나지 않아 다른 남자가 생긴 어머니로부터 성현은 짐짝 버리듯 버려졌다. 남자 때문에 자식을 버리는 무정한 사람이 자신의 어머니라니. 가슴 깊은 곳에 새겨진 원망은 늘 그를 따라다녔다. 돌아가신 아버지는 오죽할까. 하지만 이젠 얼굴도 가물가물한 여자를 원망해서 뭣하나.

측은한 표정으로 영정 사진 앞에 향을 피운 성현은 정성껏 차려진 음식을 내려다보았다. 원래 부친의 기일엔 납골당에 가서 인사하는 정도로 끝냈지만, 몇 년 전부터 도우미 아주머니에게 제사상을 부탁했다. 죽음이 무엇인지 모를 어릴 나이에 가 버린 아버지였지만, 그래도 자식 된 도리로서 향은 피우고 싶었다.

그의 모습에 정훈은 유난이라고 호통을 치며 방으로 들어가 버리기 일쑤였지만, 부모보다 먼저 간 자식의 제사상을 차마 눈 뜨고 보기 힘든 탓일 것이다. 그에게 있어 아버지에 대한 도리가 지켜보는 조부에겐 억장이 무너지는 일일 테니.

피운 향이 반쯤 줄어갈 즈음, 성현은 바닥에서 몸을 일으켜 방문 앞으로 향했다.

똑똑.

들어오라는 말은 들리지 않았다. 하지만 성현은 늘 그렇듯 문을 열고 안으로 들어갔다. 느긋하게 신문을 보고 있는 정훈의 곁으로 다가갔다.

"이렇게 들으셔야죠."

주름이 자글자글한 손에 거꾸로 든 신문을 똑바로 쥐여 주자 못마땅해하는 표정이 눈에 들어왔다. 못 본 척 좀 해 주면 어디 덧나느냐는 표정이었다.

"식사는 하셨어요?"

"언제까지 여기서 네 애비 제사상을 차릴 작정이냐?"

돌아오는 대답은 동문서답이었다.

"빨리 결혼해서 네 집에서 해. 요절한 자식 제사상 그만 보게 하고."

"한 가지씩 요구하세요. 두 가지를 한꺼번에 요구하시면 하고 싶어도 못 합니다."

하나 있던 자식은 불효를 저지르고, 그나마 피붙이라고 있는 손자 녀석은 제멋대로였다. 말해 뭐하나 싶어 정훈은 다시 신문으로 시선을 돌렸다. 하지만 눈이 가물가물해 잘 보이지 않은 지 오래였다.

"난 이런 거 필요 없으니 여자를 데리고 와."

얼마 전 성현이 사 온 점퍼가 든 봉투를 발로 밀며 심드렁하게 말했다.

"노망나셨나. 왜 자꾸 여자 타령이세요?"

"노망? 할아버지한테 못 하는 말이 없네, 이 녀석이!"

결국 신문을 접고 버럭한 정훈이 눈에 핏대를 세웠다. 한 번도 늙은 할아비에게 져 주는 법이 없는 고얀 녀석.

"진정하세요. 그러다 큰일 납니다. 노인들에게 고혈압이 얼마나 안 좋은지 아시잖아요."

"내가 잘못되면 그건 다 네 탓이다."

"아버지 기일입니다. 정숙하셔야죠."

"그러니까 네 아버지 제사를 왜 내 집에서 지내냐고."

끝이 없는 돌림 노래는 끝나지 않을 것 같았다. 성현은 낮게 한숨 쉬곤 점퍼를 꺼내 들었다.

"저번에 겨울 점퍼 필요하다고 하셨잖아요. 마음에 안 들면 교환하러 가든지요."

"누가 돈 없어서 안 사는 줄 알아?"

대대로 땅 부자였던 탓에 정훈은 그가 짐작하지 못할 정도로 많은 재산을 보유한 자산가였다. 강남에 잘나가는 빌딩 세 채 중 하나가 정훈의 것이라니 말 다한 셈이었다. 하지만 성현은 그 재산을 단 한 번도 욕심 낸 적 없었다. 정훈이 힘들게 지켜 온 재산이니 그와는 별개로 여겼다.

"너 좋다는 여자들은 없는 거냐?"

"저 이제 겨우 서른입니다."

지금까지 성현이 여자를 만나는 걸 보지 못한 정훈은 애가 타고 마음이 급했다. 여자들이 저 좋다고 쫓아다닐 때 못 이기는 척 한 번 만나 보면 좋으련만, 결국 서른이 돼서도 혼자다. 누군가에게 마음을 주지 못하는 손자 녀석이 정훈에겐 늘 아픈 손가락이었다. 가장 고치기 힘든 게 마음의 병이라는데, 그걸 손자가 앓고 있는 것 같아 그의 마음이 편치 않았다.

"서른씩이나 된 놈이."

"이거 정말 안 입으실 거죠? 나중에 딴소리하지 마세요."

꺼내 놓은 점퍼를 다시 봉투에 담은 성현은 이제 포기한 표정이었다.

"내가 언제? 손자며느리가 사 준 옷도 평생 못 입을지 모르는데, 이거라도 입어야지."

성현의 손에서 봉투를 빼앗듯 가져간 정훈이 눈을 흘겼다. 결국 입을 거, 하여간 고집은. 표정으로 말을 대신한 성현이 거실로 나와 재가 된 향초 앞에 말없이 앉았다. 이 밤이 부디 아버지에게 쓸쓸한 밤이 되지 않기를.

집으로 돌아온 성현은 시간을 확인하고 나른한 한숨을 내쉬었다. 어느덧 자정에 가까워진 시간이었다.

냉장고에서 캔 맥주를 꺼내 들고 거실로 나왔다. 편한 자

세로 소파에 앉아 딴 맥주 캔을 그대로 입술로 가져갔다. 숨
도 쉬지 않고 반을 해치우고 테이블에 내려놓자 피곤이 밀
려왔다. 자고 가라며 정훈이 붙잡았지만 더 이상의 잔소리는
사절이었고, 무엇보다 주말인 내일도 출근해야 했기 때문에
회사와 가까운 집에서 자는 편이 편했다.

성현은 무언가 생각난 얼굴로 마시던 맥주를 그대로 두고
소파에서 일어났다. 집에서 나오는 그에게 정훈이 볼 만한
책을 부탁한 가사도우미의 말이 떠오른 까닭이었다. 서점에
가기엔 시간이 애매할 것 같아 일단 내일 일을 마치는 대로
잠깐 본가에 들러 집에 있는 책을 몇 권 가져다 드릴 생각이
었다.

"어떤 책을 좋아하시려나."

벽 한 면이 책으로 가득한 책장을 보며 고심에 빠졌다. 대
충 고르고 빨리 숙면을 취하고 싶은 생각뿐이었다. 책장을
훑던 그의 시선이 대학교 때 쓰던 교재로 향했다. 빛바랜 두
꺼운 교재를 꺼내 든 성현은 만감이 교차했다. 열심히 공
부한 흔적들이 난무한 책을 훑던 그의 슬리퍼 위로 무언가
툭 하고 떨어졌다. 떨어진 사진을 주워 들여다보았더니 피곤
이 싹 달아나는 것을 느꼈다.

누군가에게 받은 기억이 어렴풋이 났다. 파릇파릇하고 앳
된 모습이 고스란히 담긴 지수와 함께 축제 때 찍힌 사진이
었다.

유학을 앞두고 네 번째 재혼을 한 어머니의 소식에 마음이 복잡해졌을 때였다. 평소보다 더 예민해져서 의도적으로 접근해 오는 여자들에게 가차 없이 차갑게 굴었었다. 때문에 어느 누구도 그의 곁에 얼씬거리지 않는 와중, 오직 그녀만이 그의 곁으로 다가왔었다.

"우울할 때 단 걸 먹으면 기분이 한결 나아져요. 선배."

지수와는 조별 과제를 하며 가끔 인사를 나누던 사이였다. 성현은 괜히 쌀쌀맞은 말투로 대꾸하며 핀잔을 줬었다.

"믿을 수 있는 말이야?"

지금 생각하면 한마디라도 더 붙여 보고 싶어서 괜한 딴지를 걸었던 것 같다.

"제가 쓰는 방법이니까 믿으셔도 좋아요."

늘 밝아 보여서 우울함과는 거리가 멀다고 생각했었다. 이런 사람에게도 어두운 면이 있다는 게 신기하면서 어쩐지 묘한 동질감이 생겨났다. 그 후로 지수는 가끔 그에게 초코바를 건네며 자신의 존재를 각인시켰다. 의도적일 리가 없는 행동이라는 것을 뻔히 알면서도 절로 시선은 어느새 한곳에 머물러 있었다.

딱히 위로가 필요했던 순간이라고 생각지 않았었는데, 지나고 보니 꽤 효과가 있었음을 깨달았다.

별거 아니라고, 별말 아니라고 생각했던 그녀의 위로가.

생각해 보면 어느 순간부터 시선 끝에 그녀가 있었다.

"충동적이긴 했지."

유학 가기 전, 마련된 송년회에서 지수에게 한 키스는 지극히 충동적이었다. 내내 그의 시야에 아른거렸던 그녀에 대한 호기심에 머리가 복잡했을 때였다.

가정 환경 탓에 유독 여자한테 차갑게 굴었던 것은 그에게 있어 어찌 보면 지극히 당연한 일이었다. 지수는 그런 그가 유일하게 냉정하게 굴지 못한 여자였다. 유학을 가서도 가끔씩 생각났고 돌아와서도 그의 머릿속을 가끔씩 어지럽혔었다. 그 마음이 무엇인지, 관계의 정의를 앞으로 차근차근 내려 볼 생각이었다.

❉ ❉ ❉

"후우."

길게 숨을 뱉어 내자 희뿌연 연기가 날아다녔다. 골초는 아니었지만 혼자 있을 땐 특히 담배 생각이 간절해지곤 했다. 사람들이 있을 때면 되도록 피우지 않으려고 자제했지만 주말인 지금은 누구의 눈치도 보지 않고 마음 편히 피울 수 있었다.

할 일을 대충 처리하고 보니 어느덧 점심시간이 지난 후였다. 지금 본가로 가면 저녁 먹을 때까지 붙잡혀 있을 게 뻔해 갈등하고 있을 때였다. 사무실 문이 열리는 소리와 함께 일정한 구둣발 소리가 들렸다. 그가 밖으로 나오기도 전에 팀장실 문이 예고도 없이 벌컥 열렸다.

"콜록, 콜록."

눈물까지 흘리며 연달아 기침을 하는 여자는 다름 아닌 지수였다. 난데없이 나타난 그녀로 인해 황급히 담배를 재떨이에 비벼 끄곤 창문을 활짝 열어 환기시켰다. 별안간 나타난 방해꾼이 혼자만의 시간을 산산조각 냈다.

"아무리 금연 건물이 아니라곤 하지만 정말 너구리 굴이 따로 없네요."

눈물 콧물 쏟던 지수가 손으로 코와 입을 틀어막았다.

"회사엔 어쩐 일이야?"

"어제 퇴근하면서 책상 서랍에 지갑을 놓고 왔지 뭐예요. 마침 약속이 이 근처이기도 해서 겸사겸사 지갑 가지러 왔죠."

책상에 잔뜩 어질러진 서류로 지수의 시선이 옮겨졌다.

"주말엔 좀 쉬시지."

"쉬고 있었는데 방해한 사람이 누군데."

평소 정장을 입고 다니던 지수는 캐주얼한 롱 코트에 슬랙스를 입은 가벼운 차림이었다. 거기다 명치까지 내려와 있는 긴 웨이브 진 머리가 어딘가 색달라 보였다.

"화장했어?"

게다가 화장기가 거의 없던 얼굴만 봐서 그런지 색조 화장을 한 지수가 묘하게 낯설었다. 그의 노골적인 질문에 그녀가 얼굴을 만지작거리더니 민망한 표정이 되었다.

"이상해요?"

"이상하다곤 안 했어. 그냥 물어본 거야."

뒤늦게 지수가 발끈했다.

"평소에도 화장하고 다녔거든요."

"미처 몰랐네."

심드렁한 표정으로 대답하면서도 핑크빛 도톰한 입술에 닿은 시선은 떨어질 줄 몰랐다. 우수한 발색을 자랑하는 저 립스틱을 바른 모습은 그동안 보지 못했던 것 같은데.

"아, 내 정신 좀 봐. 지갑 챙겨야지."

더 따지고 싶은 표정을 숨긴 지수가 지갑을 챙겨 가방에 넣으려던 순간, 메시지 알림 음에 휴대폰을 꺼내 들었다. 메시지를 확인하는 표정이 잔뜩 실망한 눈치였다.

"누가 보면 약속 취소 메시지인 줄 알겠어."

팀장실로 들어가려던 그가 시무룩한 표정으로 한숨 쉬는

지수를 돌아보았다.

"돗자리 깔아도 되겠어요. 갑자기 회사 일이 생겼다고 약속 취소됐어요."

겉옷을 챙겨 나온 성현은 지수에게 무심한 목소리를 남기고 사무실을 나섰다.

"그럼 점심이나 먹고 가던지."

잠깐 갈등하던 지수가 그의 뒤를 따라 사무실을 나왔다. 그와 함께 간 음식점은 조용하고 아늑하고 맛까지 좋아 약속 취소로 우울했던 지수의 기분이 한결 나아지게 만들었다.

"어젠 웬일로 칼퇴를 다 하셨나 했더니, 주말에 나오시려고 그러셨던 거예요?"

"아버지 기일까지 야근할 순 없잖아."

조부의 손에서 컸다는 것 정돈 알고 있던 지수였지만, 그의 입을 통해 듣는 말에 어쩐지 이상한 기분이 들었다. 무덤덤한 태도 때문인 걸까.

"영화는 재미있게 봤어? 러쉬였던가?"

"재미있었어요. 팀장님도 같이 있었으면 좋았을 걸."

"마음에도 없는 소리."

"왜 그렇게 생각하세요?"

"직원들끼리 노는 자리에 상사가 끼어 봐야 눈치 없다는 말이나 듣기 딱 좋지."

특별히 노력하지 않아도 늘 그의 곁엔 사람들이 많았다.

하지만 사람들에게 둘러싸여 있음에도 외로워 보였다.

"그렇게 생각하는 사람, 아무도 없어요."

"……."

"저 포함해서."

자꾸 신경 쓰이는 사람. 그녀에게 성현은 그랬다.

"그러니까 다음엔 같이 가요."

"봐서."

유쾌한 수락은 아니었지만, 불쾌한 거절도 아니었다.

"그런데 오늘 데이트 약속이라도 있었나 봐."

"돗자리 깔 생각 없어요? 제가 자주 갈게요."

"난 남의 일에 별 관심 없어."

농담도 받아쳐 주지 않는 그를 향해 지수가 눈을 흘겼다.

"소개팅도 펑크 나서 우울한데, 농담도 안 받아 주나."

가늘게 뜬 눈을 흘기며 지수가 중얼거렸다. 친구의 간곡한 부탁으로 억지로 잡은 소개팅이었다. 그런데 약속 당일, 그것도 약속 시간 30분 전에 상대방이 약속을 펑크 냈다. 소개팅 주선한 친구의 사과 메시지가 계속 왔지만, 친구가 무슨 잘못이 있겠는가. 약속을 껌처럼 생각하는 남자의 잘못이지.

"애인 있지 않아?"

진지한 어조로 묻는 성현에게 지수는 황당한 표정이 되었다. 애인 있다는 말은 농담으로도 꺼낸 적 없던 그녀였다.

"누가요? 제가요?"

여전히 황당한 표정으로 묻는 그녀에게 그는 더할나위 없이 진지한 표정으로 고개를 끄덕였다.

"애인이 있는데 제가 소개팅에 왜 나가요?"

"그건 당사자가 알겠지."

"당사자인 저도 잘 모르겠는데요."

있다면 지수도 한 번 보고 싶었다. 얼굴 한 번 본 적 없는 애인이란 사람을.

"그때 같이 있던 남자, 애인 아니야?"

"제가 언제 남자랑 같이 있었는데요?"

당최 알 수 없는 말이었다. 요 근래 남자와 단둘이 밥 한 끼는 물론, 차 한 잔조차 같이 마신 적 없었다.

"백화점 스카프 매장에서."

눈을 굴려 생각에 잠겨 있던 지수가 아, 하고 짧게 탄성을 질렀다. 설마 지혁을 애인으로 오해하고 있는 건가?

"그 녀석이 한 인물 하긴 하지만, 애인은 아닌데요."

"애인 사이가 아닌 남녀가 다정하게 서로 스카프를 둘러 줘?"

정말 이해 못 하겠다는 듯 그가 되레 반문했다.

"그 녀석이 누나를 끔찍하게 생각하나 보죠."

"누나?"

잠시 정적이 흘렀다. 자신이 잘못 들었나 싶은 그의 표정을 보던 지수가 웃음을 꾹 참았다.

"세상에 어떻게 그런 오해를 해요? 엄마 생신 선물 사러 간 거였는데."

"정말 동생이라고? 전혀 안 닮았던데."

"그런 말 많이 들어요. 동생은 아빠를 많이 닮았고, 전 엄마를 많이 닮은 편이거든요."

덩치가 커지면서 지혁과 함께 다니면 애인이냐는 소리를 종종 듣곤 했었다. 백화점 매장 직원에게도 받은 오해를 그에게 받는 게 이상할 것도 없었지만, 지수는 기분이 묘했다.

"사람을 봤으면 알은체 좀 하시지. 그냥 가셨어요?"

"알은체는 무슨."

"말하는 것 봐. 진짜 정 없어."

"그런 말 많이 들어. 새삼스러울 것도 없어."

무심한 얼굴로 마저 식사하는 모습을 바라보다 고개를 내저었다. 그에게 인사까지 바라는 게 과분하다는 걸 스스로도 곧 인정했다.

"무슨 일로 백화점에 오신 거예요?"

"할아버지 선물 사러."

"뭐 사셨어요?"

호기심 어린 지수의 표정이 성현에게 닿았다.

"그냥 적당한 걸로 대충 골랐어. 넌?"

"엄마 가방이요. 요즘 중년들 사이에 핫한 가방이 있다고 하길래 고민하지 않고 바로 샀죠."

"아직 첫 월급 받기도 전이잖아."

"근사한 거 하나 사 드리고 싶어서 무리 좀 했어요."

가방을 받자마자 바로 모임에 메고 나간 엄마였다. 진작 사 드릴 걸, 후회가 될 정도로 좋아하는 은숙의 모습을 떠올리자 다시금 뿌듯해져 절로 미소가 나왔다.

"요 근래 중 가장 행복해 보여. 소개팅 펑크 난 게 무색할 만큼."

"소개팅은 어차피 마음에도 없는 자리였어요. 애써 준비하고 나온 자리가 취소되어서 잠시 언짢았던 것뿐이라고요."

"……."

"그리고 얼굴 한 번 못 본 남자와의 소개팅보다 우리 엄마 행복한 얼굴 한 번 더 떠올리는 게 당연히 더 행복하죠. 팀장님도 선물 받고 기뻐할 할아버지 떠올리면 행복하지 않으세요?"

"글쎄. 그랬나."

물컵을 들며 여전히 무심한 대답에 지수가 낮게 한숨을 내쉬었다.

"원래 선물이라는 건 선물 받을 상대방의 기쁜 표정에 뿌듯해지는 거잖아요."

"그만하고 밥이나 먹어. 밥 먹는데 잔소리 듣는 것 같아서 기분 별로야."

더 이상 듣기 싫다는 듯 말을 자르는 그는 더할 나위 없이 단호했다. 애정 결핍, 감정 결핍, 거기다 사회 부적응자까지. 이러니 그런 말이나 듣지. 문득 떠오른 별명들이 왜 하나같이 마음 쓰이는지 모르겠다.

"네네. 밥 먹습니다."

겉은 멀쩡해 보이는 결핍 많은 이 남자를 어쩌면 좋을까.

❊   ❊   ❊

다음 날 오전 업무가 끝난 후, 성현은 지수를 데리고 유통사 미팅에 동참했다. 평소엔 혼자 미팅에 참석하는 편이지만, 겸사겸사 지수를 인사시키면 좋을 것 같아서였다. 서울에 위치한 유통사 몇 군데를 돌고 나자 어느덧 퇴근 시간 무렵이었다.

회사로 돌아가던 길에 두 사람은 서점에 들렀다. 제법 한산한 내부를 둘러보던 지수의 시선이 한곳에 멈추었다. 책장에 기댄 채 책을 보고 있는 그의 모습은 멀리서 봐도 화보집의 한 장면처럼 근사했다.

"나도 잠깐 책 좀 볼까."

생각해 보니 언제 마지막으로 책을 봤는지 기억이 나지 않을 만큼 오래 된 것 같았다. 오랜만에 마음의 양식이나 쌓을 겸 책들을 훑는 지수의 눈길에 실망감이 돌았다. 제 취향이 아니었다. 그동안 너무 오랫동안 독서를 멀리한 탓일까. 한

두 페이지를 넘기기가 무섭게 집중력이 떨어짐을 느껴졌다. 다시 제자리에 꽂아 넣고 책장 맨 위에 있는 책으로 손을 뻗었다. 지수의 손끝에 닿을락 말락하던 책은 뒤에서 뻗어 오는 누군가의 손으로 가볍게 들어갔다.

"……."

살짝 고개를 돌리자 몸이 닿을 듯 밀착된 그가 보였다.

"여기."

건네는 책을 물끄러미 응시하던 지수가 뒤늦게 손을 내밀어 받았다. 손끝이 저도 모르게 떨려 하마터면 책을 떨어트릴 뻔했다.

"이 책 사려고?"

"그냥 좀 보려고요. 궁금해서."

지수가 그 역시 빈손인 걸 확인하곤 물었다.

"아까 보시던 책은요?"

"내 취향이 아니라서 다시 제자리에 뒀어."

"그럼 다시 회사로 갈까요?"

"들고 있는 건?"

방금 그가 건넨 책으로 성현의 시선이 닿았다.

"잠깐 훑어봤는데 제 취향이 아니에요. 사실 독서하는 취미도 없고요."

"솔직하네. 나도 눈에 들어오는 책만 보지, 그 외엔 흥미가 안 생기거든."

솔직한 건 외려 그였다. 그와 이런 사적인 대화를 하게 될 줄 몰랐던 지수는 묘한 기분이 들었다. 어색하기도 하고, 당혹스럽기도 하면서, 이 상황을 어떻게 해야 할지 난감했다. 지수의 손에서 책을 가져간 그가 다시 제자리에 꽂아 두었다.

"그럼 슬슬 복귀하자."

지수는 그의 뒤를 따라나서며 물었다.

"인형 뽑기 한 번만 하고 가면 안 돼요?"

서점에서 나오자 인형 뽑기 기계가 보였다. 정확히는 지수가 좋아하는 캐릭터 인형이 눈길을 끌었다. 그녀의 사정에 성현이 손목시계를 들어 올려 시간을 확인했다.

"한 번만 해. 시간 없으니까."

"충분합니다."

호기롭게 말하며 지수가 동전을 넣었다.

"내가 오늘 너 뽑고야 만다."

가방을 크로스로 멘 지수가 결의에 찬 표정으로 기계를 조작하기 시작했다. 관심 없던 성현도 어느새 지수의 곁으로 다가갔다.

"그렇지. 이제 가져오기만 하면."

손처럼 쫙 펼쳐졌던 기계가 인형의 몸통을 물었다. 하지만 결국 무게를 이기지 못하고 가져오는 중간에 놓치고 말았다.

"에이, 거의 다 왔는데."

"누가 보면 사법 고시라도 보는 줄 알겠네. 인형 뽑기 하나에 영혼이라도 바칠 기세야, 아주."

진심으로 아쉬워하는 지수를 향해 조롱과 비난이 쏟아졌다.

"한 번 해 보고 말씀하시죠? 이거 생각보다 아주 어렵거든요."

순간 발끈해 바지 주머니를 뒤지던 그가 지갑을 꺼냈다. 만 원짜리 지폐만 가득하자 못내 아쉬운 마음을 감추고 다시 넣으려는 순간, 지수가 지폐 한 장을 수월하게 낚아챘다.

"서점 안에 동전 바꾸는 기계가 있더라고요."

작정한 듯 서점 안으로 사라진 지수를 향해 성현이 피식 웃어 버리고 말았다.

"그건 또 언제 봤대."

썩 석연찮은 표정으로 운전하고 있는 성현과 다르게 파란 돌고래 인형을 만지작거리며 지수는 내내 싱글벙글이었다. 지수가 원하던 캐릭터 인형은 아니었지만 꽤 귀염성 있는 돌고래 인형이라 그녀는 만족했다.

"진짜 누가 보면 사법 고시 보는 줄 알겠더라고요. 영혼까지 팔 기세였달까요?"

"……."

"이렇게 비싼 인형은 처음 가져 봐요. 손바닥보다 작은 인형이 무려 3만 원이라니."

"그만해."

"너무 감개무량해서 그래요. 이제 보니 팀장님, 포기를 모르는 남자네요. 집념이 아주 상당해요."

지수는 아까부터 계속 박장대소하며 성현의 심기를 있는 대로 건드리고 있는 중이었다. 승부욕이 강할 거라 생각하긴 했지만 이 정도일 거라고 생각하진 못했다. 만 원짜리 한 장을 다 쓰고도 인형 하나 건지지 못한 게 분했는지 자존심 상한 얼굴로 또다시 돈을 바꾼 것이다. 그만하자는 그녀의 권유에도 불구하고 의지를 불태우더니 결국 무려 3만 원을 쓰고 작은 인형을 하나 건지는 데 성공했다. 워낙 빈틈을 안 보이는 그였기에 인형 뽑기쯤 사실 한두 번 만에 성공할 줄 알았다. 그런데 요령이 없는 건지 이것저것 한 번씩 건드린 끝에 제일 가까이 있던 돌고래 인형을 건질 줄이야.

"회사 가서 사람들한테 말하기만 해."

"말하면 안 돼요?"

험악하게 굳어진 성현의 표정에 지수가 웃음을 꾹 참았다.

"알았어요, 알았어. 말 안 할게요. 그렇게 원하시는데."

천하의 이성현이 그깟 인형 뽑기에 이렇게나 집착하다니. 정말 세상 오래 살고 볼 일이다. 지수는 인형과 사투를 벌이던 그를 떠올리며 키득거렸다. 한편으로는 성현 역시 보통 사람과 다를 바 없다는 걸 깨달았다. 이런 모습이 되레 인간

적으로 보여 지수는 그를 대하는 게 조금 더 편해진 느낌이
었다.

✻   ✻   ✻

점심 식사 후, 지수는 식후 커피 대신 낮잠을 선택했다. 피
곤해서 잠깐 눈이라도 붙일 생각이었다. 커다랗게 하품하며
엘리베이터에서 내린 지수는 사무실로 들어왔다.

지잉지잉.

책상 위에 올려 둔 휴대폰이 몸을 부르르 떨고 있었다. 급
한 전화일까 싶어 얼른 걸음을 옮겨 확인했다. 화면에 뜬 대
학 동창의 이름을 바라보던 지수가 의구심 어린 표정으로 전
화를 받았다.

"여보세요."

―나야, 형선이. 그동안 연락이 안 되서 절이라도 들어간
줄 알았다, 얘.

"그동안 내가 정신이 좀 없었어. 잘 지냈지?"

취업 준비하느라 동문회에 참석하지 못한 지가 1년이 넘었
다. 일부러 동창들의 연락도 멀리한 그녀였다. 그런데 갑작
스럽게 무슨 일이지?

―나야 잘 지냈지. 그동안 어떻게 지냈어? 취업은 했지?

"으응. 얼마 전에 취업했어."

─잘됐다. 혜영이 기억나지? 대기업 취업에 번번이 떨어지더니 공무원 준비한다고 노량진 갔다더라. 요즘 취업하기가 정말 하늘의 별 따기보다 어려워. 참, 내 정신 좀 봐. 용건을 깜박할 뻔했다.

"무슨 일인데?"

─이번 주 금요일에 동문회 있거든. 너 얼굴 못 본 애들이 워낙 많아서 연락 좀 해 달라고 해서 전화했어. 교수님들도 다 오시고, 선배들도 다 온다니까 너도 꼭 오라고.

금요일이라. 별다른 약속이 있는 건 아니지만 선뜻 수락하기가 어려웠다.

"그때 봐서 참석할 수 있으면 갈게."

─바쁜 척 좀 그만하고 얼굴 좀 보여 주라. 응?

"알았어. 연락할게."

집요하게 대답을 물고 늘어지는 형선에게 지수가 어쩔 수 없다는 듯 수락하고 말았다. 오랜만에 동기들 얼굴도 볼 겸, 참석하는 것도 나쁘지 않을 것 같았다.

─성현 선배 기억하지? 그 선배한테도 연락한다고 하더라. 그럼 그때 보자.

달칵, 끊긴 휴대폰을 바라보던 지수의 표정이 난해하게 변했다. 다시 전화를 걸어 그와의 관계에 대해서 말할까 하다 그만두었다. 괜히 사람들 입방아에 오르내려 봤자 좋을 게 없었다.

지수는 망설이다가 조용히 보고서를 들고 일어나 팀장실 앞에 섰다.

똑똑.

노크 소리에 모니터로 향했던 그의 얼굴이 문 쪽으로 향했다. 한쪽 손에 결재 판을 들고 지수가 들어왔다.

"저번 달 매출 실적입니다."

나무랄 데 없이 깔끔하고 한눈에 보이도록 정리된 서류를 바라보는 성현이 만족한 표정으로 사인했다.

"수고했어."

성현이 건네는 서류를 받으며 지수가 조심스럽게 물었다.

"혹시 동문회 연락 받으셨어요?"

"좀 전에 연락 받았는데, 왜?"

동창 녀석에게 이번 주 목요일에 꼭 참석하라는 연락을 받긴 했지만, 참석 여부는 확답하지 않은 상태였다.

"참석하실 거예요?"

"글쎄. 그때 봐서."

사실 참석하지 않은 쪽으로 마음이 기울긴 했지만, 성현은 고민 중이었다.

"혹시 참석하시게 되면 선배가 제 상사인 거 비밀로 해 주세요."

"어째서?"

그 사실을 딱히 숨겨야만 하는 이유가 없기에 성현은 궁금해졌다.

"사람들 입방아에 오르내리기 싫어요. 여자애들이 또 얼마나 말도 안 되는 갖가지 이유를 들먹이며 질투하겠어요? 안 그래도 선배 보려고 오는 애들이 거의 대부분일 텐데, 표적이 되고 싶진 않단 말이에요."

"네가 내 부하 직원인 게 불법적인 일이라도 돼?"

"그 애들에겐 불법적인 일보다 더 한 거죠. 아마 내가 선배 꼬셔서 한자리 차지했다고 생각할 거 뻔한데요, 뭘."

처음부터 말이 나올 만한 일을 사전에 막자는 것 같았지만, 굳이 자신이 거짓말을 하면서까지 그녀의 장단에 맞출 필요는 없었다.

"그런 이상한 생각과 사고방식을 갖고 있는 사람들이 문제인 거야."

"알아요. 아는데……."

"알면 그만하고 나가."

그가 냉정하게 모니터로 시선을 돌렸다.

"어째서 팀장님이 포기를 모르는 남자인지, 사람들에게 설명할까요?"

"협박하는 거야?"

"아뇨. 타협이요."

지수의 당돌함에 성현은 말을 잃었다.

"그럼 타협한 걸로 알게요."

지수가 나가고 나서야 성현이 낮게 탄성을 터트렸다. 끝도 모르고 기어오르는 지수가 점점 더 눈에 거슬렸다. 자리에 앉는 그녀의 옆얼굴이 블라인드 사이로 어렴풋이 보였다. 문제는 자꾸만 시야를 침범하는 그녀가 싫지 않다는 거였다.

3. 시야 침범

금요일 퇴근 무렵.

모처럼 다들 일찍 퇴근하는 분위기에 지수도 동참했다.

"윤지수 씨, 잠깐 기다려요."

난데없는 성현의 불호령에 그녀를 남기고 다들 먼저 사무실을 나섰다. 오늘이 무슨 날인지 안다면 퇴근 시간에 붙잡아서는 안 되었다.

할 일도 모두 차질 없이 끝내 놓았기에 지수는 불만 어린 표정으로 팀장실 문을 열었다.

"금방 끝나니까 기다려. 같이 출발하자."

그녀의 표정을 보고 성현이 먼저 선수를 쳤다.

"동문회요?"

"어차피 같은 장소로 가는 건데 굳이 따로 이동할 필요가 있어?"

대중교통을 이용해야 하는 번거로움을 줄인 지수에겐 고마운 말이었다.

"그럼 천천히 일 보세요."

"다했어. 가자."

"벌써요?"

"누구 때문에 눈치 보여서 마저 할 수가 있어야지."

뒷정리를 마친 성현이 코트를 걸쳐 입고 머플러를 맸다. 그동안 팀장실을 둘러보던 지수는 너구리 굴이던 공간에서 담배 냄새가 전혀 나지 않자 의아했다.

"신기해요. 어떻게 담배 냄새가 하나도 안 날 수가 있어요? 좋은 향기가 나는 것 같기도 하고."

"의외로 내가 뒷정리 하나는 아주 깔끔하거든. 사람들에게까지 피해 주며 담배 피울 이유 없잖아."

그의 뒤를 따라 사무실을 나가던 지수가 스위치를 껐다.

"그런데 참석 안 하실 줄 알았는데, 의외예요."

"그냥 궁금해서. 다들 어떻게 변했는지 오랜만에 보고 싶기도 하고."

"저도요. 취업 준비하면서 동창회에 안 나갔었거든요."

혜영의 안부를 전하던 형선의 모습만 봐도 그동안 모임에 나가지 않길 잘했다는 생각이 들었다.

알음알음 그렇게 남의 안부를 전달하는 게 지수는 썩 좋게 비치지 않았다.

"너답지 않아."

"네?"

"지금 엄청 긴장했잖아. 별것 아닌 모임에."

"……."

"기죽을 거 없다고."

속을 훤히 간파당한 지수가 당황해 엘리베이터가 열린 것도 모르고 멀뚱히 서 있었다.

"안 타면 놓고 간다."

"같이 가요!"

지수가 엘리베이터에 타자마자 문이 닫혔다. 다들 어떻게 변했을지 궁금했지만 그중 제일 돋보일 사람은 뻔했다. 자신의 옆에 나란히 서 있는, 어디서도 당당한 이 남자.

"많이 올라나."

"팀장님이 참석하니까 많이들 오겠죠."

"도착해서도 계속 팀장님이라고 해라."

그제야 아차 싶은 표정으로 지수가 입을 가렸다.

"선배, 선배, 선배……."

"그만 좀 불러."

"실수하면 안 된단 말이에요."

타박하는 그를 향해 눈을 흘긴 지수는 차에 타서도 계속 중얼거렸다. 영하로 웃도는 한파가 계속되었지만, 모임 장소로 향하는 동안 차 안의 공기는 제법 따뜻했다.

문을 열고 안으로 들어가자 지수를 알은체하며 동기들이 인사를 건넸다.

"어머, 어떻게 선배랑 같이 와?"

"앞에서 만났어. 그렇죠, 선배?"

지수의 동조의 눈빛에 성현이 석연찮은 표정으로 대꾸도 없이 저쪽으로 사라졌다. 기다렸다는 듯 그의 곁에 여자들이 모여들었다.

"냉랭한 건 여전하네."

여자들에게 둘러싸인 그를 보며 형선이 중얼거렸다.

"이리 와. 애들 모여 있는 데로 가자."

형선은 지수의 손을 끌고 사람들이 무리지어 있는 곳으로 데리고 갔다. 오랜만에 보는 반가운 얼굴들이 꽤 많았다. 다들 변한 것 없이 그대로였다.

이산가족 상봉하듯 얼싸안고 인사를 나누던 지수는 잠시 숨을 돌리며 칵테일을 마셨다.

한 모금 마시고 잔을 옆에 놓아 둔 지수는 성현에게로 시선을 돌렸다. 벌써 사람들에게 둘러싸여 얼굴도 잘 보이지 않았다.

"혜영이도 왔으면 좋았을 텐데."

지수의 말에 가볍게 동조하면서 비난하는 말이 이어졌다.

"그러게. 공시 경쟁률이 얼만데 어느 세월에 공무원이 되려고."

"거기다 9급 준비한다며. 이왕 준비할 거면 7급은 해야지."

"그래도 잘됐으면 좋겠다. 나중에 공무원 친구 생기면 좋겠네."

칵테일을 한 모금 마시며 지수가 모임에 참석하지 못한 혜영의 역성을 들었다. 자신이 없는 모임에 얼마나 그녀들의 안줏거리가 되었을지 짐작하고도 남았다.

"지수야, 오랜만이야."

"시언아!"

무리에서 빠져나온 지수의 얼굴에 화색이 돌았다. 시언은 지수와 동기로 제법 친분이 있던 사이였다.

"그동안 왜 모임에 안 왔었어?"

"취업 준비 때문에 모임에 참석할 정신이 없었어."

"아, 그랬구나. 바쁜 것 같아서 연락도 못 했는데. 이렇게 다시 보니까 반갑다, 정말."

"응. 나도."

시언과 가볍게 칵테일 한 잔을 더 마시며 지수가 불편한 기분을 털어 버렸다. 밤은 더욱 깊어 갔고, 빈 칵테일 잔도 그만큼 늘어났다. 슬쩍 고개를 돌리자 사람들에게 둘러싸여 있어야 할 그가 보이지 않았다. 바람이라도 쐬러 간 걸까.

술을 거절하지 못하고 마셨더니 조금 취기가 올라오는 것 같았다. 적당히 둘러대며 사람들을 피해 밖으로 나온 성현은 그제야 숨통이 트이는 기분이었다. 깊어진 밤만큼 급격히 내려간 온도로 인해 제법 추웠지만, 반대로 술을 깨기엔 적당했다.

"후."

사람들은 변한 것이 없었다. 예전이나 지금이나 그의 겉모습만 보며 다가왔다. 취조하듯 안부를 묻는 사람들의 속내야 뻔했다.

마음에 없는 자리에 참석한 이유는 그저 지수 때문이었다. 그녀가 참석한다니 호기심에 따라왔을 뿐인 자리는 여전히 지루하고 따분했다.

찬바람으로 잠시 머리를 식힌 후 그는 술집 안으로 들어갔다.

대학 동문회를 위해 오늘 하루 빌렸다는 가게는 6층과 7층을 모두 사용해서인지 규모가 상당했다. 누가 어디에 있는지 찾기 어려울 정도였다.

"어디 있는 거야."

조금 전까지만 해도 지수가 6층에서 동기들과 떠들고 있는 것을 확인했는데 밖에 잠깐 바람 쐬러 다녀온 사이 그녀가 보이지 않았다.

두리번거리며 주변을 살피던 성현은 혹시나 하는 마음에 계단을 올라갔다.

"와, 야경 진짜 멋지다."

"예쁘지? 여기선 서울 시내가 다 보인다니까."

이어지는 남자의 목소리에 성현의 걸음이 멈추었다. 커다란 창문에 기대어 야경을 바라보며 환하게 미소 짓는 지수가 보였다. 옆에 있는 사람은 그녀의 동기인 것 같았다. 이름은 기억나지 않았지만 어딘가 낯이 익었다.

"이러고 있으니까 가슴이 뻥 뚫린다."

"칵테일 한 잔 더 마실래?"

"아니. 너무 많이 마셔서 이제 그만 마실려고."

"그럼 내 것만 가져올게. 앉아 있어."

가까워지는 걸음 소리에 성현은 다급하게 아래로 내려왔다. 직원에게 칵테일을 받아 다시 올라가는 남자의 뒷모습에 성현의 시선이 오랫동안 붙잡혔다. 간혹 들리는 지수의 웃음소리와 남자의 목소리가 성현의 심기를 건드렸다.

"기분 나빠."

왜 저렇게 환하게 웃는 거야. 내 앞에선 그렇게 뻣뻣하게 굴더니.

어느덧 자정에 가까워진 시간임에도 술자리는 파할 기미

를 보이지 않았다.

술을 거의 입에 대지 않은 그의 시선이 잔뜩 취한 지수에게 붙잡혔다. 얼마나 마신 건지 눈이 풀려 있었고, 양 볼은 사과처럼 빨갛게 달아오른 채였다.

"오빠, 번호 좀 알려 주세요. 주말에 영화 보러 가요, 네?"

아까부터 팔을 잡고 혀 짧은 소리를 내는 여자를 무표정한 얼굴로 내려다보았다.

"치워."

"오빠앙."

"치우라고."

같잖은 애교를 부리는 여자에게 싸늘한 표정으로 성현이 팔을 떼어 냈다. 원래 불편한 자리였지만 오늘따라 유독 더했다.

온갖 애교를 부리며 찰싹 달라붙는 여자들이나 자신을 견제하는 동기들의 눈초리보다 그의 심기를 건드리는 이는 다른 남자 앞에서 예쁘게 웃고 있는 지수였다.

당장이라도 자리를 박차고 나가고 싶었으나 잔뜩 취한 그녀를 두고 차마 발길이 떨어지지가 않았다. 특히 지수의 곁에 우글거리는 남자들의 속셈이 뻔해 보여 신경이 더 날카로워졌다.

"우리 나가서 2차 갈래? 이 근처에 조용한 술집 있는데."

"가자, 가자. 오랜만인데 이대로 헤어지긴 아쉽지."

지수와 함께 있던 녀석이 그녀의 팔을 잡아끌었다. 이미 술에 취한 그녀는 이끄는 손에 힘없이 휘청거렸다. 불편한 시선으로 지켜보던 성현이 자리에서 일어났다.

　"많이 취한 것 같은데."

　지수에게 다가간 그가 경계 어린 시선으로 주변에 있는 남자들을 돌아봤다.

　"저희끼리 한 잔 더 한 뒤에 제가 데려다주겠습니다."

　성현은 지수의 팔을 끌어당겨 제 품으로 데려왔다.

　"지수는 내가 데려간다."

　그의 돌발 행동에 모두의 이목이 집중되었다. 내일이면 자신 때문에 곤란해진 지수의 타박이 이어질 게 뻔했지만, 지금은 그게 문제가 아니었다.

　"팀장니임."

　완전히 맛이 갔군. 오는 내내 차 안에서 그리 연습을 해대더니.

　"지수 진짜 많이 취했네. 여기서 상사를 다 찾고."

　"회사 스트레스가 많았나 봐."

　다행히도 술주정이라고 여긴 사람들로 인해 성현은 더 이상 변명할 필요도 없이 지수를 데리고 술집에서 나올 수 있었다. 잔뜩 취한 그녀를 뒷좌석에 앉혀 놓고 성현은 잠시 고민했다.

　"음."

지수의 집을 모른다는 걸 깨닫는 데까지 시간은 얼마 걸리지 않았다.

✼   ✼   ✼

속은 쓰리고 머리는 지끈거렸다. 비몽사몽 잠에서 깬 지수는 뒤늦게 울려 대는 휴대폰 알람 음을 끄곤 이불을 머리끝까지 뒤집어썼다. 하지만 얼마 지나지 않아 벌떡 몸을 일으켰다.

꼭 끌어안은 이불을 들춘 지수는 어제 입고 있던 옷 그대로라는 것을 확인하곤 안도했다. 다행히 큰 사고는 없었던 모양이었다.

그것도 잠시, 그녀는 의문스러운 눈길로 그레이 톤 계열의 벽면과 깔끔하고 모던한 방 안을 살폈다. 어제 오랜만에 만난 동기들과 술을 마신 것까진 기억났다. 그 이후엔 어떻게 된 걸까. 누가 자신을 데리고 온 거지.

"누구 집이지⋯⋯."

방 안을 살피던 지수의 귀에 일정한 간격의 도마질 소리가 들렸다. 침대에서 일어나 조심스럽게 방문을 열고 거실로 나왔다. 등을 돌린 채 도마질하는 익숙한 뒷모습이 보였다.

동기 중 누군가가 자신을 데리고 왔을 거란 생각을 했지만 지수는 그 상대가 너무 의외의 인물이라 말문이 막혔다. 식

탁을 차리던 성현의 무심한 눈길이 멍하니 서 있는 그녀에게
로 향했다.

"와서 앉아."

자신에게 닿은 눈길만큼이나 목소리 역시 무심했다.

"왜 제가……."

"여기 있냐는 너무 뻔한 질문은 하지 마라."

지수의 말을 자른 성현이 강약 없이 말하곤 인덕션으로 다
가갔다. 불을 끄고 국그릇에 북엇국을 퍼 담아 식탁에 내왔
다. 제 것도 마저 담은 그가 냉장고 문을 열었다.

지수는 맑은 북엇국을 내려다보며 여전히 의문스러운 표
정을 지은 채 의자를 끌었다. 뻔한 질문만큼이나 뻔한 대답
이 예상되기에 더 묻기도 애매했다.

일단 버석거리는 입안을 식탁 위에 있는 생수로 헹군 지수
는 골똘히 생각에 잠겼다.

어제 그와 함께 동문회에 참석했었다. 지수는 오랜만에 만
난 동기들과 반가운 마음에 어울려 술을 꽤 많이 마셨었고,
그는 여자들에게 둘러싸여 있었다.

그러다 시언을 만나 오랜만에 이런저런 이야기를 나눴었
다. 커다란 창문이 나 있는 7층에서 그와 함께 야경을 보며
감탄했던 기억까진 있었다.

"애쓸 필요 없어."

정갈한 밑반찬을 차려 놓고 지수의 맞은편에 앉으며 성현

이 말했다. 그의 말을 이해하지 못한 지수의 표정을 건너보며 성현이 마른 한숨을 내쉬었다.

"기억 안 나는 거 억지로 떠올리려고 애쓸 필요 없다고."

"혹시나 해서 묻는 건데 제가 실, 실수한 건 없죠?"

눈치를 살살 살피며 묻는 지수의 목소리가 불안감에 떨렸다.

"했으면?"

했을까. 했나? 그럴 리가 없는데.

"실수한 거 없으니까 밥이나 먹어."

귀찮다는 표정으로 대꾸하는 그의 모습에 지수가 못 믿겠다는 표정으로 물었다.

"정말이죠?"

"글쎄."

즐거운 듯한 그의 모습이 그녀의 신경을 건드렸다. 단번에 지수의 표정이 험악하게 변했다.

"농담하지 마세요. 진지하단 말이에요."

"그러니까 누가 칵테일에, 소주에, 양주까지 마시래? 물 만난 물고기 마냥 작정하고 마셔 놓고서 지금 누구한테 큰소리야?"

요목조목 따지며 성현이 다그치자 지수는 할 말을 잃은 표정이 되었다. 평소와 달리 들떠 있던 그녀는 동기들이 권하는 술을 전부 마셨다. 오랜만이라 그랬다는 말이 변명이란 사실을 누구보다 제일 잘 알고 있기에 죄인 같은 심정으로 눈을 내리깔았다. 하룻밤 신세를 진 것만으로도 이미 큰 실수였다.

"나도 혹시나 해서 묻는 건데, 상사 스트레스 있어?"

어느 때보다 진지하고 진중한 물음에 당황한 지수가 반문하고 말았다.

"네?"

"대답해 봐. 내가 너한테 스트레스 준 적 있어? 아님 회사 일이 많이 힘들어?"

"아뇨, 딱히 없는데요."

작은 목소리로 대답하며 지수가 고개를 내저었다. 회사 일이 힘들긴 했지만 처음보단 많이 수월해졌고, 최 대리를 비롯해 같이 일하는 팀원들이 전부 좋은 사람들이라 사람으로 인해 스트레스 받는 것도 별로 없었다. 상사 스트레스를 받을 이유는 더더욱 없었다. 제대로 업무만 처리하면 딱히 별 터치 안 하는 상사가 아니던가.

"그럼 됐어. 밥 먹어."

의문스러운 표정을 거둔 지수가 수저를 들었다.

"와, 시원하다."

속이 개운해지는 북엇국에 감탄사가 절로 나왔다. 그 후로 서로 말없이 식사를 했다. 오가는 대화 없이 침묵이 계속되자 어색한 기분에 지수가 화제를 돌렸다.

"오늘은 뭐하실 거예요?"

"글쎄, 잠깐 출근할까 하는데."

"에이, 재미없어. 매일 일만 하고 무슨 낙으로 살아요?"

이런 따분한 사람을 보았나. 주말까지 일이라니. 속으로 탄식하며 지수가 한숨을 내쉬었다.

"넌 오늘 뭐할 건데?"

"오늘은……."

말끝을 흐리며 지수가 애매하게 웃었다. 그녀 역시 오늘 별다른 약속이 없는 날이었다. 남 말할 처지가 아니구나.

"할 일 없으면 잠깐 회사에 나오든가."

"무, 무슨 그런 무서운 말씀을……."

"누가 일하래? 점심이나 먹자고."

"봐서요."

특별한 약속은 없었지만, 주말에 회사를 가는 것 자체가 영 꺼려졌다. 애매모호한 대답을 던져 놓은 지수는 일단 속부터 풀고 생각해 보기로 했다.

지수가 허겁지겁 북엇국을 먹는 걸 쳐다보던 성현은 이내 눈을 돌리고 수저를 들었다. 한동안 달그락거리는 소리만 집 안을 가득 채웠다. 어느새 식사를 끝낸 두 사람은 느긋하게 뒷정리를 하기 시작했다.

정리를 끝낸 성현은 자연스럽게 욕실로 들어가 출근 준비를 했고 지수는 거실 소파에 앉아 찰박찰박 물이 바닥에 떨

어지는 소리를 듣고 있었다. 남자 혼자 사는 집에, 그것도 샤
워하는 소리를 듣고 있자니 도둑질이라도 한 것처럼 지수의
귀가 빨개졌다. 별다른 상상을 한 것도 아니건만, 긴장이 되
서 가만있을 수가 없었다. 괜히 소파 쿠션을 만지작거렸다
가, 테이블 위에 있는 리모컨을 들었다 놓았다가, 리모컨 옆
에 있는 책을 훑어보다 이내 자리에서 일어났다.

　집 구경이라도 할 요량으로 돌아다니기 시작했다. 현관 바
로 앞에 있는 방은 드레스 룸이고, 일직선으로 된 방은 지수
가 신세졌던 침실이었다. 주방 옆에 있는 방문 앞에 도달해
손잡이를 돌린 지수는 전등 스위치를 켰다.

　"책이 엄청 많네."

　천장에 닿을 듯한 높이의 책장이 한쪽 벽을 대신하고 있었
다. 보는 책 이외엔 흥미가 없다더니, 그때 했던 말처럼 특정
작가의 책만 가득했다.

　다른 칸을 차지한 추리, 문학, 만화책까지 다양한 장르의
책을 훑어보던 지수의 시선이 액자로 향했다. 성현을 제법
닮은 듯 보이는 젊은 남자가 어린아이를 안고 있는 사진이었
다.

　"아버지신가."

　책장뿐만 아니라 책상 위에도 여러 액자가 있었다.

　"여기서 뭐해?"

　갑작스럽게 들려온 목소리에 지수가 흠칫 놀랐다. 닫지 않

은 문을 밀고 들어온 성현이 보였다. 살짝 젖은 머리에 편안한 차림의 모습마저 말끔하고 근사해 지수는 저도 모르게 가슴이 빠르게 뛰었다. 거기다 훅, 하고 맡아진 싱그러운 냄새가 향긋하기까지 했다. 지수의 머리에서 비상등이 울렸다.

"죄송해요. 멋대로 들어와서."

지수가 제자리에 내려놓은 액자를 가져간 그의 눈빛이 처연하게 빛났다.

"혹시 아버지세요?"

"응."

대답은 짧았고, 침묵은 길었다.

"어쩐지 많이 닮았다 했어요."

지수는 사진 속에서 누군가 빠진 것 같은 느낌을 지울 수 없었다. 내내 마음에 걸렸던 것을 조심스럽게 꺼내 물었다.

"혹시 어머니 사진은 없어요? 아버지 사진만 있는 것 같아서요."

순간 정적이 흘렀다. 그의 얼굴이 살짝 굳어지는가 싶더니, 처연하던 눈빛에 냉기가 서렸다.

"별로 기억하고 싶지 않으니까. 기억할 필요도 없고."

그런 사람이 지수에게도 있었다. 기억하고 싶지도, 그럴 필요도 없는 사람. 이젠 얼굴도 잘 기억이 나지 않는 사람.

"저도 그런 사람 있어요."

"……."

"아버지가 그렇거든요. 우리 비슷한 점이 있었네요."

그를 바라보는 지수의 표정이 측은하게 변했다. 사진 한 장 남겨 놓지 않을 정도면 생각만 해도 끔찍하다는 뜻일 것이다. 저 역시 그랬기에 그가 어떤 마음인지 대충 짐작이 갔다.

"과연 그럴까. 어쩌면 다를지도 모르지."

의미를 알 수 없는 말을 남긴 그가 서재를 나갔다. 그를 따라나서던 지수의 발등으로 뭔가가 떨어졌다. 책 사이에 대충 꽂혀 있던 것으로 추정되는 사진이었다. 뒤집어진 사진을 주워 든 지수의 표정이 묘하게 변했다.

"선배……."

팀장님이란 호칭이 입에 붙은 지가 언젠데, 의지와 상관없이 오래전 호칭이 튀어나왔다. 축제 때 누군가가 멋대로 찍은 사진이었다. 성현의 뒤로 찍힌 자신이 보였다. 마치 함께 찍은 것 같아 보이는 사진이었다.

"신기하다."

자신에게도 없는 사진을 그가 가지고 있었다는 게 지수의 기분을 이상하게 만들었다. 버리기 뭣해 가지고 있었던 사진인 걸까. 그게 아니라면…….

지잉.

생각에 빠져 있던 지수는 진동으로 인해 퍼뜩 정신을 차렸다.

〈지수야, 오늘 저녁 같이 먹을래?〉

발신인은 다름 아닌 시언이었다.

지수와 함께 집에서 나온 그는 곧바로 회사로 출근했다. 조용하고 적막한 사무실엔 그 혼자였다. 월요일에 있을 팀장 회의 서류 준비로 잠깐 나온 성현은 최대한 빨리 끝내고 돌아갈 생각이었지만 유독 일이 손에 잡히지 않았다.

이미 재떨이의 반을 차지하고 있는 담배꽁초들 사이로 그가 또다시 태운 담배를 비벼 껐다. 윤지수의 말대로 너구리 굴이나 다름없는 사무실을 바라보다 창문을 열어 환기시켰다.

서재에서 먼저 나온 성현은 누군가와 메시지를 주고받으며 뒤따라오는 지수를 보았다. 달리 특별한 약속이 없어 보이던 몇 분 전과 다르게 저녁에 선약이 생겼다며 급하게 돌아갔다.

"흐음."

방금 전에 담배를 비벼 꺼 놓고 손이 또 담뱃갑으로 향했다. 설마 어제 같이 야경을 보고 있던 녀석일까. 대놓고 관심 있다고 표현하는 사내의 흑심을 그 역시 모르지 않았다. 누가 봐도 훤히 보이는 검은 속내였다.

"그냥 점심이나 같이 하자니까."

별 시답지 않은 생각들이 몰아쳤다. 결국 성현은 담배를 다시 입에 물었다. 별로 생각하고 싶지 않은 잡생각이라고 치부하며.

＊　　　＊　　　＊

〈오늘 즐거웠어. 다음에 또 보자.〉

집에 도착하자마자 시언에게 메시지가 도착했다. 답장을 미루고 지수는 곧장 침대에 쓰러지듯 누웠다. 적당한 식당에 들어가 저녁을 먹으며 서로의 근황에 대해 얘기했다. 올해 졸업한 시언은 곧 박사 학위 과정을 밟는다고 했다. 그 외에도 많은 대화를 나눴던 것 같은데, 피곤해서인지 기억이 잘 나지 않았다. 무엇보다 시언과의 대화에 집중할 수 없었다. 그래서 간단히 맥주 한잔하자는 제안을 피곤하다는 말로 거절하곤 집으로 돌아왔다.

침대에 아무렇게나 던져 놓은 가방에 달린 돌고래 인형이 지수의 눈길을 끌었다. 가방이 움직일 때마다 춤추는 게 참 귀엽다.

"그냥 같이 점심이나 먹고 올 걸 그랬나."

돌고래 인형을 만지작거리며 지수가 중얼거렸다. 그때 예고도 없이 방문이 벌컥 열렸다.

"어제 엄마가 얼마나 걱정했는지 알아? 어디 계집애가 연락도 없이 외박이야?"

그러고 보니 대학 동문회가 있어 늦는다는 메시지만 보내고서 외박한 사실이 불현듯 떠올랐다. 아침에 은숙에게 온 수십 통의 부재중 전화를 확인하자마자 답신을 보냈음에도 그녀의 화는 좀처럼 수그러들지 않은 상태였다. 외출했다 들어와 옷도 갈아입지 않은 채로 지수의 등짝을 사정없이 후려쳤다.

"아얏! 아파, 엄마!"

"지금 어디서 큰소리야? 네가 잘했어?"

"말로 해, 말로. 사람이 왜 폭력을 써?"

"폭력 안 쓰게 생겼어? 동문횐지 뭔지 나가서 딸이 연락 두절인데 엄마가 지금 제정신이겠냐고, 어?"

반성의 기미가 보이지 않는 딸을 향해 소리치는 엄마의 모습에 지수는 그제야 미안한 표정이 되었다. 밤새 걱정했을 엄마의 모습이 눈에 선했다.

"어제 너무 과음해서 친구네 집에서 잤어. 다음부터 안 그럴게. 한 번만 봐줘, 문 여사님."

팔을 잡아당기며 갖은 애교를 부리자 그제야 은숙의 표정이 한결 누그러졌다. 이때다 싶은 지수가 화제를 돌렸다. 곱게 화장하곤 어딜 다녀오신 건지 궁금하기도 했다.

"그런데 엄마 어디 갔다 오는 거야?"

"엄마 친구 미숙이 아줌마 알지? 잠깐 밥이나 먹자고 해서 다녀오는 길이야. 그러는 넌 이제 들어오는 건 아닐 테고, 또 누구 만나고 오는 거야?"

"나도 친구 만나서 저녁 먹고 오는 길이야."

뒤늦게 침대에서 몸을 일으킨 지수가 옷을 갈아입었다.

"그럼 씻고 쉬어. 어제 과음해서 피곤할 텐데."

"엄마."

방을 나가려는 은숙을 붙잡은 지수가 잠시 머뭇거렸다.

"아빠 생각 안 나?"

금기어와 마찬가지인 아빠를 입에 올리자 은숙의 눈에 사무친 분노와 원망이 서렸다.

"딴 년 좋다고 처자식 버린 짐승만도 못한 인간이야. 그 인간 얘긴 꺼내지도 마."

엄마의 반응이야 뻔할 텐데 뭐 하러 물어봤을까 싶어 지수는 더 이상 말을 꺼내지 않았다. 다시 발걸음을 옮기던 은숙이 한결 누그러진 표정으로 지수를 돌아봤다.

"갑자기 그 인간은 왜?"

이미 저세상 간 지 오래인 사람의 얘기를 꺼내는 딸이 이상하다고 생각한 걸까. 지수는 고개를 저으며 얼버무렸다. 그저 갑자기 아빠가 떠올라 물어본 것뿐, 다른 의도는 없었다.

"아니야. 아무것도."

원망과 배신감에 몸부림치던 때가 엊그제 같은데, 10년이 홀쩍 지난 과거가 되었다. 하지만 아빠의 바짓가랑이를 붙들며 제발 가지 말라고 울부짖던 엄마의 모습이 어제 일처럼 생생했다.

당신보다 한참 어린 내연녀를 찾아가 제발 남편을 집에 돌려보내 달라며 사정사정하던 엄마. 결국 집으로 돌아와 소주를 마시며 울부짖던 그녀의 눈물이 지수의 가슴을 아프게 찔러 댔었다.

내연녀로부터 아빠의 사망 소식을 전해 들었을 때, 엄마를 포함해 어느 누구도 슬퍼하는 사람은 없었다.

어쩌다 당신은 사랑하는 여자를 비롯해 가족들에게 제삿밥조차 얻어먹지 못한 신세가 되었을까. 배신감과 원망을 넘어서 이젠 불쌍했다.

"쓸데없는 소리 하지 말고 어서 자."

복잡한 표정으로 은숙이 가볍게 쏘아붙이며 방을 나가자 지수는 괜히 엄마의 마음을 불편하게 만든 것 같아 미안해졌다. 욕실로 가려던 지수는 메시지 알림 음에 가방에서 휴대폰을 꺼냈다.

〈혹시 자니?〉

그제야 지수는 시언에게 답장을 미뤄 둔 게 떠올랐다. 잠시 고민을 하다가 휴대폰을 화장대 위에 올려 두고 방에서 나왔다. 마음이 싱숭생숭 복잡한 밤이었다.

4. 설레다

　아침부터 분위기가 어수선하다 싶더니, 3일 후가 밸런타인데이란다. 어쨌든 지수에게는 해당 사항 없는 연인들의 날. 전날 내린 비로 인해 바닥이 꽁꽁 얼어붙은 탓인지, 평소와 다르게 다들 출근 시간이 느렸다. 조금 전 히터를 켰지만 사무실이 아직 추운 느낌이라 지수는 양손으로 팔을 비벼 대며 탕비실로 들어갔다.

　얼마 전, 찬바람이 쌩쌩 불 것 같은 표정으로 모닝커피를 거절한 걸 까맣게 잊었는지 며칠 만에 그가 지수에게 커피 부탁을 했다. 그녀가 탄 커피가 제일 맛있다는 사탕발림으로.

　"커피 드세요."

아침 일찍부터 출근해 일하는 그를 방해하고 싶지 않아 지수는 잔을 내려놓고 황급히 몸을 틀었다.

"회사가 왜 이렇게 어수선해? 곧 밸런타인데이라 그런 거야?"

"네, 그렇대요."

지수가 남 얘기하듯 무심하게 대답했다. 여전히 시선은 모니터로 향한 채로 그가 넌지시 물어왔다.

"줄 사람 있어?"

"글쎄요. 생각해 보지 않아서요."

같은 부서 사람들에게 예의로 하나씩은 돌리겠지만, 딱히 특별한 사람은 없었다. 그 사실을 누구보다 잘 알면서 묻는 의도가 무엇인지 지수의 얼굴 위로 궁금증이 번졌다.

"팀장님은 그날 계 타시겠어요. 지금도 매년 많이 받고 계시죠?"

"아니, 별로."

심드렁한 성현의 대답에 지수의 표정이 다 안다는 듯 변했다.

"학교 다닐 때도 사물함에 가득 들어 있는 것도 모자라 강의실까지 찾아와서 주고 간 여자애들이 많았잖아요. 그때 초콜릿 받은 거 전부 청소하는 아주머니한테 다 나눠 주시지 않으셨어요?"

그때 일을 똑똑히 기억하고 있는 지수는 자신의 기억력에 감탄했지만, 성현은 반대로 그런 사소한 것을 기억하는 그녀를 의미심장한 눈빛으로 바라보았다. 두 사람이 함께 밸런타인데이를 맞이한 건 겨우 한 해였다.

"그런 걸 다 기억하고 있었어?"

"선배가 워낙 유명 인사였잖아요. 기억 못 하는 게 이상한 거죠."

저도 모르게 자연스럽게 튀어나온 호칭에 지수가 입을 가렸다.

"아, 실수."

선배. 오랜만에 듣는 호칭을 읊조리던 성현은 이상한 기분이 들었다.

사실 상사와 부하 직원이기 전에 선후배 사이였다. 그래서인지 성현은 지수가 먼저 말하기 전에 실수한 것도 몰랐다.

"와, 오늘 길 엄청 막히네요. 저 오늘 버스 20분 넘게 기다렸어요. 아우, 추워."

"이런 날은 차 갖고 오면 안 되는 건데. 다음에 또 내가 차 갖고 오면 붕어다, 붕어."

이제 막 출근한 사람들의 활기찬 목소리가 팀장실 안까지 들렸다.

"나가 보겠습니다."

싱긋 미소 띤 얼굴로 지수가 팀장실을 나왔다. 이제 막 출근해서 바들바들 떠는 사람들에게 핫초코를 한 잔씩 만들어 주고 창밖을 내다봤다. 전날 밤새 비가 내렸다고 믿기지 않을 정도로 하늘이 무척이나 쾌청했다.

선배라.

팀장이란 호칭보다 더 가깝게 느껴지는 단어가 그의 입안에서 맴돌았다. 같이 동문회로 가는 차 안에서 실수하지 않겠다며 일부러 소리 내어 몇 번이고 연습한 것과 달랐다. 지수의 입에서 너무도 자연스럽게 나온 호칭에 성현은 묘한 기분이 들었다. 마치 과거로 돌아가 스무 살의 지수와 마주하는 기분이랄까.

그녀의 입에서 불리는 팀장이란 단어가 싫은 건 아니었지만, 역시 조금 더 친밀함이 느껴지는 선배라는 호칭이 더 마음에 드는 건 사실이었다.

그나저나.

"모르는 거야, 아님 모르는 척하는 거야?"

밸런타인데이니 화이트 데이니 상술이 만들어 낸 기념일에 별 특별한 의미를 부여한 적 없는 그였다. 매년 여직원들이 한 상자씩 건네면 그 즉시 모두 거절했었다.

마음에도 없는 초콜릿을 받는 것도 그렇고, 받아 봤자 처리하지 못할 정도로 많은 양이었다. 원래 단 걸 좋아하지 않지만 그래도 가끔 생각날 때가 있었다. 바로 지금처럼.

"명색이 팀장인데."

특별한 의미를 부여하지 않아도 직장 상사란 이유만으로 그녀에게서 초콜릿을 받을 이유는 충분하다고 생각했다. 그것이 사회생활이니, 상사에 대한 예의니 떠들어 대는 이유와 같았다. 창문으로 고개를 돌리자 열심히 일하고 있는 지수의 옆얼굴이 보였다.

"뭘 기대한 거야."

키스한 것도 까맣게 잊은 여자에게 너무 과한 것을 바라는 걸지도 몰랐다. 지수와 눈이 마주치자 성현은 블라인드를 전부 내려 버렸다.

퇴근 후 지수는 여직원들과 함께 대형 마트를 찾았다. 밸런타인데이 기념으로 팀원들에게 나눠 줄 초콜릿을 사기 위해서였다.

얼결에 수연을 따라 마트에 오긴 했지만, 얼마나 사야 할지 고민 중이었다.

"서 과장님, 김 대리님, 이 팀장님. 또 누가 있지……."

이름을 나열하며 초콜릿을 고르던 수연의 시선이 멀뚱히 서 있는 지수에게로 향했다.

"지수 씨도 얼른 골라. 이벤트 중이라 여기가 제일 저렴해."

머쓱하게 웃으며 그제야 지수도 초콜릿을 골라 담았다. 네모반듯한 상자를 몇 개 꺼내 담던 지수는 은숙과 지혁의 것까지 넉넉하게 담았다. 수연의 바구니에 있는 고급스럽게 포장된 초콜릿은 아마 성현의 것일 터였다.

"다른 걸 더 살까."

"누구 주려고 그러는데?"

"더 넉넉하게 살까 해서요. 다 골랐으면 마트 구경이나 하다 갈까요?"

"좋지. 밸런타인데이라고 행사도 많이 하던데."

어쩐지 평일임에도 사람들이 많은 것 같더니 이유가 있었다.

조금 들뜬 기분으로 작은 소품들이 있는 코너로 갔다. 혼자 마트를 돌아다니며 구경하던 그녀의 눈에 아기자기한 미니 화분이 눈에 들어왔다.

"예쁘다."

공기 정화 용 미니 화분이라 책상에 놓아도 부담스럽지 않은 크기였다.

"너구리 굴에 조치가 필요해."

고민 끝에 지수는 마음에 드는 화분 하나를 골랐다. 한 손에 쏙 들어오는 알맞은 크기의 화분을 바라보며 지수가 미소 지었다.

밸런타인데이 당일.

출근한 성현의 책상 위에 쌓인 크고 작은 초콜릿 상자들 중 유일하게 눈에 띄는 것이 있었다. 원래 그 자리에 있었던 것처럼 책상 한편에 떡하니 자리 잡은 미니 화분이었다. 초콜릿은 팀원들이 가져다 놓은 것일 테고, 그럼 이 화분은 누가 가져다 놓은 거란 말인가.

"이거 누가 가져다 놓은 건지 알아?"

마침 커피를 내온 지수에게 성현이 물었다. 난처한 얼굴로 대답을 머뭇거리던 지수가 그의 눈치를 살폈다.

"마음에 안 드세요?"

"그냥 궁금해서. 누가 가져다 놓은 건데?"

"제가요."

한참을 뜸 들인 끝에 지수가 작은 목소리로 말했다. 의문스러움이 가득했던 성현의 얼굴에 작은 균열이 생겼다. 살짝 기대에 찬 눈빛으로 그가 넌지시 물었다.

"다른 건?"

하지만 이내 지수의 빈손을 바라보며 실망한 표정으로 물었다. 이젠 별로 실망스럽지도 않았다. 그런 일이 한두 가지여야지.

"초콜릿은 많이 받으셨을 것 같아서요."

"윤지수 건 없잖아."

"여기 있네요. 스투키."

화분을 가리키며 얄밉게 웃는 지수를 보던 성현의 시선이 화분으로 내려앉았다. 너구리 굴이라고 잔소리할 때부터 알아봤어야 했는데.

"공기 정화 식물이에요. 너구리 굴에서 숨 좀 쉬고 사시라고."

"이미 숨은 잘 쉬고 있어."

작은 반항을 하듯 성현이 뾰족하게 대답했다.

"자리를 너무 오래 비웠습니다. 사람들이 오해할 것 같아요."

"초콜릿 하나 없는데, 오해는 무슨 오해?"

천하의 이성현이 여자에게 초콜릿 달라고 사정사정하는 날이 오게 될 줄이야. 스스로 생각해도 어이가 없어서 절로 웃음이 나왔다. 알 수 없는 미소를 지으며 성현이 손을 내저었다. 그만 나가서 일 보란 뜻이었다.

"그럼 이거라도 드시든지요. 당 충전하세요."

카디건 주머니에 손을 집어넣은 지수가 툭, 하고 책상 위에 무언가 꺼내 놓았다. 책상 귀퉁이에 놓인 초코바에 닿았던 시선을 올리자 고개를 까닥하곤 지수가 문밖으로 나갔다.

"당 충전?"

엎드려 절 받기 수준으로 받아 낸 것이 겨우 초코바 하나라는 것에 우스우면서도 괜히 미소가 지어졌다. 올해 유일하게 그가 받은 초콜릿인 셈이었다.

정신없는 오전이 지나가고 있었다. 급히 봐야 할 서류가 생각난 성현은 인터폰으로 손을 뻗었다.

─네, 팀장님.

"윤지수 씨 자리 아닙니까?"

수연의 목소리에 성현의 시선이 블라인드로 향했다.

─지수 씨, 경영 지원 팀에 서류 가지러 갔습니다. 찾으시는 거 있으세요?

"기획 팀에서 올라왔던 이벤트 기획안 좀 보고 싶은데."

─제가 찾아보겠습니다.

인터폰을 끊고 한참이 지난 후에도 요청한 서류가 올라오지 않아 기다리다 못한 성현이 사무실로 나왔다. 지수의 책상에서 서류 파일을 찾고 있는 수연에게 그의 시선이 향했다.

"없습니까?"

"어제 여기에 둔 걸 본 것 같은데……. 제가 찾아서 가져다 드리겠습니다."

"내가 찾아보죠. 이수연 씨는 하던 일해요."

불편한 표정으로 자리로 돌아간 수연을 대신해 성현이 서류를 찾기 시작했다.

지잉지잉.

휴대폰 메시지 알림 음에 성현의 시선이 책상 위에 있는 휴대폰으로 향했다.

시언

어디선가 들은 적 있는 낯익은 이름이었다. 누구였더라, 누구지. 기억을 되짚던 성현은 며칠 전 동문회를 떠올렸다. 그녀와 함께 야경을 보던 녀석이었다. 서류를 찾으면서도 신경은 연달아 울리는 휴대폰에 향한 채였다. 한 번 끊긴 전화가 다시 걸려 오자 옆에 있던 수연이 혼잣말을 중얼거렸다.

"급한 전화인가? 아까부터 계속 울리네."

서류 찾길 포기한 그는 팀장실로 다시 들어왔다. 그리고 얼마 지나지 않아 지수가 사무실로 들어오는 소리가 들렸다.

"지수 씨, 왜 이렇게 늦었어? 팀장님께서 기획 팀에서 올라온 기획안 찾으셨어. 계속 휴대폰에선 불나고. 어서 서류부터 찾아서 가져다 드려."

"죄송합니다."

수연의 나무람에 지수의 작은 목소리가 그의 귀에 들렸다. 여전히 성현의 신경은 온통 몇 차례나 걸려 온 녀석의 전화로 향한 채였으나 무신경한 표정으로 일관했다.

"늦어져 죄송합니다. 경영 지원 팀 다녀오는 길인데, 마침이 대리님이 연차라……."

"윤지수 씨, 회사가 놀이터야? 멋대로 자리 비워도 되는 줄 알아?"

"네? 그게 아니라……."

"최 대리는 신입 사원한테 뭘 가르친 거야?"

지수의 말을 자른 그는 화부터 내고 봤다. 업무에 딱히 지장 준 것도 아니고, 찾고 있던 서류가 그렇게 급한 것도 아니건만 마음과 달리 고함부터 나왔다.

"죄송합니다."

깊게 허리를 숙인 지수의 목소리가 가느다랗게 떨렸으나 성현은 애써 외면했다.

"됐어. 나가 봐."

"찾으신 서류는 여기 있습니다."

가져온 서류를 두고 도망치듯 팀장실을 나서는 지수의 뒷모습으로 그의 시선이 닿았다. 곧장 사무실을 나서는 그녀의 뒤를 수연이 따라나서는 게 보였다.

성현은 평소 어떠한 상황에서든 이성적으로 행동한다고 자부했었는데 순식간에 감정적으로 변한 자신을 이해할 수 없었다.

"젠장."

답답한 마음에 그의 입에서 거친 욕설이 튀어나왔다. 타이를 조금 느슨하게 풀며 창가로 향하던 시선이 작은 화분에 닿았다. 너구리 굴에서 숨 좀 쉬라고 했던가. 여자를 울리는 나쁜 놈은 되지 말자고 했건만, 결국 그렇게 되고 말았다. 자신이 한심하면서도 실망스럽게 느껴지는 건 처음이었다.

얼마 지나지 않아 사무실로 들어온 지수가 보였다. 울었는지 눈가가 붉어진 채였다. 그 모습을 바라본 그의 가슴이 뻐근해졌다.

퇴근 무렵, 지수는 성현에게 눈조차 마주치지 않은 채로 인사하고 퇴근했다. 경솔했다고 사과하려고 몇 번이나 기회를 봤지만, 번번이 타이밍을 놓친 그의 속이 까맣게 타들어갔다. 내일부터 그녀를 어떤 얼굴로 봐야 할지 걱정됐다.

"지수 씨는 좀 어때?"

"팀장님께 완전 깨졌으니 오래 가겠죠."

"많이 운 것 같은데, 잘 달래 주지."

"한다고 했는데, 기분이 영 아닌 것 같아요."

밖에서 들리는 사람들의 목소리에 성현의 죄책감의 무게가 더 커졌다. 별것도 아닌 일로 분란을 만들고 울리기까지 하다니. 생각하면 할수록 자신의 행동이 이해가 안 가 한숨만 늘어갔다.

"미치겠군."

지수를 울린 이후부터 업무는 올 스톱 상태다. 아무것도 손에 잡히지 않았고, 아무것도 하고 싶지 않아졌다. 지수가 가져온 서류는 거들떠도 보지 않았다. 의욕 상실과 죄책감에 뒤덮인 상태로 몇 시간 동안 자리만 지키고 있을 뿐이었다.

"미안하게 진짜."

화분을 볼 때마다 울며 뛰쳐나간 지수가 생각나 미칠 것 같았다. 얼마나 많이 울었는지, 눈도 많이 부었던데. 퇴근길에 잠깐 들릴까.

"집에 가는 길에 지수 씨한테 전화 좀 해 봐야겠어요."

"그러지 말고 아직 멀리 안 갔을 것 같은데 지수 씨 불러내서 차 한 잔 마시면서 기분이나 풀어 주자."

"그러는 게 좋겠어요."

수연과 최 대리의 대화를 듣고 있던 성현의 기분이 더욱 침울해졌다. 하나같이 도움 안 되는 사람들이 우르르 들어와 인사하고 나가는데도 성현은 거들떠보지 않았다. 주체할 수 없는 미안함에 한숨만 늘어갈 뿐이다.

다음 날 오후.

오전 내내 지수는 성현과 눈조차 마주치지 않았다. 사무적인 태도로 업무 외 사적인 말은 일체 섞지 않았다. 이미 예상한 일이었지만, 냉랭한 지수의 태도에 성현은 그녀의 눈치만 살폈다. 마음에 무겁게 얹어진 죄스러운 마음은 하루 만에 안쓰럽게 변한 지수의 얼굴로 인해 더욱 커졌다. 이미 사과할 타이밍을 몇 번이나 놓친 그는 자책하며 마른 한숨을 내쉬었다. 그렇게 고민하기를 몇 시간 째, 결심이 선 얼굴로 성현이 인터폰을 들었다.

―말씀하세요, 팀장님.

"잠깐 내 방으로 와요."

말하는 동안 성현의 시선은 창문 밖으로 향해 있었다. 곧 인터폰을 내려놓고 자리에서 일어나는 그녀의 모습이 보였다. 살짝 긴장한 그의 시선이 지수에게 향했다.

"부르셨어요?"

생기를 잃은 입술에서 가시처럼 뾰족한 목소리가 흘러나왔다. 까칠하다 못해 푸석한 피부와 잔뜩 부운 지수의 눈으로 그의 시선이 옮겨졌다. 모르는 사람이 봤으면 성형 수술을 의심했을 정도로 부운 눈두덩이를 보고 있자니 미안한 마음에 아무 말도 나오지 않았다.

"말씀하세요."

"어젠 내가 심했어. 사과할게."

진심 어린 사과에도 지수는 여전히 냉랭했다.

"오랫동안 자리를 비운 제 잘못입니다. 혼날 만했습니다."

"윤지수."

"말씀 다 끝나셨으면 그만 나가 봐도 될까요? 대리님께서 지시하신 일이 있어서요."

시종일관 쌀쌀맞은 지수의 태도에 성현의 눈이 좁아졌다. 단순히 자신에게 서운함을 내비치는 거라면 정도가 지나쳤다. 자리에서 일어난 그는 블라인드를 전부 내렸다.

"그만 나가 보겠습니다."

몸을 비튼 지수의 가는 팔목을 성현이 잡아챘다.

"내가 미안하다고 하잖아."

"놔주세요. 팀장님."

"사과할게. 화 풀어."

"화난 거 아닙니다."

지수가 손목을 잡고 있는 성현의 손을 차갑게 떼어 냈다. 그 행동에 적잖게 충격을 받아 그의 몸이 굳어졌다. 하지만 이대로 그녀를 보낼 생각은 없었다.

"어제 말하다 못 한 거 말해 봐."

"그게 왜 이제 궁금하세요?"

"……."

"팀장님 기분에 따라 제가 움직여야 하나요?"

차갑게 가라앉은 지수의 목소리가 아프게 그의 가슴을 후벼 팠다. 왜 진작 들으려고 하지 않았는지 뒤늦은 후회가 밀려왔다.

"들어 줄게. 말해 봐."

잠깐의 정적 끝에 흔들림 없는 목소리로 지수가 말했다.

"박 팀장님께서 서류 찾는 데 오래 걸렸을 뿐입니다."

"정말 그것뿐이야?"

"네. 이제 나가 보겠습니다. 할 일이 많아서요."

더 이상 지수를 붙잡을 구실이 사라진 성현은 그녀의 손목을 잡은 손에 힘을 풀었다. 고집스럽게 닫힌 입술만큼이나 굳게 닫은 마음을 열 방법을 알지 못했다. 지수가 나가자 갑갑한 마음에 질끈 눈을 감았다 뜬 그는 마른세수를 했다. 밖에서 들리는 그녀의 목소리는 여느 때와 마찬가지로 부드러웠다. 그 목소리가 어느 때보다 간절했다.

외근 나갔다 회사로 돌아온 성현은 복도 끝에서 누군가와 대화하고 있는 지수를 발견했다. 곁에 있는 사람은 벽에 가려져 잘 보이지 않았지만, 일단 알은체라도 해 볼까 싶어 걸음을 옮겼다. 제법 가까이 다가갔을 때서야 눈에 들어온 사람으로 인해 걸음을 멈추었다.

"윤지수 씨, 경영 지원 팀으로 오는 게 어때? 이제 막 입사해서 뭘 모르나 본데, 매출 관리나 하는 마케팅보다는 인사 관리 쪽이 더 좋을 거야. 그래야 빨리 진급도 되고, 월급도 오르지."

역겨운 미소를 흘리며 지수의 어깨를 툭툭 건드리는 사람은 경영 지원 팀의 박 팀장이었다. 그 모습을 곱지 않은 시선으로 바라보는 성현의 눈이 좁아졌다. 세상 물정 모르는 어린 여자를 바라보는 눈빛은 흑심으로 가득했다.

"전 마케팅 팀에서 일하는 게 좋습니다. 호의는 감사하지만……."

"아직 윤지수 씨가 사회생활을 몰라도 너무 모르네. 내 방으로 가서 차 한잔하면서 천천히 이야기 나누자고."

"제가 지금 할 일이 많아서요."

연이은 지수의 거절에도 박 팀장은 참 끈질겼다.

"그러지 말고……."

이 상황을 어떻게 할까, 고민하던 순간이었다. 지수의 손목을 잡아채는 박 팀장의 우악스러운 손길에 성현은 이성의 끈이 끊어지는 것을 느꼈다.

"그 손 놓으세요, 박 팀장님."

"이, 이 팀장."

놀라서 커진 박 팀장의 눈이 성현에게로 향했다. 성큼성큼 박 팀장에게 다가간 그가 지수의 팔을 잡아 제 곁에 서게 만들었다.

"윤지수 씨는 가서 내가 시킨 일 마저 처리해요."

"팀장님……."

지수의 눈동자가 불안하게 흔들렸다. 하지만 성현의 단호한 눈빛에 그녀가 두 사람에게서 멀어졌다. 그는 주먹으로 박 팀장의 얼굴을 휘갈기고 싶은 걸 꾹 참았다. 이런 사람들에겐 폭력도 아까웠다.

"그럼 나도 바빠서……."

"지금 가시면 저 바로 올라갑니다."

성현의 손가락이 위층을 가리키자 마지못한 표정으로 박 팀장이 구시렁댔다. 감사 팀에서 조사를 받는 불미스러운 일은 피하고 싶은 것이다.

"방금 저희 팀원에게 하신 말, 무슨 뜻입니까?"

"아, 나는 그저 좋은 마음으로……."

박 팀장이 비굴한 표정으로 늘어놓는 변명을 성현이 싸늘하게 말을 잘랐다.

"좋은 마음으로 멋대로 타 부서 직원을 데려가려고 하셨습니까? 인사이동 공문이 내려온 것도 아닐 테고, 그 결정 권한이 박 팀장님께 있는 것도 아니지 않습니까. 무엇보다 윤지수 씨의 상관인 제가 아무것도 들은 바가 없는데요."

"그, 그게 그냥 나는 윤지수 씨가 딸처럼 예뻐서 한 말이야."

중학생 딸이 있는 유부남의 궁색한 변명에 가볍게 조소를 흘리며 성현이 한 발짝 가까이 다가섰다.

"딸처럼 예뻐서 없는 말 지어내셨습니까?"

"이봐, 이 팀장."

"어깨 두드리고, 손잡고, 머리 만지고. 그래도 되는 겁니까? 박 팀장님 따님이 직장 상사에게 그렇게 예쁨 받으면 기분 좋으시겠습니까?"

"……."

"직장 생활 오래 하신 분이 공과 사도 구분 못 하시네요."

박 팀장의 얼굴이 붉으락푸르락 변했다. 어제 지수가 경영 지원 팀에 오래 있었던 이유가 이제야 짐작이 갔다. 그것도 모르고 화만 냈으니, 얼마나 서러웠을까. 자신에게 냉랭한 것도 당연했다. 성현은 스스로에게 화가 나 미칠 것 같았다.

"저 여직원이 먼저 날 꼬셨다고."

"그럼 CCTV 확인해 봐도 문제없으시겠네요."

"뭐?"

거기까지는 미처 생각 못 했는지 박 팀장의 얼굴이 하얗게 질렸다.

"한 번만 더 저희 팀원을 상대로 분란 일으키시면 그땐 경고로 끝나지 않습니다."

어느새 사람들이 모여들어 웅성거리기 시작했다.

"조심하세요, 박 팀장님. 제가 한다면 하는 사람이라는 거 잘 아시는 분이잖아요."

사태를 대충 파악한 사람들의 비난이 쏟아지자 박 팀장이 도망갈 구멍을 기가 막히게 찾아 쏜살같이 내뺐다. 그런 박 팀장의 뒷모습을 분노 어린 시선으로 노려보던 성현이 주먹을 굳게 쥐었다.

진정되지 않는 가슴에 손을 얹은 지수는 크게 심호흡을 여러 번 했다. 하지만 한 번 뛰기 시작한 심장은 쉬이 진정되지 않았다. 사무실 문을 걱정스러운 눈길로 바라보며 애먼 손톱을 물어뜯었다.

"윤지수 씨, 내 방으로 와요."

별안간 사무실 문이 벌컥 열리며 들어온 성현이 찬바람을 일으키며 팀장실 안으로 사라졌다. 전후 사정을 알지 못하는 사람들은 그의 모습에 의문을 품은 표정으로 지수를 바라볼 뿐이었다.

그녀는 호흡을 가다듬고 자리에서 일어났다. 문을 밀고 안으로 들어가자 제법 심각한 표정으로 앉아 있는 성현이 보였다. 싸늘한 눈빛이 지수에게 향했다.

"나한테 할 말 없어?"

"이미 상황 파악 끝나신 거 아닌가요?"

지수는 일부러 담담하게 말했다. 그렇지 않으면 또다시 그에게 기대게 될 것 같았다.

"적어도 나한텐 말했어야지. 상사인데."

처음엔 그가 다그쳐서 말하지 못했고, 다음엔 어떻게 말을 꺼내야 할지 고민했었다. 여러 번 기회가 있었음에도 말하지 못한 건 자신으로 인해 성현이 곤경에 처하지 않을까하는 우려가 가장 컸었다.

부사장의 셋째 아들인 박 팀장의 심기를 건드릴 수 있는 사람은 없다고 들었다. 한 번 그의 눈 밖에 난 사람은 회사 생활을 길게 하지 못했다고도 했다.

지수에겐 엄마와 아직 대학생인 어린 동생이 있었다. 이런저런 상황들로 인해 확실하게 대처하지 못했다는 점을 인정할 수밖에 없었다. 게다가 자신은 이제 막 입사한 신입 사원 아니던가.

"꿀 먹었어? 왜 말이 없어?"

다그치는 목소리에 또다시 설움이 복받치려 했다.

"아시잖아요, 박 팀장님."

"알지. 부사장의 골칫덩어리 셋째 아들. 만년 팀장, 박 팀장. 그게 뭐?"

"알면서 그러시는 거예요?"

아무리 골칫덩이라 해도 그 위치가 변하는 건 아니었다. 실세인 부사장의 셋째 아들이었다. 피해 볼 사람은 당연히 그녀였다.

"나한텐 뾰족하게 잘만 하면서 왜 절절매고 그래? 대체 뭐가 무서워서."

화난 표정으로 자리에서 일어난 성현이 앞으로 걸어나와 책상에 걸터앉았다. 그와의 거리가 가까워지자 지수는 저도 모르게 한 걸음 뒤로 물러났다.

"팀장님."

"한 번만 더 그래 봐. 가만 안 둬."

"……."

"부당하다고 생각되는 일엔 할 말도 돼. 뭐라고 하는 사람 있으면 나한테 말해."

여전히 화가 난 얼굴로 단단히 경고하는 목소리에 지수는 처음으로 그에게 기대고 싶어졌다. 말하기 시작하면 눈물이 터질 것 같아 입술 안쪽을 세게 깨물었다.

"네가 부당하다고 생각되는 일이면 정말 그런 일인 거야. 내가 아는 윤지수는 부풀려 얘기하거나 없는 일 만들어 낼 사람이 아니니까. 난 그렇게 알고 있어."

언제부터 그랬는지, 어디까지 만졌는지 대답하기 곤란한 질문들을 할 줄 알았다. 그런 걸 물으면 뭐라 대답해야 하나 고민했던 지수의 눈가가 의지와 상관없이 흐려졌다. 자신을 절대적으로 신용하는 목소리에, 기대라고 말하는 믿음직스러운 모습에, 자신을 대신해서 화내는 그 모습에 서러웠던 감정들이 사라져 갔다.

"내가 틀린 거야?"

대답 대신 지수는 고개를 저었다. 목이 메어 대답할 수 없었다.

"알았으면 됐어."

지수가 한 걸음 뒤로 물러난 만큼 가까이 다가온 성현이 푹 고개를 떨군 지수의 머리를 가만히 쓰다듬었다. 그 순간 그녀의 눈에 고여 있던 굵은 눈물이 왈칵 쏟아졌다. 지수의 머리를 안쪽으로 끌어당겨 가슴에 기대게 만든 그가 분에 섞인 목소리로 더 크게 화를 냈다.

"망할 박 팀장. 사람들 모여드니까 부리나케 꽁지를 빼더라. 한 번만 더 내 눈에 띄어 봐."

그간 불안과 걱정으로 가득했던 가슴이 순식간에 녹아내렸다. 이 회사에 자신의 편이 한 명쯤은 있다는 안도와 함께 적어도 억울하게 회사에서 쫓겨날 일은 없을 거란 확신이 드는 순간이었다.

"더 혼쭐을 내줬어야 했는데. 아, 열 받아."

이를 바득바득 갈며 분이 가시지 않은 목소리로 성현이 중얼거렸다. 반듯하기만 하던 그가 입에 험한 욕설을 담고 부하 직원을 대신해서 더 크게 화내는 모습이 지수는 낯설게 느껴졌다. 그녀가 아는 이성현은 남의 일에 전혀 관심 따위 갖는 사람이 아니었기에.

그러면서 동시에 그의 품에 안겨 있는 사실에 가슴이 떨렸다. 머리를 쓰다듬고, 등을 토닥이는 손길이 어쩐지 어설프다고 느껴지는 건 그저 기분 탓일까.

어느 정도 눈물은 멈추었지만 엉망인 얼굴을 보이기 싫어 지수는 그에게서 등을 돌렸다. 그리곤 손등으로 눈가에 묻은 눈물을 마저 닦아 냈다.

"그만 나가 보겠습니다."

"조금 이따 나가. 그 상태로 나가면 사람들이 또 나만 나쁜 놈 만들 거 아냐."

퉁명스럽게 말하며 드립기에서 원두커피 한 잔을 내리더니 그대로 지수의 손을 끌고 소파에 앉혔다. 첫 출근했던 날, 커피를 타 주겠다며 얄궂은 얼굴을 한 그가 불현듯 떠올랐다.

성현이 타 준 커피를 마시게 될 날이 올 줄은 꿈에도 몰랐다. 깊고 그윽한 향이 나는 머그잔을 내미는 그를 멀거니 바라봤다. 여전히 이 상황이, 그가 낯설고 이상했다. 하지만 한편으로는 설레었다.

멍하니 바라보고 있는 지수의 손을 끌어다 잔을 쥐게 만든 성현이 살짝 입술을 늘렸다.

손에 닿은 건 분명 머그잔인데, 스치듯 잠깐 닿은 그의 손이 불에 데인 듯 뜨거웠다. 갑자기 빠르게 뛰기 시작한 가슴이 제어가 되지 않았다.

"그러고 보니 내가 커피 타 주는 건 처음이네. 매일 네가 타 준 커피만 마셨는데."

지수는 말없이 잔을 입술로 가져갔다. 가슴만큼이나 커피가 닿은 입술 역시 살짝 떨렸다.

진정을 찾은 지수와 달리 퇴근 무렵에 가까워지도록 성현의 분노는 쉽게 사그라들지 않았다. 흑심 가득한 박 팀장의 손이 지수의 팔을 잡아끄는 순간 이성의 끈이 탁, 끊어지는 것을 느꼈다.

"망할."

직위를 이용해 아무것도 모르는 순진한 여직원을 성희롱한 것도 모자라 그 죄를 떠넘기려던 박 팀장을 떠올리자 혈압이 상승하는 것 같았다.

똑똑.

노크 소리에 성현이 고개를 들었다. 퇴근 준비를 마친 최 대리가 안으로 들어왔다.

"먼저 퇴근하겠습니다, 팀장님."

"수고했어요."

가볍게 묵례하고 나가려던 최 대리가 몸을 멈칫했다.

"혹시 지수 씨한테 무슨 일이 있었는지 팀장님께서는 아세요?"

그가 잠깐 갈등하는 사이 최 대리가 먼저 입을 열었다.

"혹시 경영 지원 팀 박 팀장님과 관련된 일인가요?"

"당분간은 모르는 척해 주세요."

"제 짐작이 맞나 보네요. 안 그래도 요 근래 계속 얼굴이 안 좋아서 혹시나 했거든요."

머뭇거리던 최 대리가 힘겹게 입을 열었다.

"사실 박 팀장님이 신입 사원 여직원들을 건드린다는 소문이 있었거든요. 그래서 경영 지원 팀 신입 여직원들이 하나같이 6개월을 못 버티고 그만두는 거라는 말까지 있었고요. 그냥 소문이겠거니 했는데, 설마 타 부서 여직원에게까지 그럴 줄은 꿈에도 몰랐어요. 제가 지수 씨를 잘 챙겼어야 했는데……."

봇물 터지듯 최 대리의 입에서 나온 말에 성현의 얼굴이 더욱 험악하게 구겨졌다. 한두 번이 아닌 상습범이었다는 사실에 경악을 금치 못했다.

"어떻게 처자식까지 있는 사람이……."

"그러게 말이에요. 이 일로 지수 씨에게 피해가 가는 일이 없어야 할 텐데 걱정이에요."

"그럴 일은 없을 겁니다."

가해자가 따로 있는데 피해자만 억울하게 전부 뒤집어쓰는 일은 적어도 자신의 사람에게만큼은 허용할 수 없었다. 믿음직스러운 성현의 모습에 한결 가벼운 얼굴로 최 대리가 팀장실을 나갔다.

얼마 지나지 않아 성현은 코트를 입고 퇴근 준비를 했다. 팀장실 불을 끄고 밖으로 나오자 퇴근 준비하고 있는 지수와 마주쳤다.

"집으로 가는 거면 같이 가고."

뒤에서 아무런 인기척이 들리지 않자 성현이 걸음을 멈추고 재촉했다.

"뭐해, 안 나오고?"

대부분의 사람들이 퇴근한 복도는 쥐 죽은 듯 고요했고, 기온이 뚝 떨어진 밖은 칼바람이 몰아쳤다. 무엇보다 혼자 집으로 갈 그녀의 퇴근길이 걱정됐다.

말없이 그를 따라온 지수와 함께 지하 주차장으로 내려가자 대부분의 차가 빠져나간 후였다. 지수가 벨트를 매는 걸 확인하고 차를 출발시켰다. 문득 퇴근이 늦었다는 걸 깨달았다. 기운 없어 보이는 그녀의 얼굴에 신경 쓰인 그가 넌지시 물었다.

"배고프면 저녁 먹을래?"

"아뇨, 생각 없어요. 그나저나 아까 박 팀장님하고 무슨 얘기하셨어요?"

"별 얘기 안 했어. 머리가 있으면 알아들었겠지."

"배짱도 좋으시네요. 그러다 진급에서 누락되면 어쩌시려고."

"걱정 마. 진급은 실력으로 하는 거거든."

사사로운 감정으로 공과 사를 구분 짓지 못하는 회사라면 그 역시 필요 없었다. 이 회사가 아니어도 그에게 러브콜을 보내는 회사는 이미 차고 넘쳤다.

힐끗, 곁눈질로 바라본 지수의 얼굴엔 불안함과 걱정이 많아 보였다.

"저기 오픈했나 봐요. 신장개업 이벤트로……."

꼬르륵.

말을 채 마치기도 전에 지수의 배에서 전쟁 소리가 났다. 피식, 그의 입술이 살짝 휘어졌다. 못 들었으면 모를까, 모른 척하기엔 배꼽시계가 내는 소리가 너무 적나라했다.

"신장개업이라 오늘 하루만 할인이라니까 가 보자."

애써 모르는 척하며 운전대를 돌렸지만 그녀의 얼굴은 이미 귀까지 빨개진 후였다. 지수를 바라보는 그의 눈이 반으로 휘었다.

신장개업 이벤트로 인해 식당 안은 북새통이 따로 없었다. 펄펄 끓는 순댓국을 나르는 직원들이 바쁘게 움직이는 걸 보며 지수는 주문한 식사가 나오길 기다렸다.

작은 접시에 김치와 깍두기를 적당한 크기로 자르는 사이 때마침 뚝배기 그릇 두 개가 테이블에 놓여졌다. 새우젓으로 간을 하고 다진 청양 고추를 아낌없이 뿌리고 나서야 지수가 수저를 들었다.

"아까까지만 해도 생각 없다더니."

"순댓국이 나오니까 이성이 뚝 끊어지네요. 그런 일을 겪고서도 배는 고픈가 봐요."

이런 상황에서도 때 되니 배고픈 자신이 지수는 조금 한심하게 느껴졌다.

"배고프면 먹으면 되지, 말이 많아."

"네. 잘 먹을게요."

걱정은 잠시 내일로 미뤄 두기로 하고 지수는 밥을 크게 한 술 떠서 입으로 가져갔다. 역시 겨울엔 뜨끈뜨끈한 국밥이 최고다. 속까지 시원하게 풀리는 맛에 만족하며 고개를 들었다.

그러다 깨작깨작 밥과 국물을 따로 먹는 성현의 모습에 절레절레 고개를 저었다.

"순댓국을 그렇게 드시면 안 되죠."

"난 이렇게 먹는 게 편해."

"자고로 순댓국은 팔팔 끓는 국물에 밥 말아 먹는 거죠. 새우젓과 청양 고추로 간을 하고요. 음식에 대한 예의가 없으시네."

검지를 좌우로 흔들며 지수가 한숨을 내쉬었다.

"먹을 줄 아는 윤지수나 그렇게 많이 먹어."

화장실을 제집처럼 드나들게 만들 것 같은 그녀의 국밥을 건너보며 성현이 비아냥거렸다. 각자의 취향에 맞게 먹기 시작한 순댓국이 부지런하게 줄어가고 있었다.

"안 물어봤는데 말하는 거예요."

바닥을 드러낸 뚝배기를 앞에 두고 운을 뗀 지수가 물컵을 들었다. 성현은 말없이 그녀를 응시했다.

"사실 그때 경영 지원 팀엔 아무도 없었어요. 박 팀장님 외엔. 결재 서류를 가지러 왔다니까 앉아서 기다리라고 그러시더라고요."

"굳이 말할 필요 없어."

"그러니까 안 물어봤는데 말하는 거라고 하잖아요."

묻지 않았지만 상황 설명을 제대로 해야 할 것 같은 생각이 들었다. 시선을 아래로 내리 깐 채로 그녀가 말을 이었다.

"서류를 찾아 주길 기다리고 있는데 팀장님께서 앉아서 기다리라면서 차 한 잔을 주시더라고요. 팀장님께서 주시니 거절하지 못 하고 받았어요. 그런데 생각보다 오래 걸려서 다음에 찾으러 오려고 자리에서 일어났어요."

"……."

"그런데 제 손을 붙잡고 다시 소파에 앉히더라고요. 제가
딸 같고 예쁘다고 하면서……. 바쁘다고 했는데도 잠깐이면
된다고 하면서 계속 제 손을 놔주지 않으셨어요. 나와서 손
을 얼마나 씻었게요."

짙은 한숨을 토해 낸 지수의 손이 이제야 제대로 보였다.
얼마나 씻어 댔으면 여자 손이 저렇게 눈에 보일 정도로 거
칠까 싶었다. 그녀가 받았을 충격이 걱정되었지만 담담한 지
수의 표정에 성현은 조금 안심이 되었다.

어느덧 북새통이던 가게 안은 얼추 손님이 빠져나갔는지
웅성거림이 잦아들었다. 하지만 늦은 시간임에도 들어오는
손님들이 끊이지 않았다.

"나쁜 새끼."

조용히 읊조리는 지수의 욕지기에 성현은 살짝 놀라고 말
았다. 하지만 이 정도 깡이면 걱정은 그만해도 좋을 것 같았
다.

"아, 저도 모르게……."

"또 그러면 지금처럼 욕을 퍼부어 버려. 욕도 아깝긴 하지
만."

그의 농담에 지수가 옅게 미소 지었다.

"네. 그럴게요."

그럴 수 있을지는 모르겠지만, 일단 대답은 명쾌하게 했다. 제법 후련한 얼굴로 지수가 긴 한숨을 토해 냈다. 속이 든든하니, 마음까지 채워지는 밤이다.

미끄럽게 골목 안으로 들어온 차는 지수의 집 앞에서 멈추었다. 그녀의 집으로 가는 길이 이제 제법 익숙한 성현은 어려움 없이 도착할 수 있었다.

"오늘 감사했습니다. 내일 뵐게요."

"그래. 내일 보자."

성현이 인사하고 차에 타려던 순간이었다.

"지수야."

그리 멀지 않은 거리에서 다정하게 그녀를 부르는 남자가 보였다. 차에 타려던 성현의 시선이 지수의 뒤에 있는 남자로 향했다.

"시언아."

당황한 지수의 목소리가 흐려졌다. 노골적으로 변한 경계의 눈빛이 시언에게로 향했다. 이 늦은 밤 그녀의 집 앞까지 무슨 일인지 궁금한 반면, 그 의도가 좋게 보이지는 않았다. 지수를 등진 시언이 불쾌한 표정으로 성현에게 한 걸음 다가갔다.

"여긴 어쩐 일이세요?"

"그걸 내가 너한테 말해야 할 이유는 없는 것 같은데."

무례한 질문에 대답할 이유를 느끼지 못한 성현이 까칠하게 대답했다.

"너야말로 여기까지 어쩐 일이야?"

시언의 팔을 잡아끈 지수의 억양이 높아졌다.

"연락이 안 되서 찾아왔어. 그런데 의외의 인물이랑 같이 있었네."

"내일 뵐게요. 조심히 가세요."

서둘러 성현을 보낸 지수가 시언의 팔을 끌고 저만치 사라졌다. 우두커니 두 사람이 멀어지는 걸 바라보던 성현이 거칠게 머리를 헝클였다.

"누가 보면 애인이나 되는 줄 알겠네."

나직이 잇새 사이로 내뱉는 음성이 한겨울의 한파보다 시렸다. 시동을 켜고 출발한 차는 두 사람을 빠르게 지나쳤다. 그의 시선은 여전히 백미러로 향한 채였다.

집에 돌아와 피곤한 몸을 씻고 로션을 바르던 지수는 알림음에 고개를 내렸다. 시언으로부터 온 메시지였다.

〈곤란하게 해서 미안해.〉

답장을 미뤄 둔 휴대폰을 내려놓으며 그녀는 땅이 꺼져라 한숨을 내쉬었다. 시언이 자신에게 마음이 있는 것 같으니 잘해 보라던 동기들의 말을 농담으로 흘려들었었다.

이제 사회 초년생인 그녀에게 연애는 사치일 뿐인 데다 시언을 친구 이상으로 생각해 본 적이 없었다. 더군다나 시언이 자신을 이성으로 보고 있었을 줄은 꿈에도 몰랐다.

지수의 마음도 편치 않았으나, 확실히 하는 편이 좋을 것 같아 고백을 거절하고 돌아오는 길이었다. 거기다 성현과의 관계에 대해 집요하게 묻는 통에 사실을 털어놓을 수밖에 없었다.

이렇게 빨리 들통 날 줄 알았으면 처음부터 거짓말은 하지 않는 건데. 자신이 그를 곤란하게 만든 것 같아 미안하기만 했다.

"이제 앞으로 동문회 참석할 일은 없겠지."

아무리 철면피라도 황당한 거짓말을 하고서 동문회에 갈 순 없었다.

"어차피 그런 자리 좋아하지도 않았잖아. 시끄럽고, 말 많고, 재미도 없고."

오랜만에 친구들 얼굴이나 볼 겸해서 간 자리였으니 이제 미련은 없었다.

생각이 정리되자 제법 후련해졌다. 역시 고민은 짧고 굵게 하는 게 정답이다. 머리 싸매고 고민해 봤자 어차피 정해진 정답은 없으니까.

편한 자세로 침대에 누운 지수의 귀에 다시 메시지 도착을 알리는 소리가 들려왔다. 이 늦은 시간에 누구지?

〈내일 집 앞으로 데리러 갈게. 같이 출근해.〉

쿵, 하고 심장이 발 아래로 추락했다. 지수는 잠이 확 달아나는 것을 느꼈다.

분명 박 팀장 일 때문이라는 걸 아는데도 이게 뭐라고 설레는 건지.

5. 3월의 한파 주의보

한파 경보가 풀리고 오랜만에 찾아온 따뜻한 날이라 차 밖에서 지수를 기다리고 있었다. 상쾌한 아침 공기를 마시던 그의 시선에 제 쪽으로 걸어오는 지수가 보였다.

"기다리게 해서 죄송해요. 서두른다고 했는데."

"오래 기다리지도 않았는데, 뭘."

너그럽게 말하며 성현이 차에 타자 지수도 조수석에 올라탔다. 방향제와 다른 상큼한 향기가 그의 후각을 자극했다.

"향수 뿌렸어?"

"아뇨. 왜요?"

"좋은 향기가 나는 것 같아서."

"헤어 미스트 때문인가?"

성현은 저도 모르게 그녀의 머리카락을 얼굴로 가져왔다. 그의 뜻밖의 행동에 놀라 커진 지수의 눈과 마주치자 성현 역시 덩달아 흠칫 놀라고 말았다.

"맞네. 여기서 나는 거."

대충 말을 얼버무린 성현이 운전대를 돌려 도로 위를 내달렸다. 영상을 웃도는 기온 때문인지 차 안이 조금 더운 것 같기도 했다.

"정전기가 많이 나는 것 같아서……."

어색한 얼굴로 머리를 매만지던 지수가 부스럭거리며 봉투를 꺼냈다.

"참, 엄마가 출근하는 길에 팀장님하고 먹으라고 싸 주셨어요. 아침 안 드셨으면 같이 먹어요."

"어머님께서 싸 주셨으니 먹어야지."

샌드위치 비닐을 반쯤 벗겨 그에게 건넨 지수가 제 것도 비닐을 벗겨 입으로 넣었다. 그 모습을 지켜보던 성현도 샌드위치를 한 입 베어 물었다.

"어머니께서 늘 이렇게 아침을 싸 주셔?"

"보통 아침밥을 챙겨 주시는데, 제가 생각이 없어서 안 먹고 가면 이렇게 하나씩 주세요. 속이 든든해야 머리가 돌아간다고요."

"어머님께서 참 따뜻하시네."

남에게 말하지 못한 아픔이 있는지 모를 정도로 밝은 건 그녀 곁에 있는 어머니 덕분이 아닐까, 성현은 생각했다.

"겉보기엔 여장부가 따로 없는데 사실 알고 보면 우리 엄마 되게 여리고 순수하세요."

"너랑 비슷하네."

"……."

"잘 웃고 싹싹하지만 알고 보면 눈물 많고, 여리고."

마침 신호 대기에 걸려 차가 멈추었다. 샌드위치를 마저 먹고 쓰레기를 치우던 그의 귀에 예상치 못한 지수의 말이 들렸다.

"언제 그렇게 잘 파악하셨대요?"

"저번에 내 앞에서 운 거 기억 안 나?"

"아, 그땐 정말……."

"알아, 서러웠을 거란 거. 거기에 내가 한몫했다는 것도."

그래서 더 미안하고 안쓰러웠다. 이제 막 사회의 첫발을 들여 놓은 그녀가 믿을 사람은 자신 밖에 없었을 텐데 화부터 냈었으니 오죽했을까. 하지만 안 좋은 일을 겪고도 여전히 밝고 씩씩해서 다행이었다.

"미안하게 생각하고 있어."

그때 자신이 지수의 이야기만 제대로 들어줬어도 빨리 해결될 일이었다. 지금까지 미안한 마음이 좀처럼 사라지지 않았다.

"그래도 덕분에 든든한 백도 생겼는걸요."

"백?"

대답 대신 장난스런 미소를 지은 지수의 시선이 자신에게 향하자 무엇을 의미하는지 그제야 깨달았다.

"얼마나 든든한지, 앞으로 할 말은 하고 살려고요."

든든한 백이라. 자신과 어울리지 않는 말이긴 했지만, 성현은 싫지 않았다.

부정도, 긍정도 하지 않은 채로 침묵을 지키는 동안 어느새 회사와 가까워졌다. 평소와 다름없는 출근길이 오늘따라 지루하게 느껴지지 않는 아침이었다.

지수와 함께하는 시간이 길어질수록 성현은 궁금했다. 정말 잊은 걸까. 잊은 척하는 걸까. 오래전 자신과 한 키스를. 그저 상사와 부하 직원의 관계로 못 박는 행동 때문에 적당히 장단을 맞춰 주고 있지만 슬슬 한계점에 도달하고 있었다.

⁂ ⁂ ⁂

"그렇게 안 봤는데, 사람은 겉만 보고 판단할 게 아니네요."

"그러게 말이야. 지수 씨 많이 힘들었을 텐데."

박 팀장 일을 알게 된 최 대리와 수연이 격하게 분노하며 이를 갈았다. 다들 쉬쉬하고 있었지만, 이미 소문이 일파만

파 퍼져 모르는 사람이 거의 없었다.

사태가 심각해지자 박 팀장은 휴가를 내고 자리를 비운 상태라고 했다. 그 여파가 괜스레 피해자인 지수에게 향할까 봐 두 사람은 염려스러웠다. 말도 못 하고 얼마나 혼자 속을 끓였을까. 마침 사무실 문이 열리며 지수와 성현이 출근했다.

"좋은 아침입니다."

경쾌한 인사를 하며 지나가는 성현을 수연이 이상한 눈초리로 바라봤다.

"오늘은 왜 또 기분이 좋아서 인사래요. 맑았다, 흐렸다. 자기가 뭐 기상청이야?"

"그래도 팀장님 덕분에 지수 씨 일이 잘 해결된 거야. 팀장님이 한 번만 더 이런 일 있으면 가만 안 있겠다고 협박하니까 박 팀장이 완전 쫄아서 도망가더래."

"어머, 그런 반전 매력이!"

"그러니 여심 루팡이지. 루팡 당한 여직원들이 또 늘어났다더라."

박 팀장 사건 이후 성현에게 반한 여직원들이 대거 늘어났다는 소문이 있었다. 지수는 두 사람의 대화를 들으며 피식 웃었다.

"지수 씨, 많이 힘들었지?"

"괜찮아요, 대리님. 걱정해 주셔서 감사해요."

132

진심 어린 최 대리의 걱정에 지수의 가슴이 뭉클해졌다.

"영화 볼 때 말했던 팀장님 별명이요. 쪼코볼 어때요? 쪼금 사이코 같지만 볼수록 매력 쩐다고요."

"쪼코볼, 귀엽네. 안 어울리게."

모처럼만에 웃으며 아침을 시작한 그녀의 시선이 팀장실로 향했다. 어감이 귀여운 별명이 그와 제법 잘 어울리는 것도 같았다.

"지수 씨, 며칠 전부터 물어보고 싶었는데 돌고래 인형 어디서 났어? 되게 귀엽다."

"아, 이거 되게 비싼 거예요."

책상 위에 올려놓은 가방에 대롱대롱 매달린 돌고래 인형을 만지작거리며 지수가 의미심장한 미소를 지었다.

"이 조금한 게 비싸 봤자지."

"이거 무려 3만 원짜리예요."

"3만 원?"

"그렇게 비싸? 금이라도 붙었어?"

손바닥보다 작은 인형 하나의 가격에 최 대리까지 덩달아 놀랐다.

"지수 씨, 사기당한 거 아냐? 비싸 봐야 5천 원이면 사겠는데, 뭘."

"돌고래가 아니라 금고래네, 금고래."

"금고래 맞나 봐요."

사정을 알 리 없는 두 사람은 천진난만한 표정으로 웃는 지수를 측은한 표정으로 바라봤다.

"나 오늘 지수 씨 집 근처에서 친구들 만나는데, 집으로 가는 거면 같이 가자."

퇴근 무렵, 가방을 어깨에 메며 건넨 최 대리의 말에 지수가 반색하며 그녀를 뒤따랐다.

"같이 가면 저야 감사하죠. 오늘은 지옥 버스 안 타도 되겠네요."

사무실을 나서며 목도리를 칭칭 둘러맨 지수가 살갑게 최대리의 팔에 손을 넣었다.

"요즘 날 풀렸던데, 목도리까지 하고 다니면 답답하지 않아?"

"제가 추위를 잘 타서요. 차라리 더운 게 더 나아요."

영하와 영상이 반복되며 변덕을 부리는 날씨엔 무조건 무장하고 다니는 게 최고였다. 이런저런 대화를 하며 최 대리의 차를 타고 지하 주차장을 빠져나왔다. 회사 앞 정류장을 막 지났을 때였다.

"어? 팀장님 차 같은데?"

최 대리의 시선을 따라 지수의 시선이 옮겨졌다. 눈썰미가 없는 편인 지수도 성현의 차임을 알 수 있을 만큼 가까웠다. 창문을 내리고 몇 마디 나누던 어떤 여자가 그의 차에 탔다.

"지금 차에 탄 사람은 기획 팀 여직원 같은데. 무슨 일이지?"

"기획 팀 여직원이요?"

그에게 초콜릿을 줬는데 거절당했다고 휴게실에서 떠들던 여자인 걸 지수가 뒤늦게 알아차렸다.

"데이트라도 하시나. 선남선녀가 연애하면 좋은 거지, 뭐."

"팀장님 애인 없어요?"

"나도 잘 모르지만 없을 걸? 지수 씨도 몰라? 팀장님과 같은 대학 선후배 사이라면서."

"그렇게 친한 사이는 아니었거든요. 오며 가며 인사만 하는 사이었는걸요."

"그러면서 정 드는 게 더 무서운데."

최 대리의 농담에도 지수의 시선은 멀어진 차에 향한 채였다. 누구든 쉽게 곁을 내주는 법이 없는 그였기에 여자를 따로 만나는 건 처음 봤다. 정말 대리님의 말대로 데이트인 걸까.

싱숭생숭한 마음은 집에서까지 이어졌다. 샤워 후 방으로 들어와 스킨로션을 바를 때까지도.

❉   ❉   ❉

똑똑.

노크 소리에 성현이 천천히 눈을 떴다. 이젠 익숙한 커피 향기에 정신을 차린 성현이 피곤한 얼굴로 눈가를 문질렀다.

"지금 몇 시쯤 됐어?"

"8시 20분이요. 아직 다른 분들이 출근하기 전입니다."

지수가 말하며 책상 위에 커피 잔을 내려놓았다. 그 모습을 가만히 지켜보던 성현이 손을 뻗어 잔을 가져왔다. 한 모금 입에 댄 그의 미간이 보기 싫게 구겨졌다. 오늘따라 커피 맛이 너무 썼다.

"윤지수 씨, 나한테 불만 있어?"

"네? 왜 그런 말씀을……."

성현은 대답 대신 찻잔을 지수에게 건네었다. 그의 얼굴과 잔을 번갈아 바라보던 지수가 망설이는 듯하더니 건네받았다.

"마셔 봐."

영문을 모르겠다는 표정으로 찻잔을 입술로 가져간 지수가 작게 신음했다.

"읍."

"이래도 고의가 아니라고?"

"……."

"불만이 없지 않고서야 어떻게 이 정도로 쓴 커피를 줄 수 있지?"

"오, 오해입니다. 다시 가져올게요."

서둘러 찻잔을 트레이에 넣는 지수의 행동을 그가 가볍게 저지했다.

"뭐, 덕분에 잠이 확 달아났어. 그냥 둬."

"네?"

"그냥 두라고."

트레이에서 다시 잔을 가져온 성현이 아무렇지 않게 한 모금 마셨다. 그 모습을 지수가 경악 어린 표정으로 바라봤다.

"이건 사람이 마실 게 못 되는데요."

"그걸 타 준 사람이 할 말은 아닌 것 같은데."

"그러니까……."

"벌이야. 불편하라고."

성현은 보란 듯이 붉은 립스틱 자국이 선명히 남아 있는 곳을 자신의 입술로 가렸다. 시선은 어쩔 줄 몰라 하는 지수에게 향한 채로.

"그, 그럼 나가 보겠습니다."

답지 않게 당황한 지수가 허둥지둥하며 나가는 모습을 성현이 즐거운 표정으로 바라봤다. 하얀색 잔에 유독 잘 보이는 붉은 립스틱 자국이 묘하게 선정적이었다. 손끝으로 립스틱 자국을 문지르자 뜨거웠던 그날의 키스로 새겨진 감촉이 생생하게 떠올랐다.

유통사와 전화 통화 후 한숨 돌린 지수의 시선에 외투를 들고 서 있는 성현이 보였다.

"시키실 일 있으면 말씀하세요."

"안 바쁘면 같이 공장에 갑시다. 출장 갔다가 바로 퇴근할 수 있게 준비해서 나와요."

말을 남긴 성현이 사무실 밖으로 먼저 나갔다.

지수는 컴퓨터 전원을 끄고 외투와 가방을 챙겨 서둘러 그의 뒤를 따랐다. 버튼을 누른 채 엘리베이터가 내려오길 기다리고 있는 그의 곁으로 다가가 물었다.

"어디 공장으로 가는 거예요?"

"강원도."

그제야 지수는 퇴근 준비까지 해서 나오라는 이유를 깨달았다. 못 해도 왕복 8시간은 걸리는 어마 무시한 거리였다.

"피곤해 보이시는데 장거리 운전 괜찮으시겠어요?"

유독 퀭해 보이는 그의 눈에 지수가 걱정스런 표정으로 변했다.

"그럼 대신할래? 면허는 있어?"

"장롱면헌데, 괜찮으시면 저에게 맡겨 보세요. 이래 봬도 만점으로 합격한 에이스거든요."

"아무리 에이스여도 장롱면허한테 내 목숨은 안 맡겨."

자신감으로 똘똘 뭉친 지수에게 성현은 냉정했다.

"그런데 어제 안 주무시고 뭐 하셨길래 피곤해하세요?"

"내가 어제 잤는지 안 잤는지 윤지수 씨가 어떻게 알아?"

"눈이 좀 퀭해 보여서 한 말인데요. 정말 안 주무셨어요?"

어제 여직원과 같이 퇴근하는 걸 봤다고 할 걸 그랬나. 하지만 묻는 모양새가 이상할 것 같아 지수는 입술을 다물었다.

"광고 촬영장에 잠깐 들르느라 조금 피곤할 뿐이야."

"광고 촬영이요?"

반문하는 지수의 말끝이 묘하게 늘어났다.

"왜?"

"늦은 시간에도 일 때문에 많이 바쁘신가 해서요."

"비꼬는 것 같은데?"

고개를 삐딱하게 한 성현의 눈이 좁혀졌다.

"비꼬긴 제가 왜요? 안 내리세요?"

마침 지하 주차장에 엘리베이터가 멈추었다. 미심쩍은 얼굴로 엘리베이터에서 내리는 그를 지수가 뒤따랐다. 이제 보니 거짓말도 외모만큼이나 아주 수준급이었다. 레이저가 나올 듯 그의 뒤통수를 바라보는 지수의 눈빛이 강렬했다.

공장에 도착해 담당자에게 지수를 소개한 후 그가 회의에 들어간 지 한 시간 정도 지날 무렵이었다. 사무실에 있던 지수는 바람이나 쐴 겸 공장 밖으로 나왔다.

"어? 눈이다."

코트 주머니에 넣었던 손을 꺼내 펼치자 하얀 눈송이가 내려앉았다 금세 물기로 변했다. 제법 오랜만에 보는 눈이라 반가운 마음에 지수의 입술이 길게 늘어났다. 때마침 강원도에서 눈을 보게 될 줄 알았을까.

"예쁘다, 정말."

눈이 오는 날은 따뜻한 날이라던데 정말 그런 모양이었다. 지수는 양손을 모아 하늘을 향해 손을 펼쳤다. 금세 내려앉았다 사라지는 눈송이가 마냥 예쁘다. 가루눈처럼 흩날리던 결정이 어느새 함박눈으로 변했을 때였다.

"그러다 감기 걸리지."

뒤에서 들리는 무심한 목소리에 지수가 몸을 틀었다. 함박눈을 맞으며 제 쪽으로 걸어오는 성현이 보였다. 눈은 어느새 발밑에 깔린 채였다.

"회의 다 끝나셨어요?"

"응. 한참 찾았잖아. 전화도 안 받고."

"전화했었어요?"

코트 주머니를 뒤적거리던 지수가 멋쩍게 웃었다. 휴대폰을 넣어 둔 가방을 사무실에 두고 온 걸 깜박한 것이다.

"여유롭게 눈을 감상할 때가 아니야."

"왜요?"

"잊었어? 여긴 강원도야."

낮게 한숨을 내쉬며 성현이 지수의 어깨와 머리를 털어 주

었다. 손은 차가운데 얼어붙은 뺨에 닿은 한숨이 무척 뜨거
웠다. 바닥으로 향한 손은 어쩔 줄 몰라 하며 서로를 붙잡고
있었다.

"일단 사무실로 돌아가자. 미끄러우니까 조심하고."

"네, 아앗!"

그의 말이 끝나기가 무섭게 지수가 발을 접질렸다. 하필
이런 날 높은 하이힐이라니.

"괜찮아?"

다행히 성현이 재빨리 몸을 틀어 지수를 붙잡아 준 덕분에
넘어지는 것은 면했지만 지수는 그의 품에 안긴 꼴이 되고
말았다. 놀란 가슴이 진정될 새도 없이 뛰어 댔다. 지수의 허
리와 어깨를 안정감 있게 감싼 손길이 무척 단단했다.

"괜, 괜찮아요."

"내 손 잡아."

내미는 손을 물끄러미 응시하던 지수가 조심스럽게 붙잡
았다. 맞잡은 손을 그가 세게 움켜쥐자 덩달아 지수의 가슴
이 크게 오르내렸다.

그사이 제법 내린 눈은 그녀의 발등을 전부 덮어 버렸다.
그의 손을 붙잡은 채로 공장 건물 안에 들어가는 데 성공한
지수는 추위에 바들바들 떨었다. 성현은 그녀를 난로 앞에
데려다 놓은 후 어딘가로 사라졌다.

"에취!"

겨울에 감기 한 번 걸린 적 없을 정도로 건강하다 자부했던 지수였지만, 한참이나 눈을 맞고 있었던 터라 별수 없었다. 바들바들 떨고 있는 그녀의 어깨 위로 갑자기 포근한 담요가 둘러졌다.

"마셔."

지수가 고개를 돌리자 성현이 지수의 손에 따뜻한 차 한 잔을 쥐여 주었다.

"언제 이런 걸……."

"직원한테 부탁했어. 그러다 감기 걸리면 내 탓이잖아. 일단 몸부터 녹여."

담요를 살뜰히 살펴 주던 그가 휴대폰을 꺼냈다. 지수는 말없이 따뜻한 난로 앞에서 얼어붙었던 몸을 녹였다.

"아무래도 강원도에 갇힌 것 같아."

"네?"

"지금 폭설로 톨게이트가 전부 폐쇄됐어. 도로도 전부 마비고."

심각한 얼굴로 내뱉는 말에 지수의 가슴이 쿵, 하고 내려앉았다.

생각보다 눈은 쉽게 그치지 않았다. 설상가상으로 폭설로 인해 공장 문도 일찍 닫았다. 공장에서 눈이 그칠 때까지 기다리려던 계획이 무산되자 차를 몰고 나와 식당을 찾았다. 문 닫은 식당이 줄 지어 있는 가운데 유일하게 영업 중인 국밥 집을 발견했다.

반색하며 안으로 들어간 성현이 다급하게 물었다.

"혹시 식사됩니까?"

"안 그래도 손님 없어서 가게 문 닫고 집에 가려던 참인데, 식사하실 거면 하고 가세요. 뭐 드릴까요?"

여주인의 대답에 성현의 시선이 지수에게 향했다.

"해장국 먹을게요."

"같은 걸로 두 개 주시면 됩니다."

조금만 기다리라며 여주인이 주방으로 갔다. 두 사람은 주방에서 가까운 자리에 앉았다. 식당을 찾아 돌아다녔더니 몸이 꽁꽁 얼었다. 금세 김이 모락모락 나는 해장국 두 그릇이 두 사람 앞에 놓여졌다.

"다른 데서 왔어요?"

수저와 젓가락을 내려놓으며 호기심 어린 표정으로 여주인이 물었다.

"네. 일이 있어서 서울에서 왔습니다."

"지금 도로 통제돼서 못 나갈 텐데 어째요? 눈도 밤새 내린다고 하고."

성현의 대답에 여주인이 안타까운 얼굴로 변했다.

"아마도 민박을 알아봐야 할 것 같습니다. 식사 감사합니다."

정중하게 인사한 성현이 수저를 들었다. 뜨끈뜨끈한 국물이 들어가자 속까지 따뜻해지는 것 같았다.

"내일 회사 출근할 수 있을까요?"

"눈 그치면 바로 출발하면 되니까 걱정 마. 일단 밥부터 먹자."

걱정 어린 지수의 얼굴에 성현은 담담한 표정을 지어 보였다. 자신까지 걱정하는 모습을 보여 줘선 안 될 것 같았다. 그 역시 눈이 언제 그칠 줄 모르는 상황이라 당장 내일이 걱정이긴 마찬가지였다.

"눈이 이렇게 많이 내리는 거 처음 봐요."

"아깐 눈 내린다고 좋아하더니."

역시 강원도였다. 눈이 내리는 속도와 쌓이는 게 서울과 확연히 달랐다. 기온도 크게 떨어져 제법 추웠다.

"그건 뭘 모를 때 얘기고요. 눈이 그칠 기미가 안 보이네요."

지수를 따라 창밖으로 옮겨졌던 시선이 다시 그녀의 얼굴에서 멈추었다. 이러다 감기 걸리면 어쩌나 걱정했는데, 다행히 그럴 걱정은 필요 없었다.

"국밥 식겠다."

그의 타박에 멋쩍게 웃으며 지수가 수저를 들었다.

"저기, 혹시 오늘 묵을 방 정했어요?"

두 사람의 대화를 듣던 주인이 가까이 다가와 물었다.

"아뇨, 아직이요."

"마침 잘됐네. 사실 내가 바로 뒤에 있는 민박 집을 하거든요. 혹시나 해서 남편한테 물어봤더니 방이 딱 하나 남았다네."

"하나요?"

난처한 표정으로 지수가 반문했다.

"오늘 폭설 때문에 하루 묵는 손님이 많다나 봐요. 그나마 남은 방이 큰 방이라 두 사람이 자기 딱인데."

"죄송합니다만, 혹시 근처에 호텔이나 모텔은 없습니까?"

"아마 한참 나가야 할 걸요. 지금 길이 미끄러워서 두 시간 이상은 걸릴 텐데."

잠시 고민하는 성현의 표정에 여주인이 황급히 말을 덧붙였다.

"그냥 하룻밤 묵어요. 내가 싸게 해 줄게."

"생각 좀 해 보겠습니다."

있을지 없을지 모르는 방을 찾아 돌아다니기엔 너무 늦은 시간이기도 했지만, 방이 하나뿐이라는 게 걸렸다. 주방으로 돌아가는 여주인의 표정이 안타깝게 변했다.

"남은 방 있어요?"

두 사람이 고민에 빠져 있는 사이 갑자기 문이 벌컥 열리더니 부부로 보이는 사람이 들어와 다급하게 물었다. 앞치마에 손을 닦으며 주방에서 나온 여주인의 시선이 성현에게로 향했다.

"아까 말씀하신 방 저희가 묵을게요."

다급한 목소리로 대답한 사람은 지수였다. 당황한 그의 시선이 지수에게 향했다.

"두 시간을 더 가야 한다면서요. 거기다 방이 있을지 없을지도 모르고."

변명처럼 덧붙인 지수의 말에 성현은 아무 말도 하지 않았다. 최악의 상황에서 최선의 선택이었지만 한 방에서 여자와, 그것도 지수와 함께라는 것에 기분이 묘했다. 폭설로 인해 오도 가도 못해 갇혀 버렸지만 그게 꼭 나쁜 것만은 아닌 듯싶었다.

"어, 엄마. 안 그래도 전화하려던 참이었는데 지금 강원도 공장 왔다가 눈이 많이 내려서 여기서 하루 묵어야 할 것 같아."

공용 샤워장에서 씻고 방으로 들어가려던 찰나 통화 중인 지수의 목소리에 성현은 잠시 마루에 걸터앉았다. 오늘은 유독 하루가 긴 느낌이었다. 예상치 못한 폭설에 예상외의 인물과 갇혀서 그랬을까. 일 외에 다른 걸 하는 것도 어색하게 느껴지는 밤이었다.

언제 그칠까 걱정했던 눈은 세상을 온통 하얗게 물들이고 나서야 비로소 멈췄다. 무섭게 내릴 때와 달리 달빛에 비친 모습은 아름다운 보석처럼 반짝반짝 빛났다.

"당연히 여자 대리님과 함께 왔지. 별 걱정을 다 한다."

밤하늘의 눈을 구경하던 성현은 예기치 못하게 지수의 통화 내용을 엿듣게 되었다.

"여자 대리?"

모친의 걱정을 덜어 주기 위한 귀여운 거짓말을 듣다가 자신이 어느새 여자로 둔갑되었다는 사실을 깨닫자 실소가 터졌다.

"문단속 잘하고 자. 내 걱정은 하지 말고. 오랜만에 눈 봐서 그런가 괜히 설렌다. 이렇게 펑펑 쏟아지는 눈은 처음이야."

통화는 한참이나 이어졌다. 지수의 음성은 부드럽고 따뜻했다. 후, 하고 다시 한번 깊게 숨을 내쉬는 그의 기분은 조금 들떠 있었다. 타지에서 보는 함박눈 때문인지, 객지에서의 예상치 못한 하룻밤 때문인지, 아니면 지수와 함께여서 그런지는 알 수 없었다.

길게 이어지던 통화가 끝나자 성현은 노크하고 방문을 열었다. 밖에 있을 땐 추운지 모르겠더니 안에 들어오자 몸이 덜덜 떨렸다.

"그러다 감기 걸리겠어요."

서둘러 지수가 이부자리를 편 아랫목으로 성현을 앉혔다.

"여자 대리?"

살뜰히 이불을 살피던 지수의 손이 멈추었다.

"엿들으셨어요?"

"목소리가 커서 밖에까지 다 들렸어."

"그럼 남자랑 같이 있다고 해요?"

쌜쭉하게 눈을 치켜뜬 지수가 앙칼지게 쏘아붙였다. 어쩔 수 없이 한 거짓말인 걸 알면서도 성현은 그녀를 자극했다. 분위기 때문인지, 이상하게 들뜬 탓인지 알 수 없었다.

"이제 보니 아주 거짓말이 능숙해."

"팀장님이야 말로요."

"내가 뭐?"

고개를 치켜들고 따지자 입술이 부딪힐 듯 가까워졌다. 서로 아무 말도 하지 못한 채 정적이 흘렀다. 빠져들 듯한 갈색 눈동자, 추위로 빨갛게 달아오른 뺨, 화장이 지워졌음에도 여전히 붉은 입술. 그의 가슴이 속도 없이 뛰어 댔다.

"저 씻고 올게요."

어색한 분위기를 어쩌지 못한 지수가 서둘러 방에서 나갔다. 성현은 그녀가 나간 방문을 바라보며 깊은 한숨을 내쉬었다. 방금 자신이 무슨 생각을 한 건가.

여주인에게 얻은 편안한 옷으로 갈아입은 지수가 샤워장에서 나왔다. 어둠이 내려앉은 강원도엔 급격히 추위가 찾아왔다. 방으로 들어가려던 그녀는 잠깐 망설였다. 그와 단둘이 있는 게 어색해서 어떻게 해야 하나 잠깐 고민하다 민박에서 같이하는 매점으로 막걸리와 과자를 계산했다. 어색한 분위기를 풀어내는 데에는 술만 한 게 없었다. 기분 좋게 한 잔하고 잠깐이라도 눈을 붙일 생각이었다.

"흠흠, 저 들어가요."

크게 인기척 소리를 내곤 지수가 문을 열었다. 방 안의 온 기에 기분 좋게 미소를 그리며 봉지에서 과자와 막걸리를 꺼 냈다.

"한잔하실래요?"

막걸리를 흔들어 섞은 후 종이컵에 적당량을 따라 성현에 게 건네곤 제 잔을 따르려던 지수에게 성현이 술을 달라며 손을 내밀었다. 지수는 말없이 막걸리를 그에게 넘기고 종이 컵을 들었다. 희멀건 막걸리가 반 정도 채워졌다. 종이컵 두 개가 허공에서 조용히 부딪쳤다.

"아, 좋다."

그녀가 깨끗이 비운 종이컵에 막걸리를 들어 다시 채웠다. 오늘따라 막걸리가 달달한 게 기분을 좋게 만들었다. 두 잔 째 막걸리를 비운 지수의 눈앞에 과자 하나가 보였다.

"안주 좀 먹으면서 마셔."

그의 손에서 빼앗듯 과자를 가져온 지수가 입안에 넣곤 딴 청을 피웠다. 얼마나 더 마셔야 어색하지 않을 수 있을까. 첫 출근하던 그때처럼 긴장감에 종이컵을 든 손이 살짝 떨렸다.

"눈 그쳤으니까 새벽에 출발하자. 그때쯤이면 도로도 제법 괜찮을 거야."

"그럼 막걸리 딱 한 잔만 더 마시고 눈 좀 붙여요."

"벌써 세 잔째거든."

그새 또 막걸리를 따르는 지수를 보며 그가 던진 말이었다. 반도 채 마시지 않은 막걸리를 버리긴 아깝고, 무엇보다 달아서 계속 당겼다.

"잔 비었네요."

눈치 보던 지수가 빈 종이컵에 막걸리를 채우는 것을 보며 낮게 한숨지었다. 자신도 장거리 운전에 유독 피곤한 날이라서 그런지 금방 취할 것 같다는 생각이 들었다.

"아까 한 말 뭐야? 마저 해야지."

"무슨 말이요?"

기분 좋게 막걸리를 마시던 지수가 뺨이 발그레해진 채로 물었다.

"나보고 거짓말 잘한다며. 무슨 뜻으로 한 말이야?"

"팩트 그대론데요."

"뭐?"

"정말 모르는 거예요, 모르는 척하는 거예요?"

술 때문인지 없던 용기가 생겼다.

"그러니까 무슨 말이냐고."

답답하다는 표정으로 성현이 다그치자 발끈한 지수가 내질렀다.

"어제 퇴근길에 기획 팀 여직원이랑 같이 나가는 거 봤거든요."

"그게 뭐?"

막걸리에 잔을 채워 원샷한 지수가 탁, 하고 종이컵을 바닥에 내려놓았다.

"광고 촬영장에 가셨다고 하지 않으셨나요? 본인이 하신 말씀을 그새 잊으셨어요? 퇴근 후 여직원과 함께 광고 촬영장에 갔다는 말을 누가 믿어요?"

"못 믿을 건 또 뭔데?"

"……."

"내가 왜 이런 오해를 받고 변명을 해야 하는지 모르겠지만, 늦은 시간부터 시작된 광고 촬영이라 담당자와 함께 촬영장에 간 게 그렇게 문제가 되나?"

더할 나위 없이 진지하게 설명하는 모습에 지수는 할 말을 잃었다. 왜 거기까지 미처 생각이 닿지 못했는지 자괴감이 들었다. 머리끝까지 차올랐던 이유 모를 배신감이 잦아들자 창피함이 찾아왔다. 지수는 말없이 잔을 들었다. 술도 마셨겠다, 심신 미약 상태인 척해 볼까.

꿀 먹은 벙어리가 되어 연달아 막걸리를 마셔 대는 지수의 모습을 성현은 가만히 지켜보았다. 막걸리를 반 이상 혼자 해치운 그녀는 지금 쥐구멍에라도 들어가 숨고 싶은 표정이었다.

"술 취한 척이라도 하려고?"

팔짱을 낀 채로 지수를 건너보는 그는 그녀의 속을 훤히 꿰고 있는 듯했다. 의도를 간파당한 지수는 입에 맞지 않은 과자를 주섬주섬 입에 넣을 뿐이었다.

"질투하는 거야?"

성현이 직설적으로 물었다. 이제 더 이상 그녀의 장단에 맞춰 줄 생각은 추호도 없었다.

"무슨 말씀하시는 건지……."

"아니면 왜 내가 다른 여자 만나는 걸 신경 쓰고 궁금해하는데?"

"……."

"질투하는 게 아니면 말이 안 되잖아."

그 말도 안 되는 짓을 그 역시 많이 해 왔다. 다행스럽게도 지수가 눈치채지 못했을 뿐이지.

다만 지금껏 선을 그었던 그녀의 행동이 지금 이 순간은 이해되지 않았다.

"정말 아니야?"

인내심이 툭 끊어지는 것을 느꼈다. 아무 말도 못 하고 종이컵만 움켜쥔 지수를 성현은 뚫을 듯 강렬한 시선으로 바라봤다. 금방 취할 것 같더니 머리는 어느 때보다 맑았다. 피곤함 역시 싹 사라졌다. 지수의 한마디로 인해서 정신이 번쩍 들었다.

"아니⋯⋯."

지수의 목소리가 일순간 그의 입술 안으로 사라졌다. 지체하지 않고 상체를 일으킨 성현이 대답하려는 그녀의 입술을 제 입술로 막은 탓이었다. 지수의 뒷머리를 손으로 받치고 달짝지근한 막걸리 맛이 나는 입술을 집요하게 빨았다. 놀라 벌어진 입술 사이를 놓치지 않고 들어가 입안 가득 유영하던 혀에 순간 정신을 차린 지수가 그를 힘껏 밀어냈다. 뜨거운 숨소리가 적요를 갈랐다.

"아니라는 대답 빼고 전부 들어 줄 테니까 말해."

"선배."

두 눈을 질끈 감은 지수의 눈썹이 파르르 떨렸다. 반질반질하게 젖은 입술이 달싹거렸다. 그런 지수를 바라보는 그의 심장이 멎을 듯 질주를 시작했다. 내내 이해할 수 없는 행동의 이유는 늘 그녀였다.

"두 번씩이나⋯⋯."

"⋯⋯."

"내일이면 또 모른 척하려고요?"

앙칼지게 쏘아붙인 지수의 말에 그의 눈이 가늘어졌다. 내내 떨림과 긴장이 공존했던 마음이 묘한 기대감으로 바뀌는 순간이었다. 잊은 줄만 알았던 그날의 일을 지수는 똑똑히 기억하고 있었다.

"모른 척 안 해. 그러니까 싫으면 지금처럼 밀어내."

다시 한번 지수와의 거리를 좁힌 성현이 경고했다. 닿을 듯 말듯, 숨소리조차 느껴지는 가까운 거리. 그는 지체하지 않고 다시 그녀의 입술을 집어삼켰다.

갈증에 말라 오아시스를 찾듯 입안 구석구석을 맛보던 혀가 멈추자 입술이 깊게 맞물렸다. 뜨겁게 젖은 입술 사이로 누구의 것인지 모를 야트막한 신음이 터지자 성현은 지수의 뒷머리를 제 쪽으로 끌어당겼다.

고요한 새벽 속에서 키스는 뜨겁게 무르익어 가고 있었다. 두 사람 중 어느 누구도 먼저 끝낼 생각은 없었다.

길고 긴 키스 후, 그는 그녀의 대답을 기다렸다.

"저……."

어색한 정적 끝에 어렵게 말을 꺼냈지만, 쉽게 말이 나오지 않아 지수는 입술만 달싹거렸다. 문득 그녀의 시선에 성현의 등 너머로 있는 창문 사이로 반짝거리는 눈 결정체가 보였다.

"밖에 나가서 눈 보고 싶어요."

키스 직후 할 말이 아니란 걸 알지만, 그와 함께 눈길을 걷고 싶었다. 지금 이 순간을 오랫동안 기억하고 싶었다. 꽤 오랫동안 이어진 키스로 한 번 달음질하기 시작한 가슴은 쉬이 멈출 기미가 보이지 않았다.

"추우니까 겉옷 챙겨 입어."

지수의 말이 끝나자마자 스탠드 옷걸이에서 외투와 목도

리를 챙겨 주곤 성현도 자신의 외투를 챙겼다.

짙게 내려앉은 어둠에 살짝 겁이 났지만 지수는 제 곁에서 보폭을 맞춰 걷는 그를 보자 용기가 생겼다.

어떤 말을 해야 좋을지, 소용돌이치는 이 감정이 무엇인지 생각할 시간이 필요했다. 성현과 헤어져 있던 긴 시간, 그를 다시 만나고 나서 지금까지 지수는 내내 그 생각만 했다. 그게 무얼 의미하는지 알았지만, 애써 무시하고 외면했다.

부지런한 주민이 벌써 치운 눈은 가로등 주변에 높게 쌓여 있었다. 눈을 치우지 않았다면 못해도 지수의 종아리까지 왔을 양이었다. 이렇게 많은 눈이 단시간에 내릴 수 있나. 길을 따라 쭉 심어진 나무들은 때아닌 풍년이었다. 하얀 눈으로 뒤덮여 풍성해 보였다. 바람이 불자 유리알이 부서지며 눈앞에 뿌려졌다. 낭만적인 겨울밤이다.

"저쪽까지만 가요."

골목 어귀를 가리키며 지수가 말했다. 내내 아무 말 없이 걷던 그가 작게 고개를 끄덕였다. 그렇게 또 한참 침묵 속을 걸었다.

"예전에 너에게 한 키스, 충동적이었다는 거 인정해. 네가 궁금했었으니까."

깊어진 성현의 눈이 지수에게로 향했다. 그녀가 말한 골목 어귀가 다다르기 전에 걸음을 멈춘 그를 따라 지수도 걸음을 멈추었다. 마침 불어온 바람이 지수의 뺨을 할퀴고 지나갔지만, 추운 것도 잊을 정도로 그에게 집중하고 있었다.

"좀 전에 한 것도 충동적이었어요?"

"충동적이었을 것 같아?"

짙어진 그의 눈빛에 지수는 숨을 들이키곤 내뱉는 것을 잊어버렸다.

"실은 한국에 와서 연락하려고 했었어. 어느 정도 바쁜 일이 마무리되면 연락하려고 구실을 만드는 중이었어. 먼저 이력서를 봐 버려서 계획이 조금 틀어지긴 했지만. 방금 전 키스로 확실히 깨달았어. 이 애매한 감정이 뭔지를."

진심 어린 목소리에 지수의 눈이 커다래졌다.

"선배."

그가 이런 장난을 할 정도로 가벼운 사람이 아니란 것을 알았지만, 그냥 짓궂은 장난질에 한 번 걸렸다고 생각하면 오히려 마음이 편했다. 줄곧 그렇게 합리화시켰다. 마음이 널뛸 때마다 다잡으려고 노력해 왔다. 진작 물어보지 못한 것이 후회가 되었다.

바람이 불었다. 흩날린 머리를 귀 뒤로 넘기려던 지수의 손보다 그의 손이 더 빨랐다. 다정하게 머리를 넘겨 주며 그녀를 향한 눈빛이 더없이 깊어졌다.

"하자, 연애."

순간 지수의 귀에 종소리가 들리는 것 같았다. 기대하고 기다렸던 말이건만, 막상 지수의 머릿속이 하얗게 변하고 말았다. 놀라 커다래진 그녀의 눈이 흔들렸다.

"네가 다른 놈한테 웃어 줄 때마다 돌 것 같아. 내 인내심의 한계는 여기까지야. 더 이상 내려갈 바닥도 없어. 상사 놀이도 지겨워지던 참이고."

"너무 갑작스러워서 무슨 말을 해야 할지……."

가까스로 지수가 떨리는 목소리로 말했다. 싫은 건 아니었지만 마음이 복잡했다. 그녀의 마음을 읽은 성현이 지수의 어깨를 바로잡았다.

"생각할 시간 줄게. 단, 키스하는 동안."

"네? 으읍……."

지수가 뭐라 대답하기도 전에 팔을 끌어당긴 성현의 입술이 그녀를 짓눌렀다. 차가운 입술 사이로 뜨거운 숨결이 성현의 입안으로 퍼졌다. 심장부터 온몸이 뜨겁게 달궈지는 것이 느껴졌다. 정신이 혼미할 정도로 뜨거운 키스가 소복이 눈이 쌓인 나무 아래서 긴 시간 동안 이어졌다.

성현은 코트를 꽉 움켜쥔 그녀의 손을 가져가 자신의 등을 감싸게 했다. 지수의 등을 받치고 있던 그가 손에 힘을 싣자 앞으로 몸이 기울어진 그녀의 발이 성현의 발등 위로 옮겨졌다. 그러고도 한참 동안 키스가 이어졌다. 마침내 떨어진 입술 사이로 뜨거운 열기가 서렸다.

"생각할 시간이 더 필요해?"

지수의 마음을 확신한 그가 차갑게 얼어붙은 뺨을 감싸며 물었다. 붉어진 얼굴로 지수가 고개를 저었다.

"제가 비겁했어요. 그때 일을 잊은 척했어요. 회사에 정년
퇴직을 각오하고 입사해서 괜한 분란은 만들지 말자고 다짐
했어요. 하루 이틀 볼 사이도 아니니까요."

요동치는 가슴만큼이나 지수의 목소리가 떨렸다.

"적당히 장단 맞춰 주길 잘했네."

"네?"

"언제쯤 기억해 낼지 슬슬 궁금하던 차였거든. 조금만 더
늦었으면 회사에서 이런 일이 벌어졌어도 전혀 이상한 상황
이 아니었다고."

진실이 느껴지는 표현에 지수는 손을 올려 제 뺨을 감쌌
다.

"정년퇴직까지 내가 보장해 줄게. 그러니까 회사 밖에선
계급장 떼고 만나."

"……."

"가끔 사무실에서도 떼도 되고."

화났다가, 좋았다가, 흐렸다, 개었다, 지나치게 일관성 없
는 요 근래 이상한 기분들은 그를 미친놈처럼 만들었다. 눈
결정체보다 더 반짝거리는 눈동자가 자신에게 향했을 때, 성
현은 그녀와 무엇을 하고 싶은지 깨달았다.

"그러니까 하자, 연애."

추운 것도 잊게 할 만큼 설레는 고백에 지수의 가슴이 뜨

거워졌다. 내내 이 말을 기다린 사람처럼 그녀는 수줍은 얼굴로 고개를 끄덕였다.

지수의 손을 잡아끌어 성현은 제 코트 주머니 속에 넣었다. 그의 큼지막한 손에 잡힌 손이 간지럽다. 심장에서 발끝까지 전부. 돌아갈 일이 걱정스러웠지만, 지금 이 순간만큼은 조금 더 설렘의 여운을 느끼고 싶었다.

6. 경도되다

차 한 대가 오피스텔 주차장에 진입했다. 차를 주차한 대리 기사가 운전석에서 내리자 성현이 지갑에서 지폐를 꺼내 건넸다. 강원도에서 서울까지 온 터라 꽤 큰 액수였지만, 감기 기운에 정신이 몽롱해 차마 운전대를 잡을 수 없었다. 거기에 혼자만 있는 것도 아니라서 도저히 운전을 할 수가 없었다.

"수고하셨습니다."

짭짤하게 챙긴 대리 기사가 휘파람을 불며 입구 쪽으로 사라졌다. 성현을 따라 내린 지수가 걱정 어린 표정으로 그의 이마에 손을 얹었다.

"오늘 하루 쉬는 게 좋지 않겠어요?"

"괜찮아. 걱정할 정도 아니야."

"이마가 이렇게 불덩인데 큰소리는."

작게 구시렁대며 하는 잔소리가 듣기 좋았다. 자신을 걱정하는 사람이 정훈 이외에 또 있을 거라 생각하지 못했던 그였다.

"팀장이니까 마음대로 연차 쓸 수 있잖아요."

"직무 유기……."

"이럴 때 하라고 있는 거죠."

성현의 말허리를 자르고 따지는 지수는 강원도를 갈 때와는 사뭇 달랐다. 이제야 그녀와 연애라는 걸 시작했다는 실감이 났다.

"왜 웃어요?"

저도 모르게 피식 웃자 지수가 이상한 표정으로 뒷걸음질쳤다.

"자꾸 과감해지는 네가 좋아서."

"그런 말 참 잘도 한다. 많이 해 본 사람처럼."

싫지 않으면서 부끄러운 마음에 뾰족하게 대답하는 지수의 손을 성현이 잡았다.

"앞으로 많이 해 보려고. 콜록, 콜록."

"괜찮아요?"

하루아침에 얼굴이 반쪽이 된 성현의 모습에 지수가 안타까운 얼굴로 변했다.

"내가 새벽에 나가자고 하지 않았어도……."

"미안해할 거 없어. 어차피 네가 간호할 거니까."

"네?"

"그럼 양심도 없이 모른 척하려고?"

도어록을 해제하고 집으로 들어온 성현은 쓰러지듯 소파에 앉았다. 길게 숨을 내쉬자 머리가 어지럽고 온몸에 힘이 빠졌다. 긴장이 풀려서 였을까. 온몸이 뜨거워지는 느낌이었다. 가까스로 몸을 일으킨 성현이 침실로 들어와 코트만 벗어 걸어 놓고 그대로 쓰러지듯 누워 버렸다.

"병원 다녀와야 하는 거 아니에요?"

"응. 한숨 자고."

걱정스러운 지수의 얼굴이 어느덧 가까워졌다.

"오늘 직무 유기 같이 하는 거 어때?"

"나 신입 사원인 거 잊었어요?"

"코트 주머니에서 휴대폰 좀 가져다줘."

그의 부탁에 지수가 침대에서 일어나 코트에서 휴대폰을 꺼냈다. 지수에게 휴대폰을 건네받은 성현은 서 과장에게 메시지를 전송하곤 눈을 감았다.

"서 과장한테 문자 보냈어. 이제 됐지?"

"네. 그럼 쉬세요."

문을 닫고 방에서 나간 지수는 휴대폰을 꺼냈다. 아무래도 지각할 것 같아 최 대리에게 전화할 생각이었다.

—응, 지수 씨. 안 그래도 과장님한테 좀 전에 말씀 전해 들었어. 오늘 연차라면서.

"네?"

—아니야? 팀장님께서 메시지 보내셨다고 하던데. 팀장님 께선 오늘 병가 내셨고.

당황한 지수가 침실 문을 열었다. 그제야 방금 전 그가 서 과장에게 보낸 메시지의 내용을 알아챘다. 서둘러 통화를 마 친 지수의 매서운 눈초리가 곤히 잠든 그에게로 향했다.

"저기요, 이성현 팀장님."

침대 끄트머리에 걸터앉은 지수가 불만스러운 목소리로 성현을 불렀다. 하지만 금세 잠든 그는 아무런 반응이 없었 다. 잔소리는 뒤로 미뤄 둔 채 몸을 일으킨 지수의 몸이 일순 간 앞으로 기울어지더니 그의 품에 안겨 버렸다.

"뭐예요. 자는 거 아니었어요?"

어느새 팔베개를 한 그와 마주 본 채였다. 가슴이 쿵쿵, 곤 두박질치기 시작했다. 그의 집에, 그것도 한 침대에 이렇게 다정히 누워 있다는 것이 꿈만 같았다.

"피곤해. 잔소리는 이따 들을 테니까 일단 자자."

"약……."

"약도 이따가 밥 먹고 먹을 테니까."

낮게 가라앉은 목소리가 유독 힘이 없어 보여 지수의 마음 이 편치 않았다.

"그러니까 일단 자자."

반쯤 떠진 눈과 마주쳤다. 피곤해 보이는 얼굴에 지수는 더 이상 아무 말도 할 수 없었다. 그녀의 등을 감싼 손이 더 바짝 당겨졌다. 순간 호흡이 멈추는 듯한 느낌에 지수는 숨을 크게 들이켰다. 숨을 뱉는 것을 잊어버릴 만큼 긴장한 그녀의 얼굴이 달아올랐다.

한참을 자고 눈을 떴더니 옆자리가 비어 있었다. 말도 없이 간 건가 싶어 휴대폰을 확인하려고 가져왔을 때였다. 밖에서 소리가 들렸다. 그녀가 있다는 사실에 안도하며 그가 슬리퍼를 신었다. 유일한 소음이라곤 TV 소리가 전부였던 집 안에 다른 소리가 나는 건 오랜만이었다. 어쩐지 어색하면서, 싫지가 않았다.

방문을 열고 나가자 뭔가 열심히 만들고 있는 지수의 뒷모습이 보였다. 성현은 말없이 가만히 서서 그녀를 지켜봤다. 휴대폰으로 뭔가 열심히 검색하는 모습이 꽤 귀여웠다. 머리를 긁적였다가, 한숨을 내쉬다가 국자로 냄비를 젓기 시작했다. 뭔가에 열중하는 지수를 지켜보고 있자니 피곤한 게 금세 잊혀졌다.

"언제부터 거기 있었어요?"

문득 느껴지는 인기척에 화들짝 놀란 지수가 국자를 든 채로 성현에게 다가왔다.

"생각보다 둔하네."

"네?"

"여기서 한참 이러고 보고 있었는데 모르더라."

"훔쳐보는 취미 있어요? 왜 훔쳐봐요? 사람 창피하게."

뾰로통한 표정으로 지수가 입술을 쌜쭉하게 내밀었다. 그 모습이 귀여워 입 맞추고 싶은 걸 가까스로 참았다.

"어색하기도 하고, 좋기도 하고. 기분이 좀 이상해서 잠깐 훔쳐봤어."

"어색한 거예요, 좋은 거예요?"

"둘 다."

"이젠 어색하지 않고 좋기만 했으면 좋겠어요. 잠깐 진찰 좀 할게요."

지수가 손을 쭉 뻗자 성현의 상체가 저절로 숙여졌다. 높이를 조절하자 가뿐하게 그녀의 손이 성현의 이마에 닿았다.

"다행이다. 열은 내려서. 그래도 혹시 모르니까 약 먹어요."

안도하며 환하게 웃는 지수의 손을 끌어다 성현은 제 허리를 감싸 안게 했다. 가늘고 작은 어깨에 기대 눈을 감았다. 그녀의 손이 토닥토닥, 커다란 등을 쓰다듬었다. 어린아이가 된 기분으로 그는 가만히 지수의 손길을 느꼈다.

"아, 냄비!"

번쩍하고 뭔가 떠오른 얼굴로 그녀가 서둘러 불을 끄곤 냄비 뚜껑을 열었다. 안을 확인하더니 크게 안도하며 내내 들고 있던 국자로 내용물을 뒤적거렸다. 조용하기만 했던 집 안이 오늘따라 소란스러웠다.

찬장을 열어 적당한 그릇을 꺼내 죽을 퍼 담자 성현이 냉장고에서 밑반찬 몇 가지를 꺼냈다. 며칠 전 다녀간 가사도우미가 냉장고를 가득 채워 놓아 다행이었다.

"블로그 레시피 보고 만들었는데, 맛은 별로일 거예요. 약이다, 생각하고 드세요."

미리 선수 친 지수가 김이 모락모락 나는 죽을 성현 앞에 내려놓았다. 이내 본인도 그의 맞은편에 앉아 긴장한 표정으로 수저를 들었다. 한 수저 뜬 지수의 표정이 썩 좋지는 않았다.

"원래 싱겁게 먹어야 몸에 좋은 거니까요."

"이 정도면 자기 최면이 심각한 거 아니야? 아니면 자아도취던가."

"자기 최면이든, 자아도취든 어서 드세요. 오늘 첫 끼잖아요."

그러고 보니 지금 몇 시쯤 되었을까. 손목을 들어 올린 성현은 나직이 한숨을 토해 냈다. 잠깐 눈 붙이고 일어났을 뿐인데 오후 3시라니.

"얼마나 피곤했으면 하루 종일 잠만 자요?"

"엊그제 아마 세 시간 잤을 걸."

"세 시간 자고 8시간 넘게 운전했다고요?"

"응. 아마도."

성현은 수저를 들어 뜨끈뜨끈한 죽을 입에 넣었다. 다행히 못 먹을 정도의 맛은 아니었다.

"기절할 만하네요."

"밥 먹고 또 자자. 수면 부족이야."

다시 침대에 누우면 곧장 기절할 것 같았다. 그간의 피로가 누적된 모양인지 끝도 없이 잠이 쏟아졌다.

"음흉한 거예요, 아니면 아무 생각이 없는 거예요?"

"뭐가?"

"자자는 말을 너무 쉽게 한다는 생각 안 들어요?"

"그게 뭐 잘못됐어? 아니면 다른 걸 기대하는 거야?"

상체를 앞으로 기울이며 성현이 얄궂은 표정을 지었다. 빨개진 지수의 얼굴을 보며 낮게 웃었다.

"진짜 피곤해서 그래. 다른 건, 다음에."

"다, 다음은 무슨……."

부끄러워 얼굴을 붉힌 지수의 모습이 사랑스러웠다. 이런 간질간질한 감정 같은 건 평생 느끼지 못할 줄 알았는데 한 번 타오른 마음의 화력이 강력했다.

"죽 식어요. 어서 먹어요. 싱거우니까 김치랑 같이."

잘 익은 김치 하나가 하얀 죽 위에 얹어졌다. 그는 연애를 시작하자마자 생소한 것들을 참 많이 경험하는 듯했다. 성현

167

도 잘 익은 김치를 지수의 죽 위에 얹어 주었다. 이렇게 하나씩 배워 나가야 했다.

가벼운 식사 후 두 사람은 침대에 마주 보고 누웠다. 손만 뻗으면 가까이 있는 그가 지수는 여전히 믿기지 않았다.

"뭐 하나 물어볼게요."

지수의 물음에 성현은 감았던 눈을 떴다.

"면접 때 정말 미팅이 있었어요? 아님 피한 거예요?"

"그게 이제야 궁금해?"

"굳이 물어볼 필요성을 느끼지 못했달까요. 괜히 물어서 상처 받는 것보단 낫잖아요."

이유를 묻는 그의 눈빛을 피한 지수가 조그맣게 덧붙였다.

"내가 면접 볼 가치도 없다, 뭐 이런 대답 들으면 박탈감이 들 것 같아요."

"지금까지 날 인정머리 없는 놈으로 생각한 거야?"

팔을 괸 채 누워 있던 성현이 위협적으로 상체를 지수 쪽으로 가까이했다. 그 바람에 지수는 숨을 들이마신 채 내쉬지 못했다.

"그럼 정말 미팅이 있었던 거예요?"

"굳이 나 때문에 면접을 망칠 필요 없다고 생각했어. 날 보면 분명 당황해서 실력을 제대로 발휘하지 못할 것 같았거든. 근데 내가 널 너무 과소평가했지."

"그게 무슨 말이에요?"

"입사 첫날 기억 안 나? 놀란 건 잠깐이었고, 팀장님이란 호칭이 아주 자연스럽게 입에 붙어선 뾰족하고 까칠하게 굴 었잖아. 내내 예의 바른 신입 사원이 되어 공적으로만 대하 던 사람이 누구더라."

"그거야……."

"그래서 잊은 줄 알았어. 솔직히 조금 밉기도 했고."

"밉기까지 했어요?"

유치하단 말이 튀어나올 뻔했다. 유치함과 거리가 먼 사람 인데 어떻게 이런 생각까지 들었을까. 대화를 나눠 보니 자 신과 별반 다를 게 없었다. 누군가를 내내 생각하기도 하고, 때론 미워하기도 하는 평범한 사람.

"응. 엄청."

피식 웃음을 터트린 지수의 눈이 반으로 휘었다.

"지금은요?"

"하나도 안 미워. 예뻐, 이젠."

그러면서도 표현에 굉장히 솔직한 사람. 돌려 말하는 것을 모르고 오직 직진만 할 것 같았다.

"여기 여심 루팡 추가요. 나도 오늘부터 팀장님 팬 할래 요."

"윤지수라면 얼마든지 환영이야."

"다른 여자들한테도 이렇게 달달한 거 아니죠?"

"전혀 안 달달해. 걱정 마."

누구보다 그 말을 신용하는 지수가 행복한 미소를 지었다.

"그런데 둘이 있을 때의 호칭은 바꿔야 하지 않겠어? 계급장 떼고 만나자니까 왜 자꾸 붙여?"

"그럼 뭐라고 불러요? 선배나 오빠, 그것도 아니면 성현 씨? 또……."

"마지막 그거."

"성현 씨?"

옅은 미소를 그린 성현이 고개를 끄덕였다.

"이름 불러 주는 게 좋구나. 앞으로 계급장 떼고 그렇게 부를게요."

"그래, 많이 불러 줘."

괴고 있던 팔을 쭉 뻗은 그가 지수에게 팔베개를 해 주었다. 다시 천천히 그의 눈꺼풀이 닫혔다. 곧이어 느른한 숨소리가 그녀의 뺨에 닿았다.

잠든 성현의 얼굴을 찬찬히 훑었다. 짙은 눈썹 아래로 유난히 긴 속눈썹이 자리 잡고 있었고 살짝 그을린 피부는 남자다웠다. 살짝 윤기 있는 입술로 지수의 시선이 내려앉았다. 새벽의 키스를 떠올리게 만드는 입술은 섹시했다. 예나 지금이나 근사한 건 여전한데, 왠지 더 쓸쓸해 보였다. 안아 주고 싶을 정도로.

늦은 밤, 검은 차 한 대가 지수의 집 앞에 멈추었다. 괜찮다고 극구 사양하는 지수의 고집에도 그는 밤늦게 혼자 보내기 싫다며 데려다주었다.

"벌써 시간이 이렇게 됐네."

하루 종일 한 거라고는 자고 먹고 하는 것밖에 없었는데 이미 날은 저문 후였다. 아쉬운 마음에 지수는 차마 걸음이 떨어지지 않았다. 가뜩이나 몸도 안 좋은 사람이 혼자 집에 있는 것도 마음 쓰였다.

"아쉬우면 다시 차 돌릴까?"

그의 농담에 지수가 고개를 내저었다.

"어서 가세요."

"나만 아쉬워하는 거였어? 또 미워지려고 하는데."

"내일 회사에서 볼 건데 뭘요."

"알았어. 푹 쉬어."

고개를 끄덕이며 그녀가 멀어지는 성현에게 손을 흔들었다. 하지만 차로 돌아갔던 그가 다시 다급하게 오더니 지수의 뺨에 가볍게 입 맞추었다.

"감기 옮길까 봐 입술은 참는다."

귓가에 나직이 속삭이는 목소리에 오소소 소름이 돋았다. 기분 좋은 아찔한 소름이.

"운전 조심해요."

다시 한번 지수가 손을 흔들었다. 차에 탄 성현이 창문을 내렸다.

"추워. 들어가."

그의 다그침에 어쩔 수 없이 지수가 몸을 틀었다. 그녀가 집으로 들어가고 나서야 차가 출발했다. 계단을 오르던 지수가 창문을 통해 골목 어귀로 사라지는 차를 바라보다 뒤늦게 집으로 들어왔다.

그와 함께 있을 땐 몰랐는데 집으로 돌아오자 피곤이 밀려왔다. 이제 드디어 두 다리 뻗고 편히 잘 수 있다는 생각을 하며 침대에 쓰러지듯 누웠다.

"아, 좋다."

안락한 편안함에 지수가 눈을 깊게 감았다. 이틀 새 참 많은 일들이 있었던 것 같았는데 단 하나밖에 기억나지 않았다. 바로 이성현.

면접에서 그를 보고 실수할까 봐 일부러 참석하지 않았다는 말에서 다정한 배려가 느껴졌다. 제대로 여심을 저격당한 지수는 오늘부터 그의 팬이 되겠노라 자청했다.

＊　　　　＊　　　　＊

은행에 볼일 있다는 최 대리와 수연을 뒤로하고 지수 혼자 사무실로 올라왔다. 불 꺼진 팀장실 창문으로 의자 등받이에 편한 자세로 기대 잠든 그가 보였다. 조심스럽게 문을 열고 안으로 들어갔다. 잠든 모습조차 흐트러짐 없이 근사해 보이

172

는 걸 보면 그에게 제대로 반한 것이 틀림없었다. 그게 언제
인지 지수 역시 알 수 없지만, 지금껏 쭉 그를 생각했던 것은
진심이었다. 허리를 숙여 잠든 얼굴을 바라보던 지수가 몸을
돌렸을 때였다.

"앗."

성현의 손이 거침없이 지수의 허리를 끌어안고 무릎 위에
앉혔다. 바짝 제 쪽으로 끌어당겨 몸을 밀착시켰다. 놀란 지
수가 주변을 살피며 안도했다.

"자는 거 아니었어요?"

"내가 잠귀가 좀 밝은 편이라 누구 구두 소리에 깼지."

너무 가까웠다. 귓바퀴를 간질이는 목소리가, 그의 몸이,
손길이.

"미안하네요, 깨워서."

긴장한 모습을 들키지 않기 위해 마음과 달리 말하는 목소
리가 퉁명스러워졌다. 등 뒤로 심장 박동이 느껴졌다. 불규
칙적인 리듬이 자신과 같아 신기했다.

"손 예쁘다. 길쭉길쭉한 게 나랑은 다르네."

"짜리몽땅."

손바닥을 뒤집어 지수의 손을 잡아 올린 그가 장난스레 말
했다.

"팀장님이 너무 비현실적으로 길쭉한 거라는 생각은 안
드세요?"

173

"그 비현실적인 사람이 누구 애인이더라."

낮은 음성이 지수의 귓가를 간질였다. 아찔한 소름에 반쯤 눈을 감았다 떴다. 이 남자, 스킨십에 매우 자연스럽다. 어디서 많이 해 본 것처럼.

"깜박 잊을 뻔했다. 오늘 수연 선배랑 대리님과 함께 영화 보러 가기로 했는데 같이 안 가실래요?"

"응, 안 가."

조금의 여지도 없이 성현이 딱 잘라 거절했다.

"같이 가요. 수연 선배가 무료 영화 티켓이 있대요."

"윤지수 씨가 오늘 나랑 데이트하는 건 어때? 두 사람은 자주 만나서 놀잖아. 오늘 하루쯤은 나한테 양보해도 될 것 같은데."

"이미 약속해서 거절하기 곤란해요. 영화도 이미 예매했을 거고. 그러니까 같이 가서 놀아요."

그의 품에서 빠져나온 지수가 애교 섞인 목소리로 말했다. 쉽지 않을 줄은 알았지만, 단호한 거절에 지수는 내심 당황스러웠다.

"난 너와 같이 있고 싶은 거지, 다른 사람들과 같이 있고 싶은 게 아니라서 말이야."

"……"

"두 사람과 같이 영화 보고 싶다면 말리진 않을게."

마음 상하지 않도록 배려하며 거절하는 모습이 지수의 눈에 뻔히 보였다. 하지만 못내 서운했다.

"그렇게 싫으세요? 대리님도, 수연 선배도 다 좋은 사람들인데 친해지면 좋잖아요."

"난 그 사람들 공적으로만 보고 싶어."

"연애는 하고요?"

"윤지수는 예외고."

성현이 좋은 사람이라는 것을 지수는 다른 사람들에게도 알려 주고 싶었다. 애정 결핍, 감정 결핍, 사회 부적응자 같은 별명이 거짓이라는 걸 다른 사람들도 알았으면 싶었다. 하지만 그는 도통 바로잡을 생각이 없어 보였다. 다른 사람들이 어떻게 보는지 전혀 상관없는 걸까. 자신은 그게 너무 속상한데.

"어차피 인간관계 거기서 거기야. 굳이 애쓸 필요 없어. 사는데 별 지장도 없고."

"지금까지 그런 생각하면서 사셨어요?"

바짝 마른 나뭇잎처럼 건조하기 이를 데 없는 모습에 지수는 쓸쓸한 기분을 느꼈다. 아무 미련 없는 듯한 표정과 말투는 방금 전까지 그녀가 알던 사람이 아니었다. 자신감 넘치고 어디서나 당당했던 그는 지수의 선망의 대상이었다.

"내가 틀린 말한 것도 아니잖아. 한 번 틀어지면 걷잡을 수 없는 게 인간관계야. 굳이 상대방한테 잘 보여야 하는 이유가 있어?"

"……."

"왜, 실망했어?"

따뜻하다고 느꼈던 그가 한순간에 얼음장처럼 차갑게 돌변했다. 할 말을 잃은 얼굴로 서 있던 지수의 가슴에 커다란 돌덩이가 얹힌 기분이었다.

"제가 팀장님에 대해 잘못 생각했나 보네요."

"……."

"나가 보겠습니다."

붙잡으려고 성현이 뻗은 손을 뿌리친 지수가 복잡한 표정으로 팀장실에서 나왔다. 자신에게 향한 그의 시선이 느껴졌지만 애써 모른 척했다.

실망감이 생각보다 컸다. 그가 이렇게까지 사람들에게 척을 지고 사는 줄 지수는 꿈에도 몰랐다. 그녀의 마음이 복잡해졌다.

째깍째깍.

벽에 걸린 시계 소리가 유일한 소음인 사무실 안. 사람들이 전부 퇴근하고 성현은 홀로 자리를 지키고 있었다. 퇴근 시간이 한참 지났지만 자리에서 일어날 수가 없었다.

"후."

요 근래 피우지 않았던 담배를 다시 입에 물었다. 깊게 들이마셨다가 내뱉자 속이 휑한 기분이다. 퇴근 무렵까지 냉랭하던 지수는 제대로 된 인사 하나 없이 사람들과 사라졌다. 뭐라고 해야 할지 몰라 성현은 그녀를 붙잡지 못했다.

어렸을 때부터 그는 인간관계에서 많은 회의감을 느꼈다. 보고 자란 것이 그런 것뿐이라 한 번 굳어진 성향은 쉽게 변하지 않았다. 오랜 친구에게 사기당해 몸져누운 정훈이 그러했고 자신의 배경만 보고 호감을 표하는 여자들이 항상 주위에 있어 편견이 생겼다. 한 번 수틀리면 어떻게 나올지 모르는 게 사람과 사람의 관계라고 여겨 왔다.

다행히 지수를 만나 여자들을 향한 적대감은 많이 사라졌지만, 그렇다고 인간관계에 대한 불신이 변한 것은 아니었다. 앞으로도 쭉 지금처럼 살아도 문제될 것은 없을 거라 생각했다. 이런 자신이 냉정하고 차갑게 보일 수 있다는 걸 어느 정도 알고 있었지만, 그렇다고 자신을 거짓으로 꾸미고 싶지 않았다.

"쉬운 게 하나도 없군."

인간관계도, 연애도 마음처럼 쉽게 풀리지가 않는다. 크게 실망한 지수의 눈빛을 떠올리며 더 깊게 담배를 빨았다. 가슴이 찌릿찌릿해졌다.

쓸쓸한 표정으로 야경을 바라보며 연신 담배를 태우다 깊은 한숨을 내쉬었다. 내려다보이는 저 어디쯤 그녀가 있을 것 같은데, 어디에 있는지 도통 모르겠다.

"지수야……."

핑크빛 연애를 기대한 건 아니지만, 벌써부터 삐거덕대면 어쩌나 싶었다. 무엇보다 지금껏 연락 한 통 없는 그녀가 미치도록 신경 쓰였다. 이런 자신에게 실망해 그만하자고 하면 어쩌나 하는 못난 생각마저 들었다.

잠잠한 휴대폰을 가져온 성현이 메시지 함을 터치했다. 그동안 지수와 주고받은 메지지가 생각보다 많았다. 이렇게 가만히 앉아 있을 수만은 없었다.

〈어디야? 데리러 갈게.〉

메시지를 보낸 성현의 휴대폰은 여전히 잠잠했다.

"케이크 맛있다. 이따 집에 갈 때 포장해 가야지."
"스트레스가 확 풀려요."

영화를 보고 프렌치 레스토랑에서 저녁 식사 후 근처 카페로 이동한 지수는 일행들과 케이크와 커피를 시켜 놓고 수다 삼매경에 빠져 있었다. 늘 즐거웠던 모임이었지만 그녀는 오늘따라 대화에 집중할 수가 없었다. 영화가 재미있었는지도 잘 모르겠고, 레스토랑에서 먹은 스테이크의 맛도 기억나지 않았다.

"지수 씨도 먹어 봐. 왜 그렇게 멍하니 있어?"
수연이 건네는 포크를 지수가 뒤늦게 받았다.

"무슨 고민 있어? 저녁도 먹는 둥 마는 둥하더니. 고민 있으면 말해 봐. 원래 고민은 털어놓으면 마음이 한결 가벼워지잖아."

"말씀만으로도 감사해요. 저 혼자 천천히 생각해 볼게요."

"그래, 들어 줄 상대가 필요하면 언제든지 말해. 알았지?"

"고맙습니다, 대리님."

한결 편안해진 얼굴로 지수가 머그컵을 들었다. 따뜻한 차를 마시자 복잡했던 머릿속이 맑아지는 기분이었다. 그나저나 지금쯤 퇴근했을까. 뭐하고 있을까. 인사도 하지 않고 나온 게 마음에 걸렸다. 하지만 그렇다고 그에게 먼저 연락할 수도 없었다. 복잡한 머릿속을 정리할 시간이 필요했다.

"이 팀장님 말이에요. 사람들을 경계하는 것 같아요. 다가가기 좀 무섭다고 할까?"

이런저런 얘기 끝에 성현으로 화제가 돌아갔다. 종종 그에 대해 대화를 하곤 했지만 이런 얘기는 처음이었다.

"경계가 아니고 방어가 아닐까? 보통 사람들에게 많이 데인 사람들이 그렇거든. 상처 받지 않으려고 방어부터 해."

"무슨 말이에요, 대리님?"

"팀장님 같은 경우엔 외모, 스펙, 거기다 집안 재산까지 어마어마하니 배경 보고 들이대던 여자들이 어디 한둘이었겠어? 사랑에, 사람에 배신당하고 상처 받으면 답 없거든."

왜 진작 그런 생각을 못 했을까. 지수의 얼굴이 순간 머리를 한 대 얻어맞은 표정으로 변했다. 사람들과 잘 어울렸으면 하는 바람이 누군가에겐 버거운 일일 수도 있다는 사실을 뒤늦게 깨달은 것이다. 있는 그대로를 좋아한다고 생각했는데 다른 사람들처럼 지내길 강요했다는 생각이 들었다.

예전부터 그의 주변은 늘 사람들로 둘러싸여 있었다. 그런 모습이 대단하다고 여긴 적은 많았으나 늘 어딘가 외로워 보였다. 사람들이 많았던 만큼, 크고 작은 상처들이 많았을 거란 생각은 왜 진작 하지 못했던 걸까.

생각이 많아진 그녀가 커피 잔을 내려다보다 짧은 한숨을 내쉬었다. 집에 돌아가 잠들기까지 자신의 생각이 짧았던 것에 대한 후회가 이어졌다.

❈   ❈   ❈

아침부터 분위기가 들뜬 것 같더니, 화이트 데이란다. 지수는 김 대리가 여직원에게 돌린 막대 사탕을 무심한 눈길로 바라봤다. 정작 원하는 단 한 사람에게 기대조차 할 수 없는 지수에겐 무의미했다.

"빨리 풀어야 할 텐데."

주인 없는 팀장실을 바라보며 지수가 작게 중얼거렸다. 정각이 되어 출근한 성현의 손엔 작은 봉투 세 개가 들려 있다. 그의 걸음이 지체 없이 지수에게로 향했다. 봉투 세 개를 지수의 책상 위에 올리는가 싶더니 분홍색 봉투를 지수 쪽으로 돌려놓았다.

"하나씩 가져가세요."

지수는 제일 앞에 있는 분홍색 봉투를 제외하고 다른 봉투 두 개를 사람들에게 나누어 주었다. 생각지도 못한 선물에 분위기가 한껏 들떴다. 이것도 내 것만 사기가 뭣해 다른 사람들 것까지 챙긴 걸까. 봉투를 열자 예쁜 유리병이 보였다. 별빛처럼 반짝거리는 사탕이 종류별로 담겨 있었다.

"막대 사탕만 가득하네요. 막대 사탕은 이미 김 대리님한테 받았는데."

투덜거리며 병에서 사탕 하나를 꺼내 입에 무는 수연의 뒤로 최 대리의 사탕 역시 같은 거라는 것을 확인했다. 일부러 분홍색 봉투를 제 쪽으로 돌린 거였나.

"뭐야, 설레게. 하자는 대화는 안 하고……."

출근하면서 문자를 보내 대화 좀 하자는 지수에게 그는 바쁘다는 말로 거절했었다. 의미 모를 행동에 지수는 작게 한숨 쉬곤 한쪽에 유리병을 두었다. 반짝거리는 게 먹기 아까울 정도로 예뻤다. 이런 건 또 어디서 샀을까. 혼자 이곳저곳을 기웃거리며 골랐을 그를 떠올리자 피식 미소가 새어 나왔다.

"실망할지, 좋아할지 한 가지만 하는 게 어때? 막대 사탕 앞에서 한숨은."

표정이 계속 바뀌는 지수를 보다 못한 최 대리가 배부른 투정이라며 타박하고 나섰다. 속을 전부 보여 줄 수 없어 그녀는 웃는 걸 택했다. 그렇게 아침부터 성현의 사탕에 들뜬 오전이 지나갔다. 한창 업무 중이던 지수의 휴대폰이 울렸다.

〈저녁 같이 하자.〉

기다려 왔던 순간임이 틀림없는데 그녀의 가슴이 쿵쿵 뛰어 댔다. 뭔가 결심한 듯한 모습에 지수는 뒤로 물러설 수 없음을 깨달았다. 어떤 얼굴로 그와 마주해야 할까. 하고 싶었던 말이 많았던 머릿속은 뒤죽박죽이었다.

조용한 한식당에 마주 앉은 두 사람은 말없이 식사가 나오길 기다렸다. 차를 타고 이동하면서도 지수는 내내 말이 없었다. 성현은 불안감에 선뜻 먼저 말을 꺼내지 못했다. 자신에게 혹여 실망했을까 봐 없던 일까지 만들며 업무에만 몰두했다. 며칠 만에 제대로 마주하는 그녀의 모습은 여전히 예쁘고 사랑스러웠다.

"나 좀 봐 줄래?"

가만히 지수를 응시하던 그가 낮은 목소리로 먼저 말을 꺼냈다. 그제야 내내 빈 테이블을 바라보던 그녀의 시선이 움직였다.

"그렇게 바쁜 척하시더니."

"미안. 머릿속이 좀 복잡했어."

"복잡하던 머릿속이 좀 정리되셨어요?"

"대충."

다시 대화가 끊겼다. 어색한 분위기 속에서 식사가 나왔다. 먹음직스러운 음식이 한 상 가득 차려졌지만, 식욕을 잃은 듯 입맛이 없었다. 느리게 젓가락을 드는 지수를 따라 성현도 젓가락을 들었다. 그에게로 향한 시선에서 대답을 요구하는 눈빛이 느껴졌다.

"밥부터 먹고 얘기하자."

말없이 젓가락으로 밥만 먹는 지수의 밥 위에 반찬을 얹어주었다.

"매실주 한잔할래? 여기서 직접 담근 건데 꽤 맛이 좋거든."

"네. 좋아요."

성현이 벨을 눌러 매실주를 주문하자 얼마 지나지 않아 호리병 하나가 상 위로 올려졌다. 잔 하나를 건네자 지수가 두 손으로 받았다.

"주세요."

제 잔에 술을 따르려는 성현에게 지수가 손을 뻗었다. 성현은 그녀에게 술병을 건네곤 잔을 내밀었다. 또르르, 술이 채워지는 소리가 유난히 맑았다. 허공에서 두 잔이 부딪혔다. 냄새를 맡은 후 독하지 않다는 걸 확인하고 지수가 겁 없이 잔을 넘겼다. 그녀의 생기 어린 눈동자가 커졌다.

"이거 진짜 맛있다!"

"한 잔 더 줘?"

말없이 잔을 내미는 모습이 귀여웠다. 어색했던 분위기는 매실주 한 잔으로 인해 말끔히 사라졌다. 역시 분위기를 바꾸는 데 술만 한 게 없는 건가. 양손으로 쥔 잔을 꺾는 모습이 인상적이라 성현은 식사하는 것도 잊은 채 지수를 바라봤다.

"그러다 취해. 약한 것 같아도 술이야."

한 잔 더를 외치며 잔을 내미는 지수에게 경고했다. 하지만 굽힐 줄 모르는 그녀의 고집에 성현이 어쩔 수 없이 잔을 채워 주었다.

"같이 마셔."

성현이 잔을 내밀었다. 그새 발그레해진 뺨으로 지수도 잔을 내밀었다. 쨍, 하고 두 개의 잔이 부딪혔다. 이번에도 그녀는 원샷이었다.

"단둘이 술 마시는 게 두 번째네."

"그러게요. 강원도에서 마셨던 막걸리도 참 맛있었는데."

"한 번 더 갈까?"

수락만 한다면 당장 출발할 기세로 성현이 물었다.

"외박 한 번만 더 했다간 저 엄마한테 죽어요."

진지한 표정에 피식 웃고 말았다. 어느새 그날을 웃으면서 추억할 수도 있다는 사실에 성현의 기분이 묘했다. 지수의 종아리까지 쌓인 눈과 길고 길었던 키스까지. 무엇하나 예쁘지 않은 게 없었다.

"우리 엄마가 얼마나 포악한데요. 산짐승처럼 잡아다가 가죽을 벗겨 내실지도 몰라요."

"여리고 순수하다고 하지 않았나? 난 그렇게 기억하는데."

"기억의 오류는 늘 있는 법이죠."

이래서 지수가 좋았다. 내숭 떨며 자신을 포장하는 여자들과 달리 순수하고 거짓이 없었다. 그녀라면 자신의 못난 모습까지 보듬어 줄 것 같은 기대감이 생긴다.

"어머님, 한 번 뵙고 싶다. 얼마나 많이 닮았을지 궁금해."

"나중에요. 지금은 둘이 좋아서 하는 연애하기도 부족한 시간인 걸요. 참견과 간섭은 나중에 받을래요."

"그래, 그렇게 해."

"그런 의미에서 한 잔 더."

살짝 취한 목소리에 애교가 가득했다. 접혀진 눈꼬리, 길게 늘어난 반질반질한 입술, 아까보다 조금 더 발그레해진 뺨. 낮게 한숨 쉰 성현은 생각했다.

그녀를 집에 보내기 싫다고.

"하늘도 참 무심하시지. 눈 좀 골고루 내려 주면 좀 좋아요? 이제 눈 구경은 다 했네."

술을 깰 겸 식당 주변을 산책로 삼아 걷던 중, 지수가 캄캄한 하늘을 향해 내뱉은 말이었다. 강원도에 비해 서울의 겨울이 유독 짧게 느껴지는 건 이제 곧 벚꽃이 필 시기가 다가오기 때문일까.

"그러다 또 폭설 내린다. 말 조심해."

"그럼 벚꽃 대신 눈 구경하죠, 뭐."

성현의 농담을 가볍게 받아친 지수의 눈은 여전히 반쯤 접힌 상태였다. 그의 말을 듣지 않고 연달아 매실주를 마셨더니 살짝 알딸딸했다. 하지만 기분은 최고였다. 술 취한 사람들이 어째서 기분 좋아 보이는지 지수는 어렴풋이 알 것 같았다.

"잠깐 앉자."

손으로 벤치를 탁탁 털어 주고 지수를 앉힌 다음에 성현도 옆에 자리했다. 말없이 두 사람의 시선이 하늘로 향한 채였다.

"미안해요. 너무 내 생각만 했어요."

내내 가슴속에 담아 둔 말을 꺼내는 지수의 표정이 사뭇 진지했다. 성현은 차근히 자신의 생각을 표현하는 그녀를 말없이 응시할 뿐이었다.

"성현 씨가 얼마나 따뜻하고 좋은 사람인지 다른 사람들도 알았으면 했어요. 사람들의 오해를 풀어 주고 싶었고, 최 대리님이나 수연 선배나 다른 사람들도 좋은 사람들이라는 걸 성현 씨가 알아줬음 싶었어요."

자신에게조차 마음을 굳게 닫아 버릴까 봐 지수는 두려웠다. 따뜻하고 좋은 사람이란 걸 누구보다 잘 아는 지수로선 차갑게 변한 그를 보는 게 힘들 것 같았다. 그녀의 말을 잠자코 듣던 성현이 천천히 입을 열었다.

"나는 사람들을 별로 신용하지 않아. 형제 못지않게 친한 친구에게 배신당한 사람을 보았고, 남편이 세상을 떠나자마자 자식을 버리고 새 삶을 살아가는 여자를 보았어. 그리고 내 겉모습만 보고 다가왔다가 실망하고 떠난 사람들이 있었지."

"……."

"내 할아버지와 아버지, 그리고 어딘가 살아 있을지 모르는 어머니 얘기야."

막상 털어놓고 나니 성현은 가슴이 후련해지는 것을 느꼈다. 대개 이런 얘기를 꺼내면 동정하거나, 실망하거나 둘 중하나였다. 그게 싫어 어느 순간부턴 침묵하게 되었다. 너무숨기는 게 많다는 말에 사실을 말하면 떠나 버리는 게 대다수였다. 때문에 혹시나 했다. 그녀 역시 자신의 진짜 모습을보고 떠나진 않을까, 실망하진 않을까.

"그런 내게 너는 실망시키고 싶지 않은 단 한 사람이야."

지수의 눈시울이 붉어졌다. 늘 사람들에게 둘러싸여 있으면서도 쓸쓸해 보이고, 사람들에게 쉽게 곁을 내주지 못했던 이유. 그동안 얼마나 외로웠을까.

"혹시 실망했어?"

초조한 눈길로 묻는 성현에게 지수는 대답 대신 목을 와락 끌어안았다. 말하는 순간 주체 못할 눈물이 터질 것 같았다. 강하다고만 생각했던 남자의 약한 모습을 보니 감싸 주고 싶어졌다.

"실망 같은 거 할 리가 없잖아요. 성현 씨가 어떤 사람이든, 어떤 사연을 가졌든 상관없어요."

성현의 목을 끌어안은 지수의 팔에 힘이 실렸다. 울먹거리는 목소리가 그의 귓가에 아득하게 스몄다.

"성현 씨의 있는 그대로가 좋은 걸요."

그의 단단했던 가슴이 속절없이 윤지수에게 경도되었다.

7. 달달한 연애

평일 저녁, 성현을 포함한 마케팅 팀 사람들은 김 대리의 집들이 선물을 사기 위해 마트에 들렀다. 마트 안은 사람들로 바글바글했다.

1층 식품 코너부터 시작해 3층까지 빙 둘러보며 카트에 골라 담다 보니 어느새 한가득이었다. 그런데도 아직 또 살 게 남았는지 4층으로 올라가는 중이었다.

성현은 한 짐 가득 실은 카트를 미는 지수를 대신하려고 기회를 엿봤으나 타이밍이 맞지 않은 탓에 번번이 실패하고 말았다.

그는 사람들이 멀어져 간 틈을 타 지수를 카트에서 밀어냈다. 그의 배려가 싫지 않은 얼굴로 그녀가 어물쩡하게 옆에

서서 카트로 시선을 내렸다.

"크리스마스도 아닌데 인심이 아주 후하세요."

점심시간에 머리를 맞대고 김 대리의 집들이 선물을 고심하고 있는 사람들에게 그가 카드를 주더니 마음껏 사라며 선심을 썼다.

덕분에 술은 물론이고 세제와 휴지 등 집안 살림에 필요한 것들을 이것저것 담는 바람에 카트가 하나 더 필요할 지경이었다.

"이 정도로 면이 서겠어? 명색이 부서장인데."

"이따 결제 금액 보고 후회해도 소용없어요."

"그런데 또 뭘 고르러 간 거야? 이러다 늦겠군."

사람들이 사라진 쪽으로 카트를 밀며 그가 작게 투덜거렸다. 홍길동도 아니고 동에 번쩍, 서에 번쩍하며 물건을 들고 나타나는 사람들에게 이미 질린 그는 포기한 상태였다. 아래층으로 내려가는 에스컬레이터 앞에 카트를 세워 두고 성현과 지수는 사람들이 오길 기다렸다.

"제가 전화해 볼까요?"

"됐어. 신나서 망아지마냥 돌아다니는데, 전화 온 줄이나 알겠어?"

"그나저나 카드는 왜 주신 거예요? 저희끼리 회비 모아서 사면 되는데."

"윤지수 돈 쓰지 말라고."

말은 그렇게 했지만 부서장으로서 뭔가 해 주고 싶은 마음도 있었다. 하지만 뭘 어떻게 해야 할지 잘 모르니 다른 사람들에게 부탁한 거였다.

"이번엔 이불이네요."

지수가 손으로 가리킨 곳을 따라 성현의 시선이 옮겨졌다. 봄이라 이건가.

"어머, 언제 이렇게 많이 골랐지? 몇 개 뺄까요?"

카트 안을 들여다보며 최 대리와 수연이 민망한 표정을 지었다. 성현은 최 대리의 손에서 화사한 꽃 자수가 새겨진 이불을 받아 카트에 실었다.

"다 필요한 것 같은데 그냥 두세요. 이제 그만 갑시다."

먼저 에스컬레이터로 몸을 돌린 성현은 잠시 숨을 골랐다. 앞으로 저 여자들과 두 번 다시 마트에 오는 일은 없을 것 같았다.

정성스럽게 차려진 음식 앞에 술병이 빠르게 줄었다. 집주인인 김 대리는 아내 대신 흑기사를 자청하여 정신이 반쯤 나간 상태였다. 술고래인 최 대리가 있는 곳이면 누구 한 명쯤 이리되는 게 이젠 놀랍지도 않았다.

남편 걱정에 안절부절못하는 새 신부에게 성현의 시선이 옮겨졌다. 결혼식 날 보고 오랜만에 보는 터라 얼굴이 가물가물했지만, 사람들의 말대로 미인이었던 건 기억하고 있었다. 다들 어디서 저런 미인을 얻었냐며 김 대리의 옆구리를 쿡쿡 찌르기도 했었다.

아내를 살뜰히 챙기는 김 대리의 모습에서 넘치는 사랑을 느낀 성현의 기분이 묘했다.

그동안 결혼식에 많이 다니면서도 별 감흥을 느낀 적 없었는데 결혼식이 아닌 집들이에서 이런 이상한 기분을 느낀 건 처음이었다.

"두 분 정말 잘 어울리세요. 천생연분, 선남선녀라는 단어가 전부 두 분을 놓고 말하는 거였나 봐요."

잔뜩 부러움이 실린 지수의 찬사에 술을 마시던 사람들이 사레에 걸렸다. 하지만 진심 어린 눈빛과 목소리에서 성현은 부러움을 느낄 수 있었다.

"너무 보기 좋아요. 부럽다."

"이러다 지수 씨가 제일 먼저 시집가는 거 아냐?"

최 대리의 농담에 붉어진 지수의 뺨으로 그의 시선이 내려앉았다. 무료하다고 생각했던 자리가 단 한 사람으로 인해 달라졌다.

"저 잠깐 술 좀 깨고 올게요."

외투를 들고 자리에서 일어난 지수가 밖으로 나갔다. 술잔을 기울이던 성현이 빈 접시들을 둘러보았다.

눈치를 살피던 그가 잠시 후 지수를 따라 밖으로 나왔다. 놓칠까 봐 내심 불안했는데 얼마 떨어지지 않은 곳에서 그녀의 목소리가 들렸다.

"엄마, 오늘 대리님 집들이라서 조금 늦을 것 같아. 외박 안 하니까 걱정 마."

외박을 안 한다며 못 박는 목소리에 성현은 실망하고 말았다. 요 근래 성현은 지수를 집에 보내기 싫은 적이 한두 번이 아니었다.

그의 걸음이 지수를 따라 한 걸음씩 옮겨졌다. 무슨 할 말이 그리 많은지 통화가 끊길 기미가 보이지 않았다. 사이좋은 모녀의 사이가 살짝 질투 나려고 했다.

"어디까지 갈 셈이야?"

지수를 따라 걷다 보니 어느새 김 대리의 집에서 꽤 떨어졌다. 성현의 목소리에 몸을 돌린 지수가 적잖게 놀란 표정이었다.

"언제부터 있었어요?"

"한참 됐어."

"그럼 부르지 그랬어요."

"통화하는 거 방해하고 싶지 않아서."

외투 주머니에서 성현이 손을 꺼내자 지수가 말없이 잡았다. 그가 잡은 손을 다시 주머니에 넣곤 힘을 주었다. 손이 차가웠다.

"저 좀 유별나죠? 엄마랑 통화 자주 하는 게."

"사이좋은 모녀처럼 보이던데. 질투 날 만큼."

"그래 보였어요?"

마지막에 붙인 말은 기억도 못 하는지 지수가 예쁘게 웃었다. 그런 그녀를 따라 성현의 입술이 허물어졌다.

"다른 여자랑 눈 맞은 우리 아빠, 처자식 내팽개치고 뒤도 돌아보지 않고 나갔거든요. 집안은 초상집이 따로 없었고, 상대 여자를 찾아갔다가 엄마는 온갖 무시만 당하고 돌아왔어요. 저나 동생이나 그때 일은 정말 기억에서 지워 버리고 싶을 정도로 지옥이었어요. 하루하루를 술로 보내는 엄마를 보면서 아무것도 할 수 없을 만큼 저희는 많이 어렸거든요."

아픈 사연을 꺼내는 지수의 표정이 더없이 쓸쓸하다. 어떻게 이런 일을 겪고도 이 여자는 티 없이 맑을 수 있을까. 자신이라면 절대 견딜 수 없었을 것이다.

"여리기만 하던 엄마가 산짐승처럼 변한 건 그때부터예요. 닥치는 대로 일을 하며 저희 남매 뒷바라지를 다 하셨거든요. 아픈 몸을 이끌고 일터로 나가는 엄마를 보면서 내가 하루라도 빨리 취직해서 우리 엄마 쉬게 해 줘야겠다, 다짐했어요. 난 엄마 때문에 웃고, 운 적이 참 많거든요. 물론 웃는 날이 더 많았지만요."

말주변이 없는 성현은 이럴 때 어떤 말을 해야 할지 답답했다. 성현은 슬프게 웃는 지수의 머리를 조심히 쓰다듬었다.

"이렇게 예쁘게 잘 커 줘서 고마워."

매일이 지옥이었을 어린 시절, 이젠 매일 천국이길 바라본다. 그럴 만한 자격이 그녀에겐 충분하기에.

"성현 씨도요. 이렇게 근사하고 멋지게 자라 줘서 고마워요. 아직 많이 서투르지만 제가 이해해야죠."

"어쭈?"

발뒤꿈치를 들어 올린 지수가 성현의 외투 깃을 잡아당겼다. 그의 상체가 앞으로 기울어진다 싶더니 보드라운 입술과 촉, 하고 부딪쳤다.

조금 더 느끼고 싶을 만큼 갈증이 이는 입맞춤에 입술이 떨어지자마자 지수의 뒷머리를 강하제 제 쪽으로 당겼다. 두 번째 입맞춤은 제법 긴 시간 동안 이어졌다.

✢   ✢   ✢

머리가 지끈거렸다. 속도 말이 아니었다. 김 대리의 집에서 나와 포차에서 가볍게 2차를 하자는 최 대리의 손에 끌려가서 새벽까지 마셨다. 겨우 지수를 집에 데려다주고 어떻게 왔는지 기억이 가물가물했다.

버겁게 몸을 일으킨 성현은 슬리퍼를 끌고 방에서 나왔다. 냉장고에서 생수를 꺼내 그대로 뚜껑을 열어 입에 가져갔다.

"후아."

버석거리는 입을 헹구고 나서야 시계가 보였다. 입에서 낮은 한숨이 흘렀다. 주말에도 늦은 시간까지 자 본 적 없던 그가 처음으로 늦잠을 자 버렸다.

그나저나 오늘은 뭘 할까. 잠시 고민하던 그가 방으로 들어가 휴대폰을 가져오려고 했을 때였다.

딩동.

청량한 초인종 소리에 침실로 향하던 걸음이 인터폰으로 향했다.

의아한 표정으로 그는 곧장 현관으로 갔다.

"이제 일어난 거예요?"

현관문을 열고 안으로 들어온 지수의 손엔 무언가 가득 들려 있었다.

"연락도 없이 어쩐 일이야?"

일단 지수가 건네는 상자를 받아 거실로 들어오며 성현이 물었다. 안 그래도 그녀에게 연락하려던 참이었다.

"연락 씹은 사람이 누군데요?"

그제야 성현이 아차 싶은 얼굴이 되었다. 진동으로 해 놓은 휴대폰이 외투 주머니에 있는 걸 깨달았다.

"그런데 이건 다 뭐야?"

그의 손엔 케이크 상자가, 지수의 손엔 상큼한 와인이 있었다.

"오늘 제 진짜 생일이거든요."

"생일? 그런 건 진작 말했어야지. 생일 주인공이 케이크를

196

사 오는 법이 어디 있어?"

술이 확 깨는 말에 성현이 미안한 얼굴로 다그쳤다. 설마 오늘이 그녀의 생일일 줄은 생각지도 못했다.

"생일이 뭐 대순가요? 그냥 함께하고 싶은 사람이랑 있으면 그게 제일이지. 그래서 내가 이렇게 찾아왔잖아요."

"말이라도 못 하면."

미안해하는 그의 마음을 어쩜 저리 잘 알고 예쁜 말로 혼을 쏙 빼놓는 걸까. 성현은 더 이상 화낼 수 없었다.

"그런데 진짜 생일이라는 건 무슨 뜻이야?"

"제 출생 신고가 일주일 늦거든요."

"어쩌다가?"

"동사무소 직원 실수로. 진짜 태어난 날은 오늘이에요."

"그런 뜻깊은 날에 직접 찾아와 주니, 감개무량한데?"

"그렇죠?"

뒤늦게 와인과 케이크를 식탁 위에 올려놓은 성현은 지수와 함께 소파에 앉았다.

"오늘은 뭐 하고 싶어?"

"일단 성현 씨가 해 준 맛있는 음식이 먹고 싶어요. 집에서 같이 영화도 보고, 케이크에 와인 한 잔도 하고. 어때요?"

소박한 그녀의 계획에 성현의 입가에 잔잔한 미소가 피어올랐다. 어쩐지 잔뜩 들떠서 하는 말을 전부 들어주고 싶었다.

"그럼 일단 마트부터 가야겠는데. 씻고 올 테니까 잠깐 기
다려."

"네."

씩씩하게 대답하는 지수의 뺨을 가볍게 잡아당긴 그가 욕
실로 향했다. 갑작스런 방문에도 기분 좋은 걸 보면, 정말 연
애란 걸 하고 있는 모양이다.

마트에서 양손 무겁게 장을 보고 오피스텔로 돌아왔다. 재
료를 냉장고에 정리해 두려는 지수의 등을 성현이 서재로 떠
밀었다.

"서재에 가서 책 보고 있어. 음식 다 되면 부를게."

"같이 해요. 이 많은 걸 언제 하려고요?"

"아깐 내가 해 주는 거 먹고 싶다며. 걱정 말고 쉬고 있
어."

억지로 서재로 밀려 들어온 지수는 이렇게 아무것도 안 하
고 있어도 되나 싶었다. 그가 해 주는 음식을 먹고 싶다는 말
은 그냥 해 본 소리였는데, 마음에 담아 두고 있을 줄은 몰랐
다.

하지만 일단은 성현이 시키는 대로 잠자코 서재에 있는 게
좋을 듯싶었다.

"무슨 책을 볼까나."

그가 밖에 있는데 책이 눈에 들어올 리가 없었다. 하지만

일단 보는 시늉이라도 할 생각이었다. 아무 책이나 꺼내들고 책상에 걸터앉아 페이지를 넘겼다.

쏴아. 개수대 물소리.

탁탁탁. 도마 위에서 칼질하는 소리.

치지직. 물 끓는 소리.

그의 움직임이 지수의 귀에 빠짐없이 들렸다. 전혀 지루할 틈 없는 소리가.

"잘하고 있나 몰라."

걱정스런 얼굴로 굳게 닫힌 문을 바라보다 책장으로 고개를 내렸다. 주방에서 들려오는 소리를 듣던 지수의 입가에 미소가 피어올랐다.

"하암."

기다림이 길어지자 지루해진 지수의 입에서 커다란 하품이 흘러나왔다. 전날 너무 무리한 탓에 피곤함이 급 밀려왔다. 무거운 눈꺼풀이 지수의 의지와 상관없이 감겼다.

"잘 잤어?"

깜박 잠든 지수의 눈이 커졌다. 그의 손엔 그녀가 보던 책이 들려 있었다.

"얼마나 잤어요?"

"한 30분쯤?"

"깨우지 그랬어요."

민망한 얼굴로 지수가 책상에 기댄 몸을 일으켰다.

"너무 곤히 자서 깨울 수가 있어야지. 조금만 더 잤으면 침대로 옮기려고 했어."

"성현 씨도 참."

아무리 한 번 잠들면 업어 가도 모른다지만, 꾸벅꾸벅 앉아서 졸아 보긴 처음이었다.

"그나저나 음식은요? 다 됐어요?"

"그럼. 너 자는 사이 다 식었겠다."

"진짜요? 기대된다."

들뜬 얼굴로 지수가 성현의 팔을 끌고 서재에서 나왔다. 한숨 자고 일어났더니, 배도 고프고 그가 해 준 음식을 빨리 먹어 보고 싶었다.

"이걸 진짜 제가 자는 사이에 다 한 거예요?"

한상 가득 차려진 음식을 보며 지수가 감탄했다. 공부만 한 줄 알았더니 요리 실력까지 겸비한 남자일 줄이야. 뭐 하나 모자란 것이 없는 완벽한 남자가 제 애인이라서 뿌듯했다.

"내가 누구처럼 학습 능력이 좀 뛰어나."

연애 시작과 동시에 지수가 그에 대한 호칭을 바꾼 것을 두고 하는 말이었다.

미역국에 잘 차려진 아침을 먹고 왔다고 생각했지만, 눈앞에 놓인 진수성찬에 지수가 감격한 얼굴로 엄지손가락을 쭉 뻗었다.

"학습 능력 뛰어난 거 인정."

그저 좋아하는 사람과 함께하고 싶었던 생일. 생각보다 많은 것을 받은 것 같아 지수는 생애 최고의 생일을 맞은 기분이었다.

두 사람은 배불리 식사를 한 후 지수가 준비한 달달한 로맨스 영화를 시청 중이었다. 영화를 보면서 마신 적당히 도수가 있는 와인은 달콤한 생크림 케이크와 잘 어울렸다.

"생일 선물로 갖고 싶은 거 있으면 말해 봐."

문득 아무것도 준비하지 못했다는 미안한 마음에 성현이 물었다. 더욱이 케이크에, 와인, 그리고 영화까지 모두 생일 주인공이 준비한 거라 더 마음이 쓰였다.

"딱히 없는데 킵해 놔도 돼요?"

"그렇게 해."

너그럽게 말하며 성현이 와인 잔을 들자 지수가 잔을 부딪쳐 왔다. 쨍, 하고 맑은 소리가 마음을 더욱 들뜨게 만들었다.

불을 꺼 어둑한 거실, 스크린 영화 속 주인공의 입맞춤, 달콤한 케이크와 스파클링 와인.

"멋있다."

그리고 곁에 있는 애인보다 영화 주인공에게 푹 빠진 모습조차 사랑스러운 윤지수. 완벽한 분위기에 묘한 기대감이 생기는 건 당연했다.

"내가, 아님 주인공이?"

"지금 제가 누굴 보고 있는 걸까요?"

여전히 스크린을 응시한 채 짓궂은 목소리로 지수가 물었다. 성현은 그녀의 턱을 잡아 제 쪽으로 돌렸다.

"나."

캄캄한 덕분에 오롯이 그의 눈이 자신에게 집중되는 순간. 로맨스 영화의 주인공이 된 기분에 지수의 눈이 반으로 접혔다.

"질투하는 거예요? 기분 좋다."

"염장 질러 놓고 기분 좋아?"

"성현 씨는 질투 같은 거 안 할 것 같았어요. 엄청 차도남 스타일이잖아요."

"지수 너한테는 예외야. 알면서 그래?"

웃는 그녀의 눈이 전부 접혔다. 와인 두 잔에 벌써 취했을 리는 없고, 기분 좋아 보이는 지수로 인해 그 역시 덩달아 미소가 지어졌다. 성현의 넓은 어깨에 가만히 그녀가 얼굴을 기댔다.

"좋다. 좋아하는 사람이랑 이 영화 봐서."

고개를 슬쩍 내리자 세상 다 가진 표정으로 행복한 표정을 한 지수의 얼굴이 보였다. 무릎 위로 올려놓은 성현의 주먹에 힘이 실렸다.

당장이라도 입을 맞추고 싶었지만 그만둘 자신이 없어질

만큼 자제력을 잃을 것 같아 안간힘을 쓰며 버티는 중이었다. 거기다 행복한 기분을 만끽하는 지수를 방해하고 싶지 않았다. 성현은 그녀의 손에 깍지를 끼고 제 무릎 위로 가져왔다.

어느덧 영화는 중반부를 넘어가고 있었다. 달달한 로맨스 영화는 자신과 안 맞는다고 생각했던 성현은 어느새 영화에 빠진 채였다.

"……."

고개를 내린 성현의 입가에 미소가 번졌다. 주인공에게 푹 빠져 조잘대던 그녀는 깊은 잠에 빠져 있었다. 어쩐 일찍부터 말도 없이 집에 찾아왔다 했더니 결국 이렇게 잠들었다.

아까 서재에서 깜빡 졸았던 것도 그렇고 제법 피곤한 모양이다. 성현은 잠깐이라도 지수가 눈 붙이게 내버려 두기로 했다.

"후."

인내심이 없어진 지 한참 지난 사내 앞에서 그녀는 너무도 무방비하게 잠들어 있었다. 이걸 어쩌면 좋을까. 늘어가는 깊은 한숨 속에서 세상물정 모르고 잠든 그녀가 이렇게 야속할 수가 없었다. 후반부에 이른 영화가 눈에 안 들어온 지는 오래였다.

성현은 지수를 번쩍 안아 들었다. 새털처럼 가벼운 지수를 안고 침실로 들어가 조심스럽게 눕혔다.

"누구 속도 모르고 참 잘 잔다."

보드라운 뺨을 감싼 머리를 넘겨 주곤, 이불을 가슴까지 덮어 주었다. 잠든 지수의 곁에 팔을 괴고 누운 성현은 한층 깊어진 눈으로 그녀를 바라봤다.

"차도남?"

그녀 앞에 설 때마다 속수무책인 감정을 컨트롤하느라 얼마나 안간힘을 쓰는지 그녀는 모르는 모양이었다. 다른 여자들에게 들었던 말을 지수에게 직접 들으니 기분이 묘했다.

한층 깊어진 그의 시선이 붉어진 지수의 뺨으로 내려앉았다. 도수 약한 와인 몇 잔에 잠든 그녀는 사내의 본능을 일깨우기 충분했다. 자신도 어쩔 수 없는 사내란 사실을 깨달으면서도 섣불리 행동으로 옮길 수 없었다. 잠든 지수는 깨우기 싫을 만큼 사랑스러웠기에.

깊어진 밤, 그녀를 보내기 싫은 욕심에 한숨만 늘어갔다.

뒤척이던 지수가 눈을 떴다. 아직 잠이 덜 깬 그녀의 눈에 팔을 괸 채 잠든 성현이 보였다. 놀란 눈이 커짐과 동시에 벌떡 몸을 일으켰다.

케이크에 와인을 마시며 보고 싶었던 로맨스 영화를 본 것까진 좋았는데, 언제 또 잠이 들어 버린 걸까. 전날 새벽까지 술을 마시고 아침 일찍 일어난 것이 화근이었나 보다.

"편하게 좀 자지."

불편한 자세로 팔을 괴고 자는 모습에 지수의 마음이 불편해졌다. 지수는 베개를 성현의 머리맡에 놓아주곤 조심스럽게 침대에서 내려왔다. 거실로 나오자 스크린 속 영화 자막이 올라간 채로 멈추어 있었다.

"언제부터 잔거지?"

한숨을 내쉬며 가방에서 휴대폰을 꺼내자 부재중 전화가 걸려 와 있었다. 늦은 시간에 지수에게 전화할 사람은 단 한 사람뿐이었다. 통화 버튼을 누르기도 전에 다시 전화가 왔다. 행여나 그가 잠에서 깰까 봐 서둘러 서재로 들어갔다.

"응. 엄마."

—아침부터 생일 파티 있다고 나가서는 아직까지 안 들어오고 뭐해?

"안 그래도 이제 가려고 했지. 기다리지 말고 자. 금방 들어갈게."

미심쩍은 목소리로 누구와 같이 있냐고 꼬치꼬치 캐묻는 은숙에게 대충 둘러대며 지수가 전화를 끊었다.

"하여간 우리 엄마 눈치 빠른 건 알아줘야 해."

시간도 제법 늦었으니 서둘러 가야겠다고 생각하며 지수가 서재에서 나왔을 때였다. 마침 방에서 나온 그와 마주쳤다. 자다 깬 모습조차 흐트러짐 없이 완벽한 모습에 그녀는 속으로 감탄했다.

"일어났어요? 너무 곤히 자고 있어서 안 깨웠어요."

"안 깨우고 그냥 가려고 했지?"

속내를 들킨 지수가 배시시 웃었다.

"너무 늦어서요."

지수의 대답에 성현의 시선이 벽시계로 향했다. 곧 그의 입에서 낮은 한숨이 흘러나왔다.

"걱정 말아요. 나 혼자 갈 수 있으니까."

한숨의 의미를 다르게 해석한 지수가 씩씩하게 대답했다. 그의 입에서 유독 큰 한숨이 절로 흘러나왔다.

"점점 집에 보내기 싫어서 그래."

휴대폰을 가방에 집어넣던 지수의 움직임이 멈추었다. 깊고 그윽한 시선이 자신에게 향하자 어쩔 줄 몰랐다. 늘 시간이 되면 알아서 곧잘 집에 데려다주던 그의 입에서 나온 말은 너무 뜻밖이었다. 속내를 잘 내비치지 않아 그런 생각을 하는지 몰랐다.

"성현 씨."

엄마에겐 금방 들어간다고 말했지만 지금 이 순간은 기대감이 먼저였다. 집에 보내기 싫다는 남자의 말이 무슨 뜻인지 모를 만큼 지수는 어리숙하지 않았다.

"자고 가라, 지수야."

오늘은 1년에 단 한 번뿐인 생일이니 외박해도 엄마가 눈감아 주지 않을까. 특별한 날에 특별한 사람과 함께 보내고 싶은 건 지극히 당연한 이치이니 나중에 엄마가 알게 되더라도 크게 혼내진 않을 것이다. 합리화하는 지수의 머릿속이 빠르게 돌아가면서도 표정은 복잡하게 변했다.

"아, 저……."

이미 머릿속으론 생각을 정리해 놓았음에도 쉽게 입이 떨어지지 않았다. 엄마와의 통화가 마음에 걸린 탓도 있고, 어떻게 대답해야 좋을지 난감하기만 했다.

그런 지수의 마음을 읽은 성현이 그녀의 곁으로 다가와 허리를 감싸 바짝 끌어당겼다. 와락, 그의 품에 안긴 지수의 입술이 반쯤 벌어지자 놓치지 않고 성현이 파고들었다. 입맞춤과 동시에 부드러운 혀가 입안에서 유영을 시작했다. 깊고 길게 파고들면서 황홀한 키스를 선사해 주었다. 두 다리가 떨릴 정도로 아찔해 지수는 하마터면 신음을 흘릴 뻔했다.

지수의 몸이 긴장이 풀린 듯 스르르 내려가려하자 허리를 감싼 손이 그녀의 허리를 바짝 더 끌어안았다. 쉼 없이 오르내리는 가슴이 부딪치며 서로의 다리가 겹쳐졌다. 셔츠를 움켜쥐던 지수의 손이 어느새 그의 목을 힘껏 끌어당겼다. 각도를 달리하며 이어지던 키스가 격정적으로 변했다.

그의 손이 빠르게 지수의 외투를 벗겨 내고 얇은 니트 속으로 들어가 깡마른 지수의 등을 쓸어내렸다. 낯선 침입자의 손길에 지수가 움찔해 잠시 입술이 떨어졌지만, 누가 먼저랄 것도 없이 다시 뜨거운 키스가 이어졌다. 가방에서 집요하게 울리는 전화벨 소리를 무시한 그녀는 이미 이성을 상실한 채였다.

　몸을 뒤척이는 소리에 희미하게 잠에서 깬 성현이 몸을 돌아누웠다. 허연 등을 완전히 덮은 머리에 얼굴을 가져다 대고 깊게 살 내음을 맡았다. 격정적이었던 지난밤을 기억해 낸 그는 깊은 곳부터 또다시 뜨거워지는 걸 느꼈다. 하지만 처음인 여자를 연이어 안을 만큼 짐승은 아니었다.

　뒤척이던 작은 몸이 성현을 향해 돌아누웠다. 그리곤 아기처럼 그의 품을 파고들었다. 다리와 다리 사이가 겹쳐지자 짧은 신음을 흘린 그가 지수의 등을 쓸어내렸다. 방 밖에서 익숙한 전화벨이 울렸다. 성현이 몸을 일으키려고 하자 지수가 붙잡았다.

　"엄마일 거예요."

　잠이 덜 깬 느른한 음성이 사내의 본능을 자극했다.

　"안 받아도 돼?"

　"집에 들어가면 술에 취해 친구네 집에 뻗었다고 둘러대고 등짝 몇 번 얻어맞는 게 훨씬 마음 편해요."

　"그 등짝, 내가 대신 맞고 싶은데."

　"한 번 맞고 도망가시나 마요. 이래 봬도 우리 엄마 손 장난 아니게 맵거든요."

　거짓말을 해야 하는 지수의 마음이 불편해 보였다.

　"내 여자를 위한 인내심과 참을성 정도는 겸비하고 있어."

침대에 다시 누운 성현이 지수의 뺨을 감쌌다. 자다 깬 모습조차 굴욕 없는 맑은 모습이 성현의 가슴을 어루만졌다. 새삼 지수가 예쁘다는 걸 깨닫는 순간이다.

"나 졸려요. 재워 줘요."

잠에서 깬 순간부터 본능을 억누르고 있던 성현은 가슴 깊이 파고드는 지수로 인해 난감해졌다. 참기로 마음먹었으니 참을 수 있는 데까지 참아 보겠지만 과연 얼마나 갈지 장담할 수 없었다. 어느덧 잠든 지수의 모습에 그의 입가가 보기 좋게 허물어졌다.

그의 허리를 감싼 지수가 더욱 깊게 파고들었다. 가슴과 복부, 그리고 아래까지 틈 없이 밀착되자 성현은 저도 모르게 신음을 흘릴 뻔했다. 자신에게 꼭 안긴 지수의 모습이 미치도록 사랑스러웠지만 동시에 참을 수 없는 고통이었다. 나른한 한숨을 그녀의 머리에 쏟아 낸 성현이 잠이 올 리 만무했다.

불 꺼진 팀장실을 바라보던 지수의 시선이 모니터로 향했다. 성현은 기획 팀과 홍보 팀, 본부장과 함께 바이어와 미팅이 끝난 즉시 전주 공장으로 내려갔다.

한국에 들어오기 전부터 공장을 둘러보고 싶다는 바이어

들의 의견에 따라 전주 공장 방문 후에 충청도 공장 방문 일 정도 잡혀 있었다. 때문에 주말까지 그의 자리가 비어 있을 예정이었다.

매일 같이 한 사무실에 있었던 탓인지 그의 빈자리가 유독 크게 느껴졌다. 당장 주말까지 보고 싶은 걸 어떻게 참아야 할지 걱정이다.

"무슨 한숨을 그렇게 크게 쉬어? 팀장님도 안 계시겠다, 앞으로 칼퇴할 일만 남았는데."

퇴근 시간 5분 남겨 놓고 립스틱을 덧바르는 수연은 무척 즐거운 표정이었다. 민망한 표정으로 웃으며 공들여 화장하는 수연을 묘한 눈길로 바라봤다.

"데이트 가세요?"

"아니, 소개팅."

수연이 활짝 웃으며 대답했다.

"소개팅이요? 어떤 분이세요?"

"다녀와서 말해 줄게. 대충 얘기 듣긴 했는데 벌써부터 김 칫국은 안 마시려고. 그러다 안 된 적이 한두 번이 아니었거든."

"오늘은 꼭 성공하길 빌게요."

지수가 진심으로 수연의 소개팅 성공을 빌어 주었다. 고맙다며 인사하고 나가는 수연을 보며 뒤늦게 컴퓨터 전원을 껐다. 늘 함께 퇴근하던 사람이 없으니, 퇴근하는 시간마저 별로 즐겁지가 않았다.

6시 정각.

조금 있으면 바이어들과 함께 저녁 식사하러 가겠지. 지수 역시 집에 가서 은숙이 차려 준 따끈따끈한 저녁밥을 먹을 것이다.

같은 시간을 보내면서도 다른 공간에 있다는 것이 이토록 허전하고 공허하다는 걸 처음으로 느꼈다.

늦은 밤이 돼서야 성현은 호텔로 돌아왔다. 수출 물량 때문에 최대한 바이어의 비위를 맞추며 접대를 해야 했기에 하나하나 신경 쓰느라 더욱 피곤했다. 타이를 느슨하게 풀며 냉장고에서 캔 맥주를 가져왔다. 전주에서의 첫날이 유독 긴 듯한 느낌이었다.

오전부터 회의 때문에 정신없는 탓에 지수와 제대로 인사를 나누지 못하고 전주로 내려왔다. 더군다나 지금까지 접대하느라 연락도 하지 못했다. 혹시 자고 있는 건 아닌지 걱정하며 성현이 휴대폰을 만지작거렸다. 익숙한 통화 연결음이 그의 귀에 들렸다.

—저예요.

"혹시 자고 있었어?"

느른한 지수의 목소리를 듣자 그의 눈이 휘어졌다. 고된 하루 끝에 보상 받는 느낌이었다.

─아뇨. 엄마가 아직 안 주무셔서요. 전주는 잘 도착했어요? 저녁은요?

"응. 지금 저녁 먹고 호텔에 들어왔어."

성현은 맥주를 입으로 가져갔다. 목으로 넘어가는 맥주가 상쾌했다.

─많이 늦었네요. 피곤하겠어요.

"그래서 윤지수 목소리로 충전 좀 하려고."

─만땅 충전해 드릴게요.

까르륵거리는 웃음소리가 그의 귓가를 간질였다. 성현은 소파에 편한 자세로 앉아 어둑해진 창밖을 응시했다. 하루가 어떻게 흘러갔는지 가물가물할 정도로 정신없었다.

─공장 방문한 바이어들 반응은 어때요?

"아주 만족스러워했어. 청결 상태며 새롭게 선보인 기계까지 모두."

─와, 정말요? 그럼 조만간 유럽에서 우리 회사 제품을 볼 수 있는 거예요?

"그럴지도."

오전부터 시작한 회의 내내 호의적인 반응이었던 바이어들의 마음을 사로잡은 건 바로 공장에서였다. 별다른 문제가 없다면 조만간 수출 물량이 정해질 예정이었다.

─다음에 유럽 가 봐야겠어요.

유럽에 회사 제품 보러 간다는 이 대책 없이 순수한 여자가 또다시 성현의 가슴을 두드렸다. 아픈 상처가 있었다는 걸 생각지도 못할 만큼 그녀는 참 따뜻하고 맑았다. 그러니 자신의 마음속까지 들어온 것일 테다.

"누구랑 갈 예정인데? 설마 그 먼 곳까지 혼자 가겠다는 건 아니겠지?"

―글쎄요. 그건 아직 생각 안 해 봤어요.

"그럼 지금부터 생각해 봐. 아주 진지하게."

지수의 대답을 기대했던 성현이 힘주어 말했다. 이번에도 부디 자신을 실망시키지 않았으면 했다.

―알았어요. 오늘 밤 아주 진지하게 고민해 볼게요.

역시 윤지수다. 고분고분하지 않으면서도 희한하게 순순히 따른다. 고집스러운 것 같으면서도 아니고, 수줍은 것 같으면서도 당돌하고. 이러니 좋아할 수밖에.

―3일, 4일…….

"뭐가?"

―성현 씨 돌아오는 날이요. 4일 남았어요.

"주말이겠네."

―네. 이번 주는 아주 길게 느껴질 것 같아요.

아득하게만 느껴지는 시간에 성현의 입에서 마른 한숨이 흘렀다. 매일 보다가 하루 안 봤다고 벌써 이렇게 보고 싶다니. 지수에게 푹 빠지긴 한 모양이었다.

"보고 싶다, 지수야."

―저도요.

쉽게 전화를 끊을 수가 없어 성현은 휴대폰을 귀에서 떼지 못했다. 고른 지수의 숨소리만이 적막을 채울 뿐이었다. 빨리 일을 끝내고 그녀에게 돌아가고 싶다는 생각이 오늘따라 무척 간절했다.

8. 운명 혹은 인연

빠듯한 일정이 깔끔하게 마무리되었다. 앞으로 꾸준히 자사 식품을 수입해 판매하고 싶다는 의견이 있었으니 굉장히 긍정적인 답변이 올 것으로 모두 예측했다. 다른 직원이 바이어를 공항까지 픽업하기로 하고 성현은 오랜만에 늦잠을 자고 일어났다.

이제 슬슬 짐 정리하고 서울로 올라갈 준비를 하려던 차였다.

딩동.

방 안을 울리는 초인종 소리에 물을 마시던 성현이 의아한 표정이 되었다. 오늘은 각자 서울로 복귀하기로 되어 있었는데, 변경 사항이라도 생긴 것인가.

"누구……."

손잡이를 돌려 문을 연 성현의 표정이 순식간에 변했다.

"짠!"

지수의 해맑은 미소를 보자 그간의 피로가 싹 달아나는 것을 느꼈다.

서울에 있어야 할 사람이 이른 시간에 여기까지 어쩐 일인지 생각하던 성현은 다른 호텔 방문이 열리는 소리에 급하게 지수를 방 안으로 끌어당겼다. 다른 사람이 보기라도 하면 큰일이다.

"놀랐죠? 내가 갑자기 찾아와서."

"그걸 말이라고? 다른 사람들이 봤으면 어쩔 뻔했어? 이 객실 주변이 전부 다른 직원들 숙소라고."

"정말요?"

미처 몰랐다는 지수의 표정에 성현이 고개를 내저었다. 호텔에 찾아온 그녀를 누군가 봤으면 고운 시선으로 보지 않았을 것이다.

하지만 불쑥 찾아온 그녀가 새삼 감동으로 다가왔다. 안 그래도 서울로 올라가면 지수부터 만날 생각이었다.

"여기까지 올 거였으면 미리 연락했으면 좋았잖아."

"미리 연락하면 서프라이즈가 아니죠."

"먼 곳까지 오느라 고생했어."

작은 몸을 품에 안으며 성현이 느른한 숨을 내쉬었다. 오랜만에 안는 작은 몸에선 그가 좋아하는 향기가 났다. 그녀에게서만 나는.

결국 성현은 지수를 번쩍 안아 들고 침대로 갔다. 작은 몸을 침대에 조심스럽게 내려놓고 입고 있던 옷을 벗어던졌다. 지수의 몸 위에 상체를 내린 성현은 분홍빛 입술을 머금었다. 이제야 그리웠던 사람과 함께 있다는 게 실감이 났다.

"오늘 뭐하고 싶어?"

"한옥 마을…… 구경하고, 맛집…… 아!"

귓불부터 시작해 목덜미까지 잘근 씹으며 내려온 입술이 가슴골에 닿았다. 간헐적인 숨소리에 중심부가 뜨거워지는 것을 느꼈다.

"다 하자. 하던 거 마저 끝내고."

씩 웃으며 지수의 옷을 전부 벗겨 낸 성현은 짐승으로 돌변했다. 이미 자제력을 잃은 그의 손길은 거침없었다. 대낮부터 시작된 뜨거운 열기는 식을 줄 모르고 오랫동안 이어졌다.

지수가 미리 인터넷 검색으로 알아낸 맛집에서 점심을 먹은 후 한옥 마을에서 한복을 빌려 입고 구경하다 돌아가는 중이었다.

고운 한복으로 갈아입은 그녀는 눈부실 만큼 아름다웠다. 수줍게 미소 지으며 뱅그르르 한 바퀴 돌던 모습이 얼마나 깜찍했는지 다시금 떠올리자 저절로 입꼬리가 올라갔다.

휴대폰으로 사진도 찍고 군것질을 하며 돌아다니다 보니 저녁 생각이 없어 곧장 서울로 출발했다. 마음 같아선 하루 더 묵고 싶었지만, 그녀의 어머니께 밉보이고 싶지 않아 겨우 참았다.

고속도로를 빠져나왔을 땐 밤 9시에 가까워진 시간이었다. 마지막 휴게소를 지난 후부터 쭉 잠든 지수를 바라보던 그가 볼을 살짝 잡아당겼다. 이제 곧 있으면 그녀의 집 근처에 도착할 것이다.

"벌써 서울 도착했어요?"

"응. 그나저나 저녁 안 먹어도 되겠어?"

말이 끝남과 동시에 지수의 배에서 저녁을 달라는 소리가 났다.

"배꼽시계는 눈치도 없이 아무 때나 울리기나 하고……."

"솔직해서 좋은데. 그럼 뭐 먹을까?"

"간단하게 케이크에 차 한 잔 어때요? 직진하면 제과점이 보일 거예요."

가볍게 고개를 끄덕인 성현이 핸들을 꺾지 않고 직진했다. 얼마 안 가 간판 불이 켜져 있는 제과점이 보였다. 주차장에 차를 주차하고 가게 안으로 들어간 지수는 쇼케이스 앞에서 뭘 먹을지 벌써 고민에 빠졌다.

"요즘 살 쪄서 다이어트 해야 하는데, 큰일이에요."

"다이어트?"

그의 눈엔 깡말라 살이 붙으면 오히려 보기 좋겠다는 생각이 들던 차였다. 도대체 뺄 곳이 어디 있다고 다이어트란 말인가. 여자들의 기준을 성현은 이해할 수 없었다.

"누구 씨가 잘 먹여 놔서 살이 포동포동 올랐다고요."

"누군지 잘했네. 포동포동하니 보기 좋은데, 뭘."

"그래 놓고 나중에 살쪘다고 구박하려고 하죠?"

"그건 그때 가서 생각해 보면 안 될까?"

주문한 케이크와 차를 가져온 성현이 짓궂게 웃으며 지수를 놀렸다. 비만은 건강에 해로우니 그때 되면 다이어트를 하라고 잔소리할 것 같지만, 구박으로 들릴 수도 있겠다 싶었다.

"에잇, 모르겠다. 뚱뚱해지면 그때 가서 생각해 볼래요."

결국 달콤한 냄새에 항복한 지수가 행복한 표정으로 케이크를 맛보았다. 지금보다 살이 더 붙어도 그녀는 여전히 사랑스러울 것 같았다.

은숙은 제 눈을 의심했다. 새벽같이 일어나 친구들과 놀러 가기로 했다며 집을 나선 딸이 집 근처 제과점에서 말끔한 남자와 마주 앉아 있었다.

샌드위치를 사러 들어온 것을 잊은 채 은숙은 한참 동안 말없이 딸을 바라보고만 있었다.

"지수야."

은숙의 부름에 고개를 돌린 지수가 상당히 놀란 표정으로 자리에서 일어났다. 남자와 아무 사이가 아니라면 이렇게 놀랄 이유가 없었을 터였다.

그간 잦은 야근과 외박이 은숙의 머릿속을 빠르게 지나갔다. 요 근래 웃음꽃이 만발하고 유독 외모에 신경을 쓰던 지수였다.

"어, 엄마."

"여기가 춘천이니? 효영이랑 다른 친구들은?"

그동안의 거짓말에 은숙은 배신감이 들었다. 오늘만 해도 친구들과 놀러 간다며 잔뜩 들떠 있던 딸을 떠올리니 화가 났다. 앞으로 얼마나 자신을 속일 생각이었는지 안 봐도 뻔했다.

"안녕하십니까, 이성현입니다."

머리끝까지 화난 은숙에게 말끔한 남자가 깍듯이 허리를 숙였다.

잠시 화를 가라앉힌 은숙은 딸과 함께 있는 남자의 인상이 좋아 보여 일단 안심했다.

"지수 엄마예요. 잠깐 앉아도 되죠?"

"네. 차 한 잔 드시겠습니까?"

"차는 됐고, 일단 앉아요. 내가 아주 할 말이 많으니까."

지수를 안쪽으로 밀어 넣고 자리를 차지한 은숙은 맞은편에 앉은 남자를 찬찬히 훑었다. 뚜렷한 이목구비에 남자다운 외모였다. 지수가 좋아할 만했다.

하지만 은숙은 반대로 걱정이 됐다. 이런 외모면 주변 여자들이 가만 놔둘 리가 없었다. 남편의 외도로 죽을 것 같이 괴로운 시간을 보낸 은숙이었다.

그뿐인가. 그로 인해 어렸을 때부터 갖은 아르바이트를 하며 일찍부터 생활 전선에 뛰어들어야 했던 딸은 항상 아픈 손가락이었다. 은숙은 지수가 자신과 같은 상처를 받는 건 참을 수 없어 그럴 만한 싹이 보인다면 가차 없이 자를 생각이었다.

"엄마, 그렇게 사람 빤히 쳐다보는 거 실례야."

"가만히 있어, 이것아. 넌 이따 집에 가서 두고 봐."

한마디 꺼냈다가 본전도 못 찾은 지수는 성현의 눈치를 살필 뿐이었다.

"편하게 말씀하십시오."

"우리 지수랑 사귀는 사이예요?"

"네. 교제 시작한 지 얼마 안 됐습니다만, 진지하게 만나고 있는 중입니다. 진작 찾아뵙지 못해서 죄송합니다."

깍듯한 성현의 태도에 은숙의 마음이 조금은 누그러졌다. 반듯한 외모만큼이나 예의범절이 몸에 배인 게 집안 교육을 잘 받은 티가 났다.

"뭐, 죄송할 것까지는 없고. 무슨 일해요?"

"엄마!"

취조하듯 꼬치꼬치 캐묻는 은숙의 모습에 지수는 창피해서 얼굴을 들지 못했다.

"지수와 같은 회삽니다. 여기."

고급스러운 은색 지갑에서 성현이 명함을 꺼내어 은숙에게 내밀었다. 건네받은 명함을 보니 은숙은 그제야 마음이 한결 놓였다.

명함을 점퍼 주머니에 쏙 넣은 그녀는 더 묻고 싶은 게 많은 얼굴이었다. 하지만 곁에서 죽일 듯 노려보는 딸을 보니 이만 해야겠다는 생각이 들었다.

"다음에 또 봐요. 뭐, 시간 날 때 같이 식사라도 하러 오든가."

"초대해 주신다면 꼭 찾아뵙겠습니다."

마지막 말과 함께 그녀가 자리에서 일어나자 성현이 따라 일어섰다. 같이 따라나서려는 두 사람을 은숙이 저지했다.

"마저 먹어요. 지수 넌 집에서 따로 보고."

제과점에서 나와서야 은숙은 제과점에 온 이유가 생각났다. 하지만 지금 빵이 문제가 아니었다. 지수에게 저런 근사한 애인이 생길 줄 누가 알았을까.

"낯이 익은 것 같은데……."

골똘히 생각에 잠긴 은숙이 고개를 내저으며 집으로 발길을 돌렸다.

은숙을 만나고 얼마 안 가 두 사람이 제과점에서 나왔다. 걸어가도 된다고 극구 거절해도 성현은 지수를 안전하게 집까지 바래다주었다.

차에서 내린 지수는 제과점에서 엄마를 만난 일만 생각하면 얼굴이 화끈거렸다. 처음 만난 사람에게 너무 이것저것 캐묻는 엄마가 창피했다.

"곤란하게 해서 미안해요. 저에게 처음 생긴 남자 친구라 궁금한 게 많았나 봐요."

"난 괜찮으니까 가서 어머니께 잘 설명 드려. 오늘도 거짓말하고 새벽까지 전주까지 내려온 걸 텐데."

지수의 속을 훤히 꿰뚫어 본 그는 여전히 걱정뿐인 얼굴이었다. 갑작스럽게 엄마를 만나 많이 당황했을 법도 한데 난색 없이 엄마를 대하는 모습에 그녀는 새삼 고마웠다.

"오늘 고마웠어요."

"어서 들어가."

지수는 자신이 집에 들어가야 마음 편히 그가 갈 것 같아 손을 흔들며 안으로 들어갔다. 그와 함께 있는 걸 들킨 직후라 그런지 엄마의 얼굴을 보는 게 민망했다.

"벌써 와? 더 놀다 오지 않고."

지수가 들어오자마자 기다렸다는 듯 현관에 마중 나온 은숙이 다정하게 물었다. 등짝 스매싱을 걱정했던 지수는 일단 안도하며 방으로 들어왔다. 예상했던 대로 그녀를 따라 방으로 들어온 은숙은 궁금한 것이 많은 얼굴로 침대에 앉았다.

"몇 살이야? 아까 물어본다는 거 깜박했지 뭐야."

엄마의 눈빛이 보기 드물게 초롱초롱했다. 지수는 그간 해온 거짓말들을 떠올리자 다정한 엄마의 태도가 부담스럽기만 했다.

"서른 살."

"어머, 나이도 그렇게 많지도 않고 딱이네. 아주 훤칠하니 잘생겼더라."

"응, 뭐."

심드렁하게 대답하며 지수는 겉옷을 벗어 옷장에 걸어 두었다.

"부모님은 뭐하시고?"

"엄마."

"왜? 그 정돈 기본 아니니?"

그의 복잡한 가정사를 어떻게 말해야 할지 지수는 걱정부터 앞섰다. 누구보다 그녀가 행복한 가정에서 부모님의 사랑을 듬뿍 받은 남자를 만나길 바라는 은숙의 마음을 잘 알기에 차마 입이 떨어지지 않았다.

"그래서 뭐하시는데?"

"나도 잘 몰라."

"하긴 아직 만난 지 얼마 안 됐으면 모를 수도 있지. 요즘 젊은 사람답지 않게 아주 예의 바르더라."

들뜬 은숙의 모습이 지수는 싫지 않았다. 이렇게 좋아할 줄 알았으면 진작 정식으로 소개해 줄 걸 그랬나 보다.

"좋은 사람이야. 요즘 젊은 사람답지 않게."

"푹 빠졌네, 빠졌어."

정곡을 찔린 지수의 얼굴이 터질 듯 붉어졌다. 엄마와 도란도란 남자 얘기를 할 날이 이렇게 빨리 오게 될 줄 지수는 몰랐다.

"사실 대학 선배야, 그 사람. 회사에 첫 출근해서 알았어."

"정말?"

"응. 근데, 생각했던 거랑은 많이 다른 사람이었어. 나랑 많이 비슷하면서도 많이 다르더라."

그래서 알게 모르게 마음이 가고, 시선도 가고, 신경이 쓰였나 보다. 비슷하면서 다르고, 다르면서 비슷한 점에 끌렸는지도 몰랐다. 그런 시간들이 지나고 나니 지수는 온전히 그를 있는 그대로 좋아할 수 있게 되었다.

"운명이네."

운명 혹은 인연. 그런 말을 믿지 않았던 그녀였지만, 엄마가 그렇게 말해 주니 정말 운명 같았다.

"그래도 다 기억하고 있어. 네가 그동안 엄마한테 했던 수 많은 거짓말들."

"어, 엄마……."

"그러니까 다음에 정식으로 데리고 와. 쓸 만한 놈인지 아닌지 엄마가 판단할 거니까."

단단히 엄포한 은숙이 방에서 나가자 지수는 긴 한숨을 푹 내쉬었다.

그 시각, 성현은 지수의 연락을 목 빠지게 기다리고 있었다. 자신도 적잖게 당황했는데 딸에게 애인이 있는지도 몰랐던 어머니의 마음은 어땠을지 걱정이 됐다. 다행히 통화하는 지수의 목소리는 밝았지만, 한편으로 마음이 쓰이는 건 어쩔 수 없었다. 그간 지수가 자신 때문에 해 온 거짓말들이 한꺼번에 수면 위로 떠오른 것 아닌가. 다 알고 계시면서 크게 내색하지 않은 건 딸의 체면 때문이겠지.

—엄마가 다음에 집에서 식사 같이 하재요. 어때요?

"초대해 주시면 나야 감사하지."

성격 자체가 싹싹한 편이 아닌지라 그런 자리에서 행여 실수하지 않을까 걱정됐지만, 그 역시 그녀의 가족들이라면 환영이었다.

—뭐 좋아해요? 엄마한테 미리 언질해 놓을게요.

"특별히 가리는 거 없이 잘 먹어. 그러니까 어머니 신경 쓰시게 하지 마."

―에이, 그래도.

"정말이야. 그리고 솔직히 뭘 먹어도 맛을 모를 것 같아."

꼬치꼬치 캐묻던 은숙을 떠올리며 성현은 다시금 긴장되는 것을 느꼈다.

―왜요? 우리 엄마 음식 솜씨 되게 좋은데.

"딸이랑 나쁜 짓하다 걸린 나쁜 놈 된 것 같아서 그래."

―성현 씨도 참. 내가 뭐 애인가.

이제 막 사회 초년생. 거기다 첫 연애. 그녀의 어머니가 신경 쓰는 게 당연했다. 내내 긴장하며 마음 졸였던 성현의 얼굴이 지수와의 몇 마디로 풀어졌다.

―그럼 쉬어요. 출장 다녀오느라 많이 힘들었을 텐데.

전주와 충청도를 돌며 바이어를 접대한 것보다 단 몇 분이지만 지수의 어머니를 뵌 게 정신적으로 더 힘들었다. 자신에게 호의적이라고 하니 그나마 다행인 걸까.

"점수 따기 힘들다. 이런 걸 해 봤어야 알지."

―이런 걸 어디서 해 보려고요? 점수 따는 거 어려울 거 하나 없어요. 엄마 말에 호응해 주고, 칭찬해 주고, 거기에 작은 성의까지 보태면 게임 끝.

"왠지 팩트는 마지막 말에 다 있는 것 같은데?"

―역시 학습 능력 뛰어나네요.

성현은 왠지 지수에게 조련당하는 기분을 감출 수 없었다. 하지만 그리 나쁠 것 같지 않았다. 오히려 그녀라서 다행이

227

라고 할까.

　이런저런 대화가 끊임없이 이어졌다. 잘 자, 라는 말이 쉽게 떨어지지 않아 오늘도 휴대폰을 귀에 댄 채로 가만히 지수의 숨소리를 들었다. 그녀와 함께하지 못해 아쉬움 가득한 밤이었다.

✲　　　✲　　　✲

　모처럼 따사로운 햇살이 반기는 주말. 지수는 음식을 준비하는 은숙을 거들기 바빴다. 이제 슬슬 도착할 때가 되자 그녀는 긴장한 표정으로 슬그머니 거실로 나왔다. 아니나 다를까, 마침 초인종이 울렸다.

　"왔어요?"

　문을 열자 예쁜 장미꽃 한 다발을 품에 안고 서 있는 근사한 남자가 보였다. 매번 느끼는 거지만 그가 제 애인이라는 사실이 뿌듯했다.

　"엄마, 성현 씨 왔어."

　지수가 부르기도 전에 거실로 나온 은숙이 반색했다.

　"초대해 주셔서 감사합니다. 그리고 이건 어머니 생각나서 샀습니다."

　풍성한 꽃을 품에 안은 그녀의 얼굴이 화사하게 활짝 피었다.

"참 곱다, 고와. 고마워요. 예쁜 꽃을 언제 받았는지 기억도 안 났는데."

기뻐하는 은숙의 모습에 저도 모르게 지수의 어깨가 으쓱해졌다. 벌써부터 점수 올라가는 소리가 그녀의 귀에 들렸다.

"동생과는 처음 인사 나누죠? 윤지혁이에요."

지수가 뒤늦게 지혁을 소개했다.

"처음 뵙겠습니다. 윤지혁입니다."

"이성현입니다. 반가워요."

마지막으로 동생까지 인사를 시킨 지수는 소파에 성현을 앉혔다.

"점심 준비 거의 다 끝나가니까 잠깐 앉아서 기다려요. 지혁이, 넌 성현 씨 심심하지 않게 말동무해 드리고."

거실엔 어색한 두 남자가 마주 앉았다. 그녀의 애인이라고 오해했던 남동생과 마주하고 있으니 성현은 어색해 죽을 맛이란 표정을 짓고 있었다. 지수는 소리 없이 웃으며 식사 준비를 마저 도왔다.

어떻게 식사를 했는지 성현은 기억이 나지 않았다. 그녀의 가족들의 호기심 어린 시선으로 인해 잔뜩 긴장한 탓에 소화가 안 되는 것 같았다.

"식사 맛있게 잘 먹었습니다. 어머니께서 아주 음식 솜씨가 좋으십니다."

점심 식사를 하고 난 뒤 둘러 앉아 과일을 먹기 시작했다. 지수는 은숙 대신 사과를 깎았다. 고새 어디 학원이라도 다녀왔다 싶을 만큼, 말솜씨가 좋아진 그의 모습에 그녀는 의아하기만 했다.

"젊은 사람이 아주 립 서비스가 좋네요. 그래도 싫지는 않네, 호호호. 과일도 좀 들어요."

"감사합니다."

은숙이 포크로 사과를 찍어 건네자 성현이 마다하지 않고 받았다.

"가족 관계가 어떻게 돼요?"

순간 정적이 흘렀다. 지수가 말릴 새도 없이 은숙의 입에서 나온 질문에 그의 표정이 살짝 굳어지는 게 보였다.

"엄마, 그건……."

"부모님 두 분 다 안 계십니다. 할아버지 밑에서 자랐습니다."

"어머, 이런."

안타까운 표정으로 은숙이 입을 가렸다.

"괜찮습니다. 개의치 마십시오."

"어쩌다 부모님을 잃었는지 물어도 될까요?"

조심스러운 은숙의 질문이 이어졌다. 아픈 가족사를 떠올리게 하고 싶지 않아 지수조차 자세히 묻지 못한 말이었다. 원망스러운 그녀의 시선이 은숙에게 향했다.

"아버지께선 어릴 적 교통사고로 돌아가셨고, 어머니와는 연락 끊긴 지 오래 됐습니다. 생사 여부도 알지 못합니다."

이럴 줄 알았으면 미리 엄마에게 언질이라도 해 둘 걸 그랬나 보다. 의도치 않게 그에게 상처를 준 것 같아 미안했다. 화기애애하던 분위기는 찬물 끼얹은 것처럼 어색해졌다. 그 뒤로 눈에 띄게 은숙의 말수가 적어졌다. 그녀를 대신해 지혁이 싹싹하게 말을 붙였지만 지수는 그저 좌불안석이었다. 은숙의 마음을 이해 못 하는 것도 아니나, 그렇다고 한순간에 바뀐 태도에 제 엄마가 맞나 싶었다.

그렇게 어색한 분위기 속에서 자리가 마무리되었다. 은숙의 냉랭한 태도가 불쾌할 법도 한데 내색하지 않은 성현에게 지수는 미안한 마음이 커졌다.

"다음에 또 초대해 주십시오."

"조심히 가요."

"성현 씨, 잠깐 밑에서 기다려요. 금방 내려갈게요."

억지로 성현을 밖으로 내보낸 지수는 금방이라도 울 듯한 표정으로 변했다. 안 그래도 상처 많은 사람인데, 외려 상처를 들쑤시는 꼴이 되었으니 생각만 해도 미안하고 괴로웠다.

"엄마, 사람이 왜 그래? 왜 그렇게 이기적이야? 아픈 상처를 꼭 휘저어야겠어?"

처음으로 큰소리를 낸 지수에게 은숙은 적반하장이었다.

"내가 뭐?"

"둘 다 왜 그래."

지수와 은숙 사이를 중재하기 위해 지혁이 나섰지만, 상한 마음은 격해진 후였다.

"그래, 너 말 잘했다. 화목한 가정에서 자란 남자를 만나길 바라는 엄마 마음이 이기적인 거니? 낳아 준 엄마의 생사 여부도 모른다잖아. 어디서 어떻게 살고 있을 줄 알아?"

"그럼, 나는? 어린 여자랑 바람나서 처자식 버린 아빠가 있는 나는?"

"너……."

결국 하지 말아야 할 말까지 내뱉고 나서야 충격 받은 엄마의 얼굴이 보였다. 결국 자신도 아빠와 다를 바가 없구나. 또 엄마에게 상처를 주는구나. 미안한 마음에 지수의 눈에서는 굵은 눈물만 떨어질 뿐이었다. 모든 게 엉망이었다. 오늘 이 자리도, 자신의 마음도.

걱정스러운 성현의 시선이 빌라로 향했다. 지수의 말에 순순히 먼저 나왔지만, 마음이 편치가 않았다. 제법 분위기 좋게 식사 자리가 끝났다고 생각했지만, 부모님 이야기를 시작으로 분위기가 냉랭해졌다.

호의적인 눈빛이 단번에 싸늘해지는 것을 느낀 순간, 성현은 뭔가 잘못됐다는 것을 느꼈다. 지수를 불편하게 하고 싶지 않아 최대한 내색하지 않으려고 애썼지만, 그녀 역시 눈치채지 못할 리가 없었다.

역시 혼자 나오는 게 아니었다. 기다렸다가 같이 나오는 건데. 뒤늦은 후회에 지수의 집 앞만 배회할 뿐이었다. 설마 자신 때문에 어머니와 크게 다투는 건 아니겠지?

다시 한번 손목을 들어 올려 시간을 확인했을 때였다. 터덜터덜 힘없이 걸어 나오는 지수가 보였다. 성현은 말없이 그녀에게 다가갔다. 푹 고개를 숙인 채 바닥만 바라보는 지수의 어깨가 들썩였다.

"지수야."

"미안해요. 미안해……."

네가 왜.

성현은 말하려다 말없이 지수의 어깨를 감쌌다. 그런 말을 해 버리면 더 엉엉 울 것 같았다. 아무렇지 않다고 하면 거짓 말이겠지만, 어느 정도 각오하고 왔었기에 괜찮았다. 당사자인 자신보다 더 서글프게 우는 지수의 모습에 성현의 마음이 쿡쿡 쑤셨다. 오히려 이쪽이 더 아팠다.

"괜찮아."

"괜찮긴 뭐가 괜찮아요."

"정말이야."

가슴에 얼굴을 묻은 채 작은 어깨가 한참 동안 들썩였다. 그녀를 달래는 성현의 가슴이 먹먹해졌다.

"우리 엄마 원래 안 그래요. 예의 있는 분이고, 배움은 짧아도 배려는 많은 분이에요."

"알아."

"내가 대신 사과할게요. 그러니까 상처 받지 말아요."

고개를 끄덕이며 성현은 자신을 대신해 울어 주는 지수를 달랬다. 보나마나 어머니와 심하게 다툰 그녀의 마음 역시 엉망진창일 것이다.

"너만 괜찮으면, 다 괜찮아."

우는 여자는 딱 질색이었던 그가 태어나 처음으로 여자의 눈물 앞에서 약자가 되고 말았다. 이 여자의 눈물을 멈추게 할 수만 있다면 하늘의 별도 따다 주겠다는 허무맹랑한 약속도 할 수 있을 것 같았다.

✳   ✳   ✳

며칠째 은숙과 지수의 냉전이 계속되었다. 집 안은 시베리아 벌판처럼 찬바람이 쌩쌩 불어 중간에서 지혁만 난처할 뿐이었다. 지수는 일이 손에 잡히지 않아 회사에서도 한숨만 내쉬기 일쑤였다.

"무슨 일 있어? 무슨 한숨을 땅이 꺼지도록 내쉬어?"

서고에 서류를 찾으러 갔다 나온 수연의 물음에 민망한 표정이 되었다. 다른 사람에게 들릴 정도로 한숨을 크게 내쉬고 있을 줄은 몰랐다.

"괜찮아. 뭔데 그래?"

"실은 엄마랑 말다툼을 조금 했거든요. 풀어야 할 것 같은데 어떻게 해야 할지 잘 모르겠어요."

조심스럽게 말을 꺼내 놓은 지수가 기대의 눈빛을 보냈다. 같은 딸의 입장으로서 특별한 조언을 해 줄 거란 생각이 들었다.

"무슨 이유로 말다툼했는지 모르겠지만, 지수 씨가 먼저 숙이고 들어가. 오늘 퇴근하고 치킨 한 마리랑 맥주 사 들고 가서 어머니랑 같이 먹으면서 풀어. 한 번 삐치면 오래 가는 거 알지?"

경험에서 우러나오는 듯한 조언에 지수가 깊이 새겨들으며 고개를 끄덕였다.

"우리 엄만 삐쳤다고 아침밥도 안 차려 주더라니까. 그냥 엄마한테 맞춰 주는 게 세상 편해."

"고마워요, 선배."

수연으로 인해 머리가 복잡했던 머리가 한결 맑아지는 걸 느낀 지수는 오늘 퇴근하면 꼭 엄마와 풀어야겠다고 생각했다. 안 그래도 지혁이 언제까지 이렇게 지낼 거냐며 매일 아침마다 지수에게 잔소리를 해 대던 차였다.

다들 퇴근한 뒤 지수도 뒤늦게 준비하고 팀장실 안으로 들어갔다. 모니터에 고정됐던 그의 시선이 그녀에게 향했다.

"일 많아요?"

"아니, 금방 끝나. 같이 저녁이나 먹을까?"

"미안해요. 오늘은 집에 일찍 들어가야 할 것 같아요."

아쉬운 표정으로 거절하는 지수의 마음이 편치 않았다. 요 근래 계속되는 야근에 데이트 다운 데이트도 못했다.

"맛있는 거 먹으면서 엄마랑 풀려고요."

"잘 생각했어. 저녁은 내일 먹지, 뭐."

"네. 오늘 일찍 들어가서 쉬어요. 저녁 거르고 일하지 말고요."

사무실에 그를 혼자 두고 오는 게 마음에 걸려 오늘따라 지수의 잔소리가 길어졌다. 성현은 피곤해 보이는 얼굴로 미소 지으며 고개를 끄덕였다.

차마 떨어지지 않는 발길을 돌리며 지수는 내일이 빨리 왔으면 좋겠다고 생각했다.

은숙이 좋아하는 치킨과 생맥주를 포장해 집에 들어섰을 때 지수는 울컥하고 말았다. 아빠의 내연녀에게 심한 모욕을 당하고 돌아오던 날 이후 처음 보는 모습이었다. 은숙은 혼자 식탁에서 안주도 없이 소주를 마시고 있었다. 자신이 들어온 것도 모른 채 소주를 따르는 모습을 바라보던 지수가 눈물을 참고 다가갔다.

"안주도 없이 청승맞게 웬 강소주야?"

지수는 봉투에서 막 튀긴 따끈따끈한 치킨 한 마리를 꺼내

놓고 닭다리를 은숙에게 건넸다.

"됐어, 너나 먹어."

짐짓 지수의 행동에 당황하던 은숙이 고개까지 휙 돌리자 그녀가 기어기 닭다리를 쥐여 주었다.

"빈속에 술 마시면 속 버려. 엄마 치킨 좋아하잖아."

포장해 온 생맥주를 컵에 가득 따른 지수가 숨도 쉬지 않고 절반 가까이 비웠다. 이렇게 엄마와 같이 술을 마시는 것도 오랜만이었다.

"엄마, 내가 미안해. 잘못했어."

지수의 진심 어린 사과에 소주잔을 들던 은숙이 잠시 멈칫했다. 복잡한 표정으로 한참 동안 말없이 잔을 응시하기만 했다.

"네가 미안할 게 뭐 있어. 틀린 소리한 것도 아닌데."

"엄마."

"어른스럽지 못한 엄마 잘못이지."

축 처진 엄마의 어깨와 목소리를 듣고 있자니 지수는 왜 진작 엄마와 풀지 못했을까 후회했다. 촉촉해진 은숙의 눈에 그녀 역시 눈가가 젖어 들었다.

"엄만 다른 거 하나도 바란 거 없어. 그저 화목한 가정에서 자란 남자한테 네가 듬뿍 사랑받는 거, 그거 하나면 됐어. 지금까지 그런 기대 하나로 살아왔는데, 그게 무너지니까 어떻게 해야 할지 모르겠더라."

지수는 말없이 은숙의 손을 잡았다. 자신을 생각하는 엄마의 마음을 누구보다 잘 알고 있기에 마냥 비난할 수 없었다.

"그 사람, 좋은 사람이야. 비록 가정사가 복잡하지만 누구보다 날 아껴 주는 사람이야. 그러니까 반대만 하지 말고 있는 그대로 봐줘."

간곡한 지수의 부탁에 내내 굳어 있던 은숙의 표정이 한결 편안해졌다.

"엄마가 미안하다고, 다음에 제대로 식사 초대하겠다고 전해 줘."

"엄마······."

"네 아빠, 이혼 가정에서 자랐어. 화목한 가정을 본 적이 없는 사람이지. 그래서 파탄 난 거라고 생각했어. 엄마 생각이 짧았어, 지수야."

울먹거리는 목소리로 은숙이 말을 마치자 지수는 와락, 그녀의 목을 끌어안았다. 내내 원망하고 미워했던 엄마의 속사정을 듣고 나서야 지수는 비로소 그녀를 이해할 수 있게 되었다.

"엄마, 미안해."

언제 이렇게 엄마의 몸이 작아졌나 싶을 정도로 왜소한 은숙의 몸집에 울컥 눈물이 쏟아졌다. 지수의 등을 은숙은 말없이 토닥여 주었다. 두 사람을 말없이 지켜보던 지혁도 조용히 눈물을 훔쳤다.

지수는 그 뒤로도 은숙과 얘기를 나누다 잠들 때가 되어서
야 조심스럽게 방으로 들어가 성현에게 메시지를 보냈다.

〈성현 씨, 내일부턴 웃는 얼굴로 봐요.〉

✳   ✳   ✳

아직 다른 사람들이 출근 전이라 조용한 사무실인 것에 안
도하며 지수가 팀장실 문을 조심스럽게 열었다. 의자에 편한
자세로 잠들어 있던 그가 제법 피곤한 얼굴로 눈을 떴다.

"어제 또 야근했죠?"

지수의 으름장에도 불구하고 피곤한 얼굴로 미소 짓던 그
가 손을 까닥했다. 들고 있던 쇼핑백을 테이블 위에 두고 성
현의 곁으로 갔다. 손을 뻗는다 싶더니 휙 하고 지수의 허리
를 감싸 안았다. 가끔 이럴 때마다 설렘에 떨리는 가슴을 어
쩔 줄 몰랐다.

"어제 일찍 퇴근했어. 잠을 못 자서 그래."

목소리가 콱 가라앉아 있는 걸 보아하니 그가 얼마나 피곤
한지 알 것 같았다.

"잠을 못 잤어요?"

"응. 조금 설쳤어."

지수의 허리를 붙든 채로 다시 눈 감던 성현의 고개가 테

239

이블로 향했다.

"저건 뭐야?"

"반찬이요. 그때 우리 집에서 성현 씨가 잘 먹던 것만 엄마가 싸 주셨어요. 엄마가 그날 미안했다고 전해 달래요. 다음에 꼭 다시 집으로 정식으로 초대하겠다는 말과 함께요."

"꼭 간다고 전해 드려."

깔끔한 대답에 지수의 가슴이 한결 편해지는 걸 느꼈다. 은숙이 소중한 가족이듯 그 역시 지수에게 이제 없어서는 안 될 소중한 사람이었다. 그랬기에 어느 누구도 잃고 싶지 않았다.

"고마워요, 성현 씨."

"뭐가."

"그냥 다요. 전부 고맙고 미안해요."

그동안 자신만큼이나 엄마의 일에 신경 쓰고 있다는 걸 잘 알았지만 미안하고 고맙단 말밖에 할 수 있는 게 없었다.

성현의 팔에 힘이 실린다 싶더니 어느새 그에게 꽉 안겨 있었다.

"키스해도 돼요?"

한참 서로를 그윽하게 바라보다 내뱉어진 지수의 당돌한 말에 그의 입술이 길게 늘어났다. 대답 대신 돌아온 건 진한 키스였다.

그의 손이 지수의 뒷머리를 강하게 끌어당겼다. 누가 올까 봐 걱정되면서도 한 번 맞물린 입술은 쉬이 떨어지지 않았다. 끊임없이 이어진 입맞춤 속에 두 사람의 몸 역시 뜨겁게 달아올랐다.

9. 스며들다

퇴근하고 오피스텔에 들어온 그가 피곤한 얼굴로 눈두덩
이를 문질렀다. 한숨 돌리는데 휴대폰이 울렸다. 다른 사람
일 것이라고 생각하며 꺼낸 휴대폰 발신을 확인한 성현이 낮
게 한숨을 내쉬었다. 타이를 느슨하게 푸는 그의 얼굴이 보
기 드물게 굳어졌다. 먼저 말하기도 전에 차가운 정훈의 목
소리가 비수처럼 날아왔다.

―혹시 연락 받은 거 없냐? 숨길 생각 말고 말해라.

이미 전부 알고 전화한 걸까. 깊게 감았다 뜬 눈이 낮게
내려앉았다.

"걱정 마세요. 만날 생각 없으니까."

―양심도 없는 것! 며칠 전에 나한테 연락 왔었다. 널 한

번만 만나게 해 달라고 **뻔뻔하게** 요구하더구나. 어떻게든 네 연락처를 알아내 연락할 거라 생각했는데 맞았어.

분노에 치민 정훈의 목소리가 날카롭게 꽂혔다. 어머니란 여자가 전화한 걸 어떻게 알았나 했더니 먼저 정훈에게 연락한 모양이었다.

20년이었다. 서로의 생사도 모른 채 남보다 못한 사이로 지낸 시간이. 그런데 왜 이제 와서 버린 자식을 찾는 것인지 성현으로선 이해하기 힘들었다.

—자식 버리고 새살림 차렸으면, 자식도 어미 버렸을 거란 것쯤은 각오해야지.

어머니란 여자와 어떤 통화를 했는지 정훈은 굳이 묻지 않았다. 애당초 들을 필요도 없다는 듯 성현에게 당부만 할 뿐이었다. 분노로 씩씩대면서도 이성을 잃지 않는 정훈이 대단하다는 생각이 들었다. 그 여자에게 전화를 받은 이후부터 성현은 아무것도 손에 잡히지 않았었다. 심지어 지수와 함께 있으면서도 정신을 차릴 수 없었다.

—행여나 마음 흔들리지 마라. 그럴 가치도 없는 여자다.

"그런 걱정은 안 하셔도 됩니다."

정훈이 당부하지 않아도 성현 역시 그 여자를 만날 생각 같은 건 없었다. 단지 생각지도 못한 전화에 머릿속이 조금 복잡할 뿐이었다.

—됐다. 그럼.

안도하는 정훈의 목소리가 낮게 울렸다.

"할아버지."

―왜?

마른침을 삼킨 성현이 눈을 질끈 감았다.

"아닙니다."

성현의 목소리가 떨렸다. 이제 와서 버린 자식을 찾는지에 대해 궁금했지만 굳이 묻지 않았다.

―그거 하나만 알아 둬. 자식 버리고 잘 사는 부모, 세상에 없다. 그 여자도 이제 벌 받는 거야.

한때는 며느리였던 사람을 그 여자라 칭하는 정훈의 목소리가 냉정하고도 날카로웠다.

"쉬세요. 피곤해서 이만 끊을게요."

한숨과 함께 나온 목소리가 건조했다. 휴대폰을 내려놓은 성현은 그대로 눈을 감고 통화 내용을 떠올렸다.

점심시간이 끝날 무렵 걸려 온 전화였다. 거래처와 통화를 자주 하는 편이기에 모르는 번호도 아무 생각 없이 받곤 했었다. 오늘도 예외는 아니었다.

―성현……이니?

조심스러우면서도 떨리는 목소리로 자신을 부르는 중년 여인의 목소리가 그 여자일지도 모르겠다고 생각하면서도 설마했다. 언젠가 들어 본 적 있는 목소리가, 사무치도록 그리웠다가 이미 잊은 목소리가 휴대폰 너머로 들려 왔다.

　―염치없지만, 한 번만 만나 주겠니? 내가 이렇게 사정할게, 응?

아들에게 사정하는 모습이 가엾기는커녕 가증스러웠다. 염치없는 걸 알면, 연락하지 말았어야 했고, 만나자고 하지도 않았어야 했다. 20년이나 남남처럼 살아 놓고 이제 와 버린 자식의 안부는 왜 궁금한 건지.

　"후."

찌르는 듯한 두통이 찾아왔다. 상념을 물리고 침실로 들어갔다. 침대에 누워 잠을 청해 보려 했지만 여전히 머릿속은 엉망이었다.

다음 날, 퇴근 무렵이 다 되어 같이 저녁 먹으러 가자는 최 대리와 수연에게 할 일이 남았다는 핑계를 대고 지수는 자리에 남았다. 다른 사람들이 전부 퇴근하고 나서야 팀장실을 노크했다. 그녀가 들어온 것도 모른 채 다른 생각에 깊이 빠져 있는 그가 보였다.

　"성현 씨."

　"……."

조금 후에야 그의 건조한 눈빛이 지수에게 향했다. 아차 싶은 그의 표정이 눈에 들어왔다.

"무슨 일 있어요?"

"아니야. 아무것도."

걱정스러운 지수의 물음에 잠깐 머뭇거리던 성현이 고개를 내저었다. 그 모습에 안도되기는커녕 지수는 더 걱정스러워졌다. 하지만 아무리 연인 사이라고 해도 모든 걸 다 말할 의무는 없었기에 지수는 그가 말하고 싶어질 때까지 기다려주는 게 최선이라고 생각했다.

"저녁 먹으러 가요."

"그래, 그러자."

복잡한 표정으로 대답하는 그의 목소리가 다른 때와 달리 축 가라앉아 있었다. 그저 평소 성격이 냉정하고 직설적이라서 그렇지 그가 표정 관리나 거짓말에 소질 없는 것쯤은 지수도 알고 있었다. 성현에게 무슨 일이 있는 걸까. 먼저 사무실을 나간 그의 뒤를 따르는 지수의 마음이 쓰였다.

저녁 먹으러 식당에 도착해 밥을 먹으면서도 그는 계속 다른 생각에 깊이 빠져 있었다. 한 번도 같이 있으면서 그녀를 앞에 두고 딴생각을 한 적 없던 그였는데 역시 오늘은 뭔가 많이 이상했다.

"커피 식는다, 마셔."

오늘따라 그답지 않은 행동에 지수는 난감해 어쩔 줄 몰랐다. 창밖으로 고개를 돌린 성현의 표정이 넋 나간 사람 같았다. 이유를 알면 지수의 마음이 편해질 것 같지만 그래도 제마음 편하자고 강요하고 싶지 않았다. 억지로 하기 싫은 말을 하는 그의 마음 역시 불편할 것을 알고 있었다.

"성현 씨."

"……."

"성현 씨."

뒤늦게 그의 시선이 지수에게 향했다.

"오늘 조금 이상해요. 딴 사람 같아."

원래 수다스러운 사람은 아니지만, 이 정도로 과묵하지도 않았다. 적당히 그녀의 말에 귀 기울여 주며 사랑스러운 눈빛을 보내던 남자는 종일 딴생각뿐이었다.

"미안."

"무슨 일이 있는지 말해 주면 고맙겠지만, 강요는 안 할게요. 성현 씨 말하고 싶어질 때 무슨 일이 있었는지 말해 줘요."

"그래. 그랬으면 좋겠다."

말하는 목소리에 힘이 하나도 없다. 그를 이렇게까지 만드는 일이 도대체 무엇일까.

"그럼 오늘은 그만 일어나요."

반도 채 마시지 않은 커피를 트레이에 받쳐 일어난 지수가 말했다.

"가자. 데려다줄게."

"택시 타고 갈게요. 그렇게 늦은 시간도 아니니까 오늘은 괜한 고집 부리지 말아요."

애교 섞인 목소리로 지수가 양해를 구하자 어쩔 수 없다는 듯 성현이 더 이상 권하지 않았다. 마침 이쪽으로 달려오는 택시 한 대를 잡은 그가 뒷좌석 문을 열어 주었다.

"도착하는 대로 연락해."

"조심히 가요."

지수를 태운 택시가 멀어질 때까지 성현은 쭉 그곳에 있었다. 복잡한 표정으로 창밖을 응시하는 그녀의 눈이 걱정으로 깊어졌다. 부디 그에게 일어난 일이 별일이 아니길, 어두컴컴한 하늘에 대고 빌어 본다.

고민과 근심으로 보낸 밤이 지나고 마주한 그는 여전히 복잡한 표정으로 창밖을 응시할 뿐이었다. 지수는 따뜻한 모닝커피 한 잔을 가지고 팀장실 안으로 들어갔다.

"잠 못 잤어요?"

푸석푸석하고 제법 피곤해 보이는 그의 얼굴이 지수의 눈에 제일 먼저 띄었다. 하루 만에 까칠해진 그의 얼굴 위로 그녀의 손이 닿았다. 그 손을 성현은 말없이 끌어당겨 제 허리를 감싸게 만들었다.

"조금 피곤하네. 생각을 많이 해서 그런가."

"무슨 생각을 했는데요."

"그냥 나 좀 안아 주면 안 될까, 지수야."

다 큰 남자가 그녀의 어깨에 얼굴을 묻고 간절하게 말해 왔다. 지수는 말없이 그의 등을 꼭 끌어안았다. 크고 듬직하기만 했던 어깨가 오늘따라 안쓰러워 보였다.

"20년 만에 어머니한테서 연락이 왔어."

성현의 등을 토닥이던 지수의 손이 일순간 멈추었다. 아득하게 가라앉아 있는 목소리가 가슴을 아프게 찔러 댔다.

"내가 보고 싶대. 우습지?"

"성현 씨."

어제 하루 다른 사람처럼 보였던 이유를 알게 된 지수는 어떤 말을 해야 할지 몰랐다. 까칠해진 얼굴, 퀭한 두 눈, 건조한 입술. 늘 완벽하던 그가 하루 만에 엉망이 될 정도면 얼마나 심정이 복잡할지 짐작할 수 있었다.

"서로 생사도 모른 채 남처럼 지냈는데 갑자기 그렇게 연락이 오면 난 어떤 반응을 보여야 하는 거지? 감격스러워 눈물이라도 쏟아야 할까, 아니면 원망해야 할까."

귓가에 울리는 건조한 저음의 목소리로 인해 지수의 가슴이 콱 막혔다.

"왜 이제 와서 이래."

무슨 일이 있었는지 알면 적어도 도움이 될 거라 생각했던 지수는 자신의 안일함에 실망했다. 그에게 그 어떠한 조언도 할 수 없었다. 가슴이 콱 막히고, 목이 쓰렸다. 무슨 말이라도 해야 할 것 같아 입술을 움직이는데 목소리가 나오지 않았다.

"괜찮아요?"

괜찮을 리가 없잖아. 질문이 잘못됐다는 걸 깨닫는 순간, 그의 커다란 손이 지수의 허리를 끌어안았다.

"아니, 안 괜찮아. 그러니까 나 좀 잡아 주라."

지수는 더 힘껏 그를 안는 것 외에 아무것도 할 수 없었다. 성현에게 지금 필요한 건 같잖은 조언도, 동정 어린 위로도 아니었다. 기댈 수 있는 어깨, 그 하나가 유일하게 필요한 순간임을 그녀는 알 수 있었다.

퇴근 무렵, 착잡한 표정의 지수가 팀장실로 향했다. 그의 옆얼굴이 오늘따라 유독 날카로워 보였다. 여전히 복잡해 보이지만 그래도 한결 나아진 표정에 조금은 안도했다.

"먼저 퇴근할게요."

"데려다주고 싶지만, 아직 일이 남아서 혼자 가야겠다."

"혼자 갈 수 있어요. 걱정 말아요."

미안한 표정을 짓는 그에게 지수가 애교 섞인 목소리로 안심시켜 주었다. 그제야 그의 입술이 살짝 기울어졌다.

"웃으니까 얼마나 예뻐요. 앞으로 이렇게 자주 웃어요."

얼굴을 쓰다듬으며 장난치는 그녀의 손을 덥석 잡아 그대로 끌어당겼다. 가방이 바닥에 떨어지고, 지수의 몸이 그의 무릎에 안착했다.

"성현 씨!"

"그러니까 장난도 봐 가면서 해야지."

이제야 이성현답다. 지수가 사랑하는 남자로 돌아온 그가 한층 깊어진 눈으로 지수를 응시했다.

"만날 거예요?"

"글쎄."

여전히 고민 중인 모양이었다. 막연한 그리움과 원망 중 과연 어떤 것이 더 클까. 지수 역시 아빠가 다른 여자로 인해 엄마를 버렸을 때의 충격은 상상 이상이었다. 그때를 떠올리면 여전히 몸이 덜덜 떨리고, 못된 생각을 하곤 했다. 때문에 성인이 된 이후로 되도록이면 아빠를 떠올리지 않기 위해 노력하며 지냈다.

"성현 씨 하고 싶은 대로 해요. 그게 답이에요."

"과연 그럴까?"

"성현 씨가 어떤 결정을 하던 존중해요."

마음이 가는 대로 할 수밖에 없다는 걸 알기에 복잡한 그의 마음을 지수는 이해할 수 있을 것 같았다. 원망하면서도, 그리운 마음을.

"그 마음 변하지 않았으면 좋겠어."

"안 변할게요. 약속해요."

처음으로 그가 자신에게 부모님에 대해 어렵게 말을 꺼냈을 때부터 다짐했던 일이었다. 이 마음 그대로 평생 변하지 않겠다고. 이 남자에게 어떤 상처도 주지 않겠다고. 그러니 마음 가는 대로 하길 지수는 간절히 바랐다.

세월을 거스르지 못한 여인은 어느새 50대 초중반의 나이가 되어 있었다. 제법 갖춰 입고 나온 여인의 행색으로 보아 그간 잘 지낸 모양이었다.

철모를 어렸을 때나 어머니가 그리웠을 뿐, 남자 때문에 자신을 버렸다는 걸 알고 난 후엔 성현은 매일같이 그녀를 원망하며 지냈다.

한때 어머니를 이해해 보려고 노력했지만 그게 뜻대로 되지 않았다. 아무리 생각해도 자식을 버리는 어미가 이해되지 않았다.

차 한 잔을 시켜 놓고 난 뒤로도 긴 침묵이 이어졌다. 지나온 세월 앞에서 흘러나오는 어색함은 어쩔 도리가 없었다.

"정말 듬직하게 컸구나. 잘 자라 주어 고맙다."

흐뭇한 표정으로 말하는 여인을 바라보다 찻잔을 들었다. 이런 말을 들어도 아무런 감정이 들지 않았다. 견고한 표정을 유지한 그의 눈빛은 어느 때보다 차가웠다.

"미안하구나. 갑작스럽게 연락해서 보자고 하다니. 많이 원망했을 거란 거 안다."

"원망 같은 거 안 합니다, 이제."

성현의 대답에 대번에 여인이 안도하는 표정으로 변했다.

"원망도 상대를 봐 가면서 하는 겁니다. 이제 그쪽은 제게 아무것도 아니란 뜻이죠."

"성현아……."

여인의 입술이 파르르 떨리는 게 보였다. 만나기로 결심한 건 이제라도 사이좋은 모자 지간이 되고자 함이 아니었다. 그저 한 번쯤은 만나고 싶었을 뿐이었다. 호기심이라고 해도 좋고, 그리움이라고 해도 좋지만 사이를 되돌려 놓기엔 늦었다는 걸 버린 사람은 알 것이라 여겼다.

"차 식습니다. 드세요."

찻잔을 드는 여인의 손끝에 경련이 일어나는 게 보였다. 아무래도 여인이 상상했던 정겨운 모자 상봉은 아닌 모양이었다. 다시금 찾아온 적요 속에서 전화벨 소리가 유난히 크게 들렸다. 가방에서 휴대폰을 꺼내는 여인이 성현의 눈치를 살폈다.

"받으세요."

"금방 돌아오마."

급한 전화인 양 휴대폰을 들고 여인은 다급하게 카페 뒷문으로 향했다. 성현은 잠시 여인의 뒷모습을 바라보다 차를 들었다.

자리를 비운 뒤 시간이 제법 흘렀다. 통화가 길어지는 모양이었다. 아까부터 손을 씻고 싶었던 성현은 망설이다 자리에서 일어났다. 카페 뒷문으로 나와 화장실 표지판을 확인하고 걸음을 옮기던 그의 귀에 예기치 못한 목소리가 들려왔다.

"날 반가워하는 기색 하나 없는데 무슨 돈 얘길 꺼내? 그 노친네가 애를 어떻게 키웠는지 찔러도 피 한 방울 안 나올 정도로 냉정하더라. 돈 얘기 꺼냈다간 본전도 못 찾을 거 뻔하다고. 나도 이번 달까지 돈 마련 못 하면 길거리에 나앉는 거 아니까 재촉 좀 하지 마. 20년 만에 나타나자마자 그런 얘길 꺼낼 수는 없잖아. 어휴, 사고는 당신이 치고 수습은 왜 내가 해야 하는 건데?"

아무리 버렸어도 자식에 대한 배려가 어떻게 눈곱만큼도 없을 수가 있을까. 20여 년 만에 그를 찾은 이유가 결국 돈 때문이었다니.

앙칼지게 쏘아붙이고도 분이 풀리지 않은 모양인지 몇 번이나 더 큰 고성이 오갔다. 기대를 하고 나온 자리는 아니었지만 적어도 실망을 하게 될 줄은 몰랐다. 살짝 열린 비상계단 문틈으로 보이는 여인의 얼굴을 확인하는 순간 성현은 허탈한 기분을 감출 수 없었다. 그간 고민한 시간이 미칠 듯이 아까워졌다.

성현이 자리로 돌아오고 얼마 지나지 않아 여인이 나타나 자리에 앉았다. 그의 눈빛이 싸늘하게 빛났다. 의미 없는 이 자리를 더 이어 가야 할 이유가 없었다.

"미안하구나. 통화가 길어졌네. 저녁이나 함께하는 거 어떠니?"

성현은 대답 대신 자리에서 일어났다. 그리고 더없이 냉정한 표정으로 여인을 바라봤다. 이젠 두 번 다시 볼 일은 없을 것 같았다.

"먼저 일어나겠습니다."

"뭐? 벌써?"

성현을 따라 일어선 여인이 짐짓 당황한 표정으로 변했다.

"두 번 다시 볼 일 없었으면 좋겠습니다. 그리고 할아버지를 귀찮게 하는 일은 더는 없었으면 합니다."

"그, 그게……."

그나마 예의를 갖추는 건 마지막 배려일 뿐이었다. 이제 성현은 더 이상 이 여인에게 그 어떤 미련도 남아 있지 않았다.

감정을 훌훌 털어 버리고 카페에서 나온 그는 눈을 깊이 감았다 떴다. 지금 이 순간 생각나는 단 한 사람이 미치도록 보고 싶었다.

휴대폰을 꺼내자마자 먼저 걸려 온 전화에 성현의 눈이 휘어졌다. 말없이 액정을 바라보다 전화를 받았다.

"보고 싶다."

다른 말은 필요 없었다. 그의 한마디에 거짓말처럼 지수가 달려왔다. 그는 말없이 지수의 품에 안겼다. 그런 성현을 지수는 조심스럽게 보듬었다. 그에게 필요한 건 그럴듯한 위로보다 따뜻한 손길이었다.

밖에서 함께 시간을 보내고도 이대로 헤어지기 아쉬워 성현의 오피스텔에서 가볍게 한잔하는 중이었다. 캔 맥주와 마른안주가 전부인 소박한 술상이 차려졌다.

사실 지수는 오전에 어머니를 만나러 간다는 연락 이후 감감무소식인 그가 걱정이 되어 전화를 건 거였다. 통화가 연결되자마자 대뜸 보고 싶다는 말 한마디에 지수는 택시를 타고 성현을 만나러 갔다. 심정이 복잡해 보이던 요 근래와 달리 지금의 그는 모든 걸 훌훌 털어 버린 모습이었다. 다시 예전으로 돌아온 것 같아 다행이다 싶으면서도 어딘지 모르게 쓸쓸해 보여 마음이 편치 못했다.

"어머니는 잘 뵙고 왔어요?"

생각보다 일찍 헤어진 걸 보면, 만남이 썩 좋지 못했던 걸까. 우려하는 지수의 눈빛에 성현이 가볍게 웃어 보였다.

"만나길 잘한 것 같아."

"다행이네요."

"이제 두 번 다시 만날 일은 없을 것 같거든."

반쯤 남은 맥주를 숨도 쉬지 않고 비운 그는 새 캔을 따목을 축였다. 그 모습이 어쩐지 위험해 보였지만 지수는 말릴 수 없었다.

"좋다, 이렇게 단둘이 술 마시는 거."

살짝 풀린 눈이며, 길어진 입술, 거기다 긴 손가락으로 캔 맥주를 들고 있는 모습이 몹시 색정적이었다. 가슴 떨릴 만큼 야한 생각을 하게 만드는 모습에 지수의 얼굴이 붉어졌다.

"술 마셔서 집에 못 데려다주는데 어떡하지?"

"널리고 널린 게 택시인 걸요. 별 걱정을 다해요."

순간 성현이 지수의 코를 아프지 않게 쥐었다. 아프진 않았지만 갑작스러운 스킨십에 지수가 화들짝 놀라고 말았다.

"집에 보내기 싫다고 말하는 거잖아. 맹한 아가씨야."

"그런 말이었어요?"

그저 지수는 그가 신경 쓸까 봐 한 말이었다. 오늘따라 유독 성현은 풀어진 모습이다. 이런 모습이 흔치는 않았기에 지수는 환영이었다.

"그래. 오늘 집에 못 간다는 말이지."

늘 어른스럽고 이성적인 남자의 어린아이 같은 모습에 지수는 웃음이 터지고 말았다. 하긴 벌써 캔 맥주만 다섯 개 째였다. 흐트러지는 게 당연했다.

의자에서 몸을 일으킨 성현이 지수에게 다가왔다. 허리를 숙이곤 술기운에 달아오른 지수의 뺨을 어루만졌다. 깊고 그윽한 눈빛에 어쩔 줄 몰라 그녀가 시선을 아래로 내렸다. 어쩐지 똑바로 보기가 힘들었다.

"당돌하게 그런 말이냐고 물어 놓고 시선은 왜 피해?"

"계속 보고 있으면 질 것 같아서요."

요즘 꼬박꼬박 집에 귀가했으니 망정이지, 안 그랬으면 엄마의 따가운 눈총을 받았을 지수였다. 외박으로 인해 이어질 파장이 어떨지 지수는 생각하기도 싫었다. 그간의 거짓말을 엄마가 눈감아 준 것만으로도 다행이라 여겼다.

다시 시선이 부딪쳤다. 여전히 빨려 들어갈 듯 깊은 검은 눈동자에 지수가 한숨을 토해 냈다. 그 모습을 성현은 즐거운 시선으로 바라보았다.

"졌네, 윤지수."

어쩜, 목소리마저 섹시해.

"이러니 안 지고 배겨요?"

뾰로통한 얼굴로 투정을 부려 보지만, 그에겐 애교일 뿐이었다. 단번에 반질반질한 지수의 입술을 집어삼킨 그는 턱을 잡고 격정적으로 키스를 퍼부었다. 산소가 부족하다 싶을 만큼 돌진해 오는 입술로 인해 지수는 숨이 턱턱 막혀 왔다.

"으읍……."

겨우 입술이 떨어진 잠깐 사이를 못 참아 숨 쉴 틈도 주지 않고 다시 입술이 겹쳐졌다. 맞물린 입술 사이로 누구의 것인지 모를 타액이 흐르고, 이성이 완전히 끊긴 지수는 팔을 뻗어 그의 목을 꽉 끌어안았다. 서로의 손이 바삐 움직였다.

셔츠 단추를 풀고 벗겨 내는 그녀의 손길이 무척 서툴렀다. 잘 다듬어진 조각상처럼 견고한 남자의 몸을 훑는 그녀의 손은 일말의 부끄러움 따위 저버린 지 오래였다. 단단한 가슴을 만지던 손이 원을 그리며 잘 다져진 복근으로 내려왔다. 한두 번 보는 몸도 아니지만, 볼 때마다 감탄스러웠다.

"거기 말고 여기도."

지수의 손등 위로 그의 손이 겹쳐진다 싶더니 복부 아래로 내려왔다. 단단한 성현의 몸이 지수의 손에 여실히 느껴졌다.

"아……."

어쩌나 싶은 지수의 눈동자가 흐려지는 순간, 속옷을 제외하고 겉옷이 전부 벗겨졌음을 느꼈다. 성현이 그녀의 허리를 끌어안아 그대로 식탁에 앉혔다. 곱고 아름다운 여체를 바라보는 그의 눈이 짐승처럼 번뜩였다.

지수는 허리를 숙여 입술을 포갰다. 뜨거운 숨결이 입안으로 넘어온다 싶더니, 말캉한 혀와 함께 점령당했다. 다시 시작된 키스는 그 누구도 먼저 끝낼 생각이 없어 보였다. 두 사람의 밤은 이제 시작이었다.

밥을 안친 뒤 시원하게 콩나물국을 끓이고 나서야 지수는 한숨 돌렸다. 국이 담긴 냄비를 다시 한번 데우는 동안 지수는 개수대에 쌓인 그릇을 설거지했다.

몇 안 되는 젓가락과 그릇을 씻고 나서 송송 썬 대파를 마지막으로 넣은 뒤 마무리했다.

"집에 들어가면 엄마한테 죽었다."

이미 후회해도 돌이킬 수 없는 일이었다. 밤새 걸려 온 전화는 없었지만, 집에 가면 분명 두 눈 부릅뜨고 기다리고 있으리라. 후환이 두려워 몸을 덜덜 떨면서도 그와 함께 있을 수 있어 다행이라고 생각했다. 만약 어제 그대로 집에 갔다면 성현과 함께 있어 주지 못한 것에 대해 후회했을지도 몰랐다.

"콩나물국이야?"

느른한 목소리가 바로 뒤에서 들려왔다. 화들짝 놀란 지수가 몸을 돌리자 그대로 그의 단단한 팔에 갇혀 버렸다. 어쩜 부스스한 모습도 이렇게 멋질 수 있을까. 허점이라고는 도통 찾아 볼 수 없는 남자다.

"간 좀 볼래요?"

대답 대신 어린아이처럼 아, 하고 입을 벌리는 그를 보며 지수가 소리 없이 웃었다. 막 끓인 콩나물국을 한 수저 떠 호호 불어 그의 입안에 넣어 주었다.

"어때요? 싱겁지 않아요?"

"딱 좋아."

돌아온 대답에 만족하며 지수가 환하게 웃었다.

"앉아요. 밥도 다 됐어요."

해장국과 함께 소박한 아침이 금세 차려졌다. 지수는 예전 생각이 나서 피식 웃음을 지었다. 그 모습에 성현이 어리둥절한 표정으로 변했다.

"왜?"

"성현 씨가 북엇국 끓여 준 거 생각나서요. 동문회 끝난 다음 날이요."

"아, 그랬지."

그때까지만 해도 그와 연인 관계로 발전하게 될 거라고 꿈에도 상상 못 했다. 사람 일은 한 치 앞도 모르는 거라더니, 그를 열렬하게 사랑하게 될 줄 누가 알았을까.

"참 신기해요. 사람 인연이라는 게."

"나도 그런 생각했었어. 네 이력서를 봤을 때."

"정말요?"

"응. 죄 짓고는 못 산다는 걸 깨달았지."

하다하다 이제 능청까지 늘었다, 이 남자. 예전이라면 전혀 상상할 수 없는 모습이었다.

"그러니까 왜 순진한 여대생의 첫 키스를 훔치셨어요?"

웃자고 한 말에 몹시 당황한 성현을 보자 그녀 역시 굳어졌다.

"첫 키스였어?"

처음 밤을 보냈던 날, 그의 몸을 받아들이느라 지수가 몹시 힘들어했으니 경험이 없다는 것은 알았을 것이다. 하지만 첫 키스였으리라곤 미처 생각지 못한 모양이었다.

"그랬으면 조금 더 배려 있게 하는 거였는데."

"왜 그런 생각을 해요?"

"너무 무자비하게 한 것 같아서. 내 멋대로."

"이제 와서 그래 봤자 어쩔 수 없어요."

조금 미안함이 깃든 성현의 표정에 지수는 진심을 느낄 수 있었다. 키스뿐만 아니라 그는 모든 면에서 지수를 배려하고 있었다. 그걸 왜 모를까.

"앞으로 키스는 너한테 전부 맞춰 줄게."

너무 기막힌 다짐에 지수는 웃고 말았다.

"물론 침대 위에서도 말이야."

"시시때때로 짐승으로 돌변하지나 마요, 이짐승 씨."

물론 그와의 관계가 만족스럽지만, 가끔 감당 못 할 체력에 지수는 벅찰 때가 많았다. 거기다 어제 저녁부터 밤새 이어진 그의 괴롭힘으로 인해 몸이 천근만근이었다.

"이짐승?"

"그래요, 이짐승 씨."

"마음에 든다. 이짐승. 그럼 이름값 좀 해 볼까?"

놀리려고 무심코 던진 말이 되레 그를 자극하고 말았다. 밥 먹다가 눈 맞는 건 드라마에서나 있을 법한 일인 줄 알았더니 실제로 경험하게 될 줄이야. 어느새 가까이 다가온 그가 지수를 번쩍 끌어안아 그대로 침실로 들어갔다. 밤새 괴롭힘으로 인해 무거웠던 몸은 다시 그로 인해 활활 타오르고 있었다. 오늘도 역시 그에게 항복을 선언하는 쪽은 그녀였다.

그에게 침략당한 지수는 까륵, 행복한 웃음이 떠나질 않았다. 서로의 몸과 마음이 하나로 이어질 때마다 벅찬 감동이 지수에게 밀려왔다.

작은 몸이 잔뜩 웅크린 채 그의 가슴에 꼭 달라붙었다. 기분 좋은 향을 깊게 들이마신 성현이 지수의 머리에 얼굴을 비볐다.

"어머니께 연락 안 왔어?"

주방에서 작게 중얼거리는 지수의 목소리를 들은 성현은 걱정부터 앞섰다.

"잠잠하네요. 엄마가 이럴 분이 아닌데, 전화 안 오니까 더 불안한 거 있죠?"

"같이 들어가 줄까?"

"집에요?"

화들짝 놀란 지수의 눈이 단번에 커졌다. 그 모습이 귀여워서 성현의 입이 길게 허물어졌다.

"응. 윤지수 덜 혼나라고."

"더 혼날 것 같은데요."

마음 같아선 같이 들어가 대신 혼나고 싶지만, 그게 외려 그녀를 곤란하게 한다는 걸 알기에 성현은 미안했다. 늘 괜찮다며 씩씩하게 구는 게 바로 융통성 없는 지수였다.

"마음만 받을게요."

더 깊숙이 품을 파고드는 지수의 등을 성현은 말없이 쓰다듬었다. 마약 같은 윤지수의 살 내음을 맡으며 다시 눈을 감았다. 헛헛했던 마음이 벅차올랐다.

❈   ❈   ❈

신제품 런칭을 무사히 마치고 목표 매출 달성을 위한 사기 증진 차원의 팀 회식이 오랜만에 이루어졌다. 그간의 바쁜 일정을 끝낸 사람들은 한결 편안한 표정들이었다.

넘쳐흐르는 정으로 가득 담긴 술잔이 허공에서 쨍, 하고 부딪쳤다. 쓰디쓴 술이 목으로 넘어가자 재빨리 안주를 입에 넣고 보는 지수였다.

"다들 그동안 수고 많았습니다. 한 잔 더 받으세요."

성현이 술병을 들고 일어나 최 대리부터 시작해 팀원들의 잔을 모두 손수 채워 주었다. 마지막으로 지수가 내민 잔엔 술이 반만 채워졌다. 술고래 최 대리로 인해 세 잔을 연속으로 마신 그녀를 배려한 것이었다.

다른 사람들은 모르는 그의 배려에 지수는 수줍은 표정이 되었다. 눈이 마주치자 누가 먼저랄 것도 없이 말없이 눈이 반으로 휘었다.

"팀장님 오늘 너무 과음하시는 거 아닙니까?"

"오늘처럼 기분 좋은 날 과음하지, 언제 합니까? 말 나온 김에 한 잔 받으세요."

먼저 술을 권하는 사람이 아닌지라 지수는 오늘따라 과음하는 모습이 걱정됐다. 안주도 먹지 않고 술만 들이키기를 몇 잔 째. 지수뿐만 아니라 다른 사람들도 말하진 않지만 걱정하는 눈치였다.

어머니를 만난 이후 한결 후련해 보이는 반면 어딘지 모르게 그 모습들이 아슬아슬한 건 왜일까. 돌이켜 보니 더 일에 몰두하고, 억지로 밝은 척하는 것 같았다.

잠깐 바람 좀 쐰다며 성현이 자리에서 일어났다. 김 대리가 부축하려는 손을 가볍게 뿌리치곤 비틀거리는 걸음으로 가게를 나갔다. 그의 뒷모습으로 지수의 안타까운 눈빛이 내려앉았다.

"화장실 좀 다녀올게요."

대충 둘러대며 가게에서 나온 지수는 한쪽 구석에 앉아 있는 그에게 다가갔다. 잔뜩 취해 인사불성이 된 그의 모습은 처음 보았다.

"성현 씨."

지수의 부름에 턱을 괸 채 내렸던 고개를 들어 올렸다. 흐려진 눈빛이 반쯤 감겨 있었다. 지수는 왜 이렇게 무턱대고 술을 마시냐며 타박하지 않았다. 대신 그 옆에 앉아 고개를 제 어깨로 끌어당겼다.

"인사불성이 될 정도로 괴로운 거예요, 기쁜 거예요? 그래
도 이왕이면 기뻤으면 좋겠어요."

혼자 주절거리는 지수의 음성이 가라앉았다. 자신의 어깨
에 기댄 그는 어느새 잠든 후였다. 안주도 먹지 않고 빈속에
연달아 마셔 댔으니 취하는 게 당연했다.

며칠이나 지났지만 그는 어머니를 만난 이야기에 대해 일
절 언급이 없었다. 지수 역시 캐묻진 않았지만, 가끔 휴대폰
을 보며 굳어지는 표정을 볼 때면 괜히 불안해지곤 했었다.
하고 싶은 대로 하라고 조언한 자신이 잘못한 걸까. 어머니
를 만나는 데 일조한 결과가 마냥 썩 좋지 않은 게 자신 때문
인 것 같았다.

땅이 꺼져라 한숨을 내쉬는 지수의 귀에 휴대폰 소리가 울
렸다. 그의 재킷 주머니에서 나는 소리였다. 급한 전화일 수
도 있겠다 싶어 더듬거리며 휴대폰을 찾았지만 이미 전화가
끊긴 후였다.

"과장님이시네."

아무래도 바람 쐬러 나간 사람이 오랫동안 들어오지 않자
걱정된 모양이었다. 부재중을 확인하던 지수의 손이 미끄러
지면서 그만 메시지 함을 눌러 버렸다.

"아 이런……."

혹시 실수라도 할까 싶어 서둘러 화면을 끄려는데, 그녀의

266

눈을 사로잡은 메시지에 손이 멈추었다.

〈20년 만에 돈 때문에 자식 찾는 못난 어미라 미안하구나.
앞으로 건강하렴.〉

휴대폰 액정으로 굵은 눈물이 뚝뚝 떨어졌다.

❋　　　　　❋　　　　　❋

회식으로 늦는다는 딸을 기다리는 은숙은 소파에 앉아 시
계만 바라보고 있었다.

은숙은 며칠 전, 친구들과의 모임을 떠올렸다. 약속 시간
에 늦어 택시에서 내려 바삐 걸음을 옮기던 그녀는 어떤 여
인과 마주 앉아 있는 성현을 보았다. 어디선가 본 듯한 낯익
은 얼굴이었지만, 친구들의 재촉 전화에 금방 잊어버렸다.
누구였지? 어디서 봤더라?

골똘히 생각에 잠긴 은숙의 시선이 다시 시계로 향했다.

"이놈의 계집애. 또 외박해 봐."

팔짱을 낀 채로 단단히 벼르는 은숙이 휴대폰을 꺼내들었
을 때였다. 도어록을 해제하는 소리와 함께 술 냄새가 집 안
에 진동했다.

"술을 얼마나 마신 거야?"

코를 쥐어 싸며 은숙이 거나하게 취한 지수의 등을 찰싹 때렸다. 오늘은 정말 회식을 한 모양이었다. 그녀의 타박에도 불구하고 딸은 바보처럼 배시시 웃을 뿐이다.

머리끝까지 화가 났지만 웃는 얼굴에 차마 뭐라 쏘아붙일 수 없어서 은숙은 방에 들어가라고 지수를 부추겼다.

"엄마."

"왜?"

퉁명스럽게 대꾸하면서도 혹시라도 문지방에 지수의 발이 찍힐까 봐 조심스럽게 부축했다.

"지금까지 나랑 지혁이 안 버리고 금이야 옥이야 키워 줘서 정말 고마워."

"얘가 갑자기 왜 이래?"

뜬금없는 지수의 말에 은숙이 쑥스러워 괜히 볼멘소리를 냈다. 평소 낯간지러운 말이라곤 못 하던 딸에게서 듣는 말이라 그런지 나쁘지만은 않았다. 혹시 그동안 거짓말한 걸 만회하려고 그러나?

"그냥 엄마가 내 엄마라서 너무 감사하다는 생각이 들었어."

은숙을 꼭 끌어안은 지수의 목소리가 살짝 울먹거렸다.

"밖에서 무슨 일 있었던 거 아니지?"

걱정스러운 목소리로 은숙이 묻자 지수는 대답 대신 고개를 끄덕였다.

"고맙고 미안해."

"네가 이제야 철이 좀 드나 보다."

대견스럽다는 듯 딸의 등을 쓰다듬는 은숙의 눈가가 촉촉
해졌다.

10. 균열

　출근 후부터 줄곧 지수에게 수연이 부럽다는 듯한 눈빛을
보냈다.

　"잘생긴 남자의 쪽지를 받다니. 지수 씨는 좋겠다."

　"좋기는요. 전 관심도 없는 걸요."

　지수의 심드렁한 반응에 수연은 배가 불렀다며 고개를 내
저었다. 오늘 아침 지수는 회사 앞에서 말끔하게 생긴 남자
에게 쪽지를 받았다. 연락처와 이름 아래로 연락 기다리겠다
는 짤막한 메모가 적혀 있었다. 마침 출근하던 수연이 그 광
경을 목격했고, 질문 세례가 이어졌다. 난처한 얼굴로 지수
가 서둘러 화제를 돌렸다.

　"참, 저번에 소개팅한 분과 잘 되어 가는 거 아니었어요?"

"잘 돼 가는 중이면 내가 이러고 있겠어? 내년이면 나도 아홉수인데 어디서 인연을 만나나. 이제 소개팅도 지겹다."

"좋은 인연 있을 거예요. 힘내요, 선배."

"그 말만 벌써 3년째 듣는 중이거든."

그녀의 위로가 썩 힘이 되지 않는 모양인지 수연은 깊은 한숨만 내쉴 뿐이었다. 한창 일하던 지수의 시선이 보란 듯이 블라인드가 전부 내려진 팀장실 창문으로 향했다.

"대리님 커피 드실래요?"

"좋지."

"선배는요?"

자리에서 일어난 지수의 시선이 수연에게 향했다.

"난 다이어트 중."

주문을 받고서 지수는 사람들에게 커피를 돌렸다. 마지막 남은 커피를 가지고 팀장실을 노크했다.

"커피 드세요."

트레이에 받친 커피를 책상 위에 내려놓으려는 찰나 거절의 대답이 날아왔다.

"난 됐어요. 윤지수 씨 마셔요."

뚱한 표정하며 존댓말까지 하는 그의 모습에 지수는 어리둥절했다.

"그럼 다른 걸로 가져다 드릴까요?"

"일하는데 방해하지 말고 나가요."

성현은 지수와 눈도 마주치지 않고 일에 몰두했다.

"저한테 뭐 화난 거 있으세요?"

"없어요."

"정말이요?"

이미 얼굴엔 '나 화났음'이라고 적어 놓고 아니라고 한들 신용할 수 없었다. 하지만 그의 고집을 누구보다 잘 알기에 지수는 더 이상 캐묻지 못한 채 커피를 내려다봤다.

"나가 보겠습니다."

지수가 막 팀장실을 나가려고 했을 때였다.

"쪽지는 누구한테 받았는데?"

질투 어린 목소리가 지수의 귀에 정확히 꽂혔다.

"네?"

"어떤 놈한테 쪽지 받았냐고."

들고 있던 펜을 내려놓은 성현이 지수 앞으로 저벅저벅 걸어왔다. 끝까지 포커페이스를 유지하려다 실패한 모습이 너무 귀여워 하마터면 웃음을 터트릴 뻔했다.

"누군지는 저도 잘……."

"나보다 잘생겼어?"

그가 오만하게 물어 왔다.

"본인이 잘생긴 건 알아요?"

"당연하지."

"알면서 뭘 물어요?"

짙은 눈썹이 살짝 꿈틀거렸다. 작은 변화까지 하나도 놓치지 않고 지수는 즐거운 표정으로 시시각각 변하는 표정을 관찰했다. 세상 모든 남자가 자신에게 대시해도 꿈쩍 안 할 것 같은 성현에게 질투심 폭발하는 모습이 있었다니.

"뭘 잘했다고 웃어?"

"이성현이 질투하는 게 미치게 좋아서요."

지수의 말을 이해하지 못한 성현은 여전히 세상 진지한 표정으로 서 있었다. 지수는 팀장실 문을 잠갔다. 그 모습을 바라보는 성현의 얼굴에 의문스러움이 가득했다. 지수는 발꿈치를 올려 그의 입술에 가볍게 입 맞추었다.

"누가 쪼코볼 아니랄까 봐. 진짜 볼수록 매력 폭발이네."

"뭐? 무슨 볼?"

"이러니 내가 다른 남자가 눈에 들어올 틈이 없지. 안 그래요?"

애교스러운 지수의 모습에 세상 진지하던 표정이 무너졌다. 손으로 얼굴을 쓸어내리던 성현은 그대로 그녀의 허리를 잡아 와락 제 품으로 끌어당겼다.

"할 거면 제대로 해야지."

되돌아온 키스는 아찔하면서 격정적이었다. 지금 여기가 어디고, 밖에 누가 있는지는 중요하지 않았다. 길고 긴 키스가 끝난 후 반질거리는 입술을 손끝으로 문지른 그가 어느 때보다 섹시한 표정을 지어 보였다.

"나가서 나한테 혼났다고 해."

밖으로 나가자 지수가 말을 꺼내기도 전에 이수연이 화들
짝 놀라며 다가왔다.

"팀장님한테 혼났어? 세상에, 얼굴도 빨개지고…… 운 것
같은데."

"화, 화장실 좀……."

도망치듯 화장실로 들어온 지수는 거울 속 모습을 보고 눈
을 질끈 감았다. 터질 듯 붉게 달아오른 얼굴이며, 눈에 잔뜩
고인 눈물은 누가 봐도 혼난 것처럼 보였다. 하지만 격정적
인 키스로 인해 절정에 달한 지수의 몸이 뜨거워져 절로 눈
물이 고인 것이었다.

"이짐승 아니랄까 봐."

얄궂은 성현의 표정을 이제야 깨달은 지수는 쥐구멍에라
도 숨고 싶은 심정이었다.

퇴근 시간이 다 된 시간. 성현은 하던 일을 멈추고 인터폰
을 들었다.

"내 방으로 들어와요."

인터폰을 내려놓자 노크 후 안으로 지수가 들어왔다. 여전
히 붉은 그녀의 얼굴에 성현은 묘하게 뿌듯했다. 잠깐이었지
만 눈물이 맺힐 정도로 좋았다는 증거 아닌가. 여자를 울리
는 데 취미는 없었지만 이런 쪽이라면 몇 번이고 더 할 용의

가 있었다.

"퇴근하고 같이 영화 보자."

"영화요?"

"응. 난 조금 늦을 것 같으니까 먼저 차에 가 있어."

같이 퇴근하면 사람들이 의심할 게 뻔했다. 자신은 상관없지만, 지수가 곤란스러워지는 일은 만들고 싶지 않았다.

"얼마나 늦는데요?"

"한 30분?"

손목을 들어 올린 그가 차 키를 지수에게 건넸다. 먼저 가 있으라는 그의 의도를 지수가 모를 리가 없었다.

"음, 그럼……."

"영화 보기 싫어?"

골똘히 생각에 잠긴 지수의 표정에 성현이 물었다. 지수의 상체가 조금 기울어진다 싶더니 그의 귀에 나직이 속삭였다.

"나 다른 거 하고 싶어요."

"……."

"이짐승 씨."

조근조근한 목소리가 소름끼치게 간지러웠다. 윤지수에게 이런 도발적인 모습이 있었다니. 놀랍기도 했지만, 기분 좋게 만드는 아찔함에 그의 눈이 반으로 접혔다.

"오케이. 딱 기다리고 있어."

벌써부터 몸이 뜨겁게 달궈지는 느낌이었다. 남자를 들었다 놓았다 하는 탁월한 능력을 가진 여자의 도발에 물러설 생각은 조금도 없었다. 팀장실을 나가는 지수의 뒷모습을 짐 승 같은 눈으로 훑어 내렸다.

✻   ✻   ✻

문자 메시지 알림 음에 바쁘게 저녁 준비하던 은숙이 식탁 에 놓아 둔 휴대폰을 가져왔다.

〈엄마, 나 오늘 조금 늦어. 기다리지 말고 자.〉

저번에 술 먹고 한 말이 마음에 걸려 지수가 잘 먹는 갈비 를 하던 참이었다. 늦게 올 거면 일찍 말해 주면 좀 좋을까 싶어 은숙은 서운한 마음이 들었다. 냄비를 뒤적거리다 불을 줄이고 식탁에 앉았다.

"계집애, 연애하느라 얼굴 볼 새가 없네."

가정 환경으로 인해 남자를 멀리할까 봐 내심 걱정이었 던 은숙은 말은 이렇게 해도 싫지 않았다. 자식의 행복이 당 연히 엄마의 행복 아니던가. 말끔하니 잘생기고, 거기다 가 정교육까지 똑똑히 받은 티가 나는 청년을 어느 어미가 마다 하겠는가. 일전에 잘못을 사과할 자리가 하루 빨리 마련되길 바라며 지수가 집에 들어오는 대로 약속을 잡아야겠다고 생각했다.

"음, 그나저나 그때 그 여자는 누구지?"

어디선가 본 듯한 얼굴이었지만, 기억이 가물가물해서 은숙은 답답했다. 어머니와 연락이 끊긴 지 오래 되었다고 했으니, 어머니는 아닐 것이다. 지수에게 물어보려던 걸 깜박한 지 며칠이나 지났다.

"이렇게 정신이 없어서야."

잠깐 딴생각을 하던 은숙은 자리에서 일어나 냄비 뚜껑을 열었다. 양념이 잘 베인 갈비를 보며 맛있게 먹을 지수를 떠올렸다. 지혁은 아르바이트 때문에 늦을 예정이라 오늘 저녁은 혼자였다. 혼자 저녁 먹으려니 아무리 맛있는 갈비라 해도 식욕이 돌지 않았다. 가스 불만 끈 채로 은숙은 방으로 들어왔다. 이부자리 위에 누워서도 한참을 뒤척였다.

"어디서 봤는데 분명……."

세월과 함께 감퇴된 기억력에 은숙은 답답했다. 애써 생각해 내려는 걸 포기한 채 몸을 돌아누웠다. 잠도 오지 않고 쓸쓸하게 혼자 저녁 먹긴 싫어서 드라마나 볼까 했는데, 그녀가 즐겨 보는 건 시간이 한참 남아 있었다.

누웠던 몸을 일으킨 은숙은 정리나 할 겸 옷장을 열었다. 따뜻한 봄이 성큼 다가왔는데 아직도 옷장은 칙칙한 겨울이었다.

"애들 올 때까지 겨울 옷 좀 정리해야겠네."

옷걸이에 걸려 있는 옷부터 꺼내 차곡차곡 정리를 시작했다. 시작이 반이라더니 부지런히 손을 움직여 금세 정리를 해 나갔다. 서랍 속에도 아까워서 버리지 못하고 가지고 있었던 유행 지난 옷들이 한가득이었다. 한 번도 입지 않을 거 왜 이렇게 악착같이 모아 두기만 했는지 은숙은 자신의 미련함을 탓하며 버릴 옷들을 꺼내 정리하기 시작했다.

"이게 뭐지?"

옷을 전부 꺼내고 나니 제일 밑바닥에 덩그러니 놓여진 검은색 수첩 하나가 은숙의 눈에 들어왔다. 천천히 손을 뻗어 열어 본 수첩엔 아무것도 적혀 있지 않았다. 이것도 그저 버리기 아까워 가지고 있었던 모양이었다. 쌓아 둔 옷가지에 수첩을 던지다시피 내려놓자 무언가 반쯤 삐져나왔다.

"그 인간 사진이 여기 있었네. 뭐가 예쁘다고 이걸 지금까지 가지고 있어."

당장 버릴 생각으로 포악하게 사진을 수첩에서 꺼낸 은숙의 표정이 단번에 굳어졌다. 사진 속 전남편은 혼자가 아니었다.

"분명 이 여자……."

그녀는 사진 속 여자가 며칠 전 어디선가 본 사람과 동일 인물임을 기억해 냈다. 사진으로 내려앉은 은숙의 눈에 충격과 원망이 고스란히 서렸다.

*　　*　　*

워크숍 일정을 안내 받은 사람들의 표정에 불만이 가득했다. 말이 안내지, 통보와 다름없는 일정이었다. 한가로운 주말, 워크숍이 웬 말이냐며 불만을 토하는 다른 사람들과 달리 지수는 잔뜩 기대에 찬 표정을 짓고 있었다. 입사하고 첫 워크숍인 데다, 무엇보다 그와 함께이니 어디라도 좋았다.

다행히 워크숍으로 오를 청계산은 코스도 그리 길지 않고, 바닥도 완만한 편이라고 했다. 이 정도면 충분히 오를 수 있을 것 같았다. 등산은 젬병이었지만, 지수는 정상까지 올라가서야 만끽할 수 있는 희열을 좋아했다.

회의에 다녀온 그가 사무실을 가로질러 가려던 걸음을 멈추고 몸을 틀었다.

"윤지수 씨, 들어와요."

그의 부름에 업무 중이던 지수의 움직임이 멈추었다.

"오늘은 또 얼마나 잡아먹으려고 회의 다녀오자마자 부른대."

곁에서 구시렁거리는 수연에게 어색한 미소를 그리며 지수가 일어났다. 요 근래 업무 외로 자주 부르는 통에 곤혹스러운 적이 한두 번이 아니었다. 눈을 흘기며 안으로 들어온 그녀의 모습에 성현이 서류 파일을 펼쳤다.

"이러다 사람들이 눈치채는 건 시간문제예요. 일부러 그러는 게 아니면 너무 눈치 없어요."

볼멘소리를 하는 지수에게 성현이 작게 웃었다.

"뭘 기대한 건지 알겠는데 지금은 아니거든."

"네?"

"원하면 해 주고."

얄궂은 미소를 흘린 성현이 서류를 지수에게 건네었다.

"최 대리님한테 전해 줘요, 윤지수 씨."

"아……."

감출 새 없이 귀까지 지수의 얼굴이 새빨개졌다. 손을 뻗어 서류를 건네받은 그녀는 쥐구멍에라도 숨고 싶은 심정이었다.

"나가 보겠습니다."

가볍게 묵례를 한 지수는 한시라도 빨리 이곳에서 벗어나고 싶은 생각뿐이었다.

"퇴근하고 등산복 사러 가자. 윤지수가 원하는 것도 할겸."

오랜만에 보는 즐거운 표정이다. 팀장실에서 나온 지수는 서류를 최 대리에게 전해 주곤 자리로 돌아왔다. 요즘 그는 다른 사람처럼 보일 정도로 많이 부드러워졌다. 물론 지수가 아닌, 다른 여자에겐 여전히 차갑지만 묘하게 표정과 말투가 달라져 있었다.

메시지를 우연히 본 그 후로 내내 신경 쓰였었다. 혹시나 더 상처 받고 무너지진 않을까 걱정했지만 다행히 그는 잘 이겨 내고 있는 모양이었다. 혹독한 겨울을 지나 따뜻한 봄이 오듯, 성현의 시린 가슴에도 오늘 같은 봄날이 찾아오길 바랐다.

함께 백화점 쇼핑을 하고 호텔 지하 주차장에서 빠져나와 지수의 집으로 가는 길이었다.

뒷좌석엔 등산복 브랜드 쇼핑백이 줄 지어 있었다. 간단하게 티와 바지만 볼 생각이었는데, 그가 등산화에 모자까지 풀세트로 사 주었다.

"작년엔 워크숍 어디로 갔었어요?"

창밖에서 시선을 뗀 지수가 궁금한 얼굴로 물었다.

"작년엔 봉수산 휴양림으로 1박 2일 동안 갔었어."

"봉수산이 어디에 있는 거예요?"

"충청도 예산. 아마 생소할 거야."

그나마 유명한 명소로 알려진 산 몇 곳만 아는 지수에겐 봉수산은 그의 말대로 생소했다.

"시간은 얼마나 걸려요?"

"두 시간 반 정도? 올라다가가 중도 포기하고 다시 내려간 사람들이 반이었을 걸. 김 대리를 포함해서."

"청계산보단 한 시간 정도 더 걸리네요. 등산 젬병인 저에겐 그나마 다행이에요."

봉수산으로 갔으면 지수 역시 반도 못 가서 하산하는 선택을 했을지도 모른다며 안도했다. 처음으로 함께하는 워크숍이니만큼 반드시 정상까지 올라가겠노라 지수는 다짐했다.

"거기도 벚꽃이 만발했을까요."

길가에 심어진 벚나무의 꽃잎이 흩날리는 걸 보며 지수가 물었다.

"진달래꽃이 아주 장관인 건 알아."

"어떻게요?"

"할아버지와 몇 번 갔었거든. 작년보다 일찍 봄이 찾아와서 볼 수 있을 거야."

왠지 그 순간만큼은 봄의 대명사인 벚꽃보다 진달래꽃이 더 예쁠 것 같은 예감이 들었다. 설레는 마음을 안고 차는 어느덧 목적지에 도착했다. 늦은 시간에 쓸쓸하게 집으로 돌아갈 그가 안쓰러웠다.

"운전 조심해요. 그리고……."

"도착해서 연락할게. 어서 들어가."

어느덧 지수를 기다릴 엄마 걱정을 이제 그도 함께했다. 먼저 들어갈까하다 지수가 고개를 저었다.

"오늘은 먼저 가요. 출발하는 거 보고 들어갈게요."

"왜?"

"매번 내 뒷모습만 보이는 게 싫어요. 오늘은 내가 하게 해 줘요."

늘 지수가 먼저 집에 들어가고 나서야 출발하는 그였기에, 오늘은 자신이 성현을 배웅하고 싶었다.

"내 뒷모습을 보이기 싫지만, 빨리 집에 들여보내야 하니까 먼저 가는 거야."

보닛을 돌아 지수에게 다가온 성현은 이마에 가볍게 입 맞추곤 여전히 아쉬운 표정을 지었다. 지수 역시 그와 헤어지는 시간이 제일 힘들었다. 다음 날 회사에서 볼 걸 알면서도.

운전석으로 돌아간 성현이 시동을 켜고 벨트를 매는 모습이 보였다. 허리를 숙인 지수가 창문을 노크했다. 그의 얼굴이 지수에게 향했다. 웃으며 손을 흔드는 지수를 따라 그도 손을 흔들었다.

차가 출발했는데도 걸음을 돌리기 어려웠다. 이미 차는 골목 어귀로 사라졌지만 움직일 수 없었다. 헤어짐의 아쉬움은 배웅하는 사람의 몫이었다. 아쉬움이 가슴 한쪽을 꽉 채웠다.

"이걸 저 사람은 매번했다니."

안타까움이 묻어나는 목소리가 밤바람을 타고 흘러갔다.

워크숍 당일, 날이 흐리길 바라는 몇몇 사람들의 바람과 달리 평온 기온보다 높은 데다 하늘도 아주 맑았다. 등산하

기 아주 적절한 날씨에 볼멘소리가 여기저기서 터져 나왔다.

집합 시간보다 먼저 도착한 지수는 다른 사람들이 오길 기다리고 있었다. 멀뚱거리고 있다가 점퍼 주머니에서 휴대폰을 꺼내는 사이 이쪽으로 걸어오는 성현이 보였다. 지수는 휴대폰을 주머니에 도로 넣었다.

"안 그래도 전화하려던 참이었어요."

등산복으로 갖춰 입은 그는 주변을 술렁이게 할 만큼 근사했다. 그의 눈길이 몸을 훑고 지나가자 지수의 얼굴이 금세 붉어졌다.

"오늘 너무 예쁘다."

감미로운 목소리에 또다시 설레었다.

"눈에서 아주 꿀 떨어져요. 그렇게 내가 좋아요?"

"좋아. 워크숍만 아니면 차로 끌고 가고 싶을 만큼."

뚜렷하게 뭘 하겠다고 하지도 않았는데, 그 뒤의 상황까지 저절로 떠올리게 만드는 그의 목소리가 무척 색정적이었다. 그녀 역시 워크숍만 아니면 먼저 유혹했을지도 모른다고 생각했다. 주변 여자들의 시선을 한 몸에 받고 있는 이 사람이 제 남자라고 도장 쾅쾅 찍어 놓고 싶었기에.

"헉헉, 안녕하세요. 김 대리는 오늘 감기 몸살 때문에 못 온다고 연락 왔어요."

뛰어온 최 대리가 숨을 몰아쉬며 말했다.

"어차피 우리도 등산하면서 다 죽어 갈 텐데요, 뭘."

마침 도착한 관광버스를 바라보는 수연은 도살장에 끌려가는 소처럼 표정이 애처로웠다. 그녀의 등을 툭툭 치며 최 대리가 버스에 먼저 올라탔다. 최 대리와 수연의 자리 앞에 지수가 앉자 자연스럽게 성현이 지수 옆자리에 착석했다.

"김 대리님 있었으면 저 혼자 앉을 뻔했네요."

대리님께 고마워해야겠네요, 하고 중얼거리는 지수에게.

"내가 왜 김 대리랑 앉아?"

그는 퉁명스럽게 말하면서도 당연하다는 듯 지수를 챙겼다. 이게 뭐라고 또 설렐까. 무릎에 놓인 지수의 손 위로 그의 손이 겹쳐졌다. 창문으로 들어온 따스한 햇살이 두 사람의 손등 위로 고르게 뿌려졌다.

모두 버스에 올라타 즐겁게 이야기하다 보니 어느새 목적지에 도착했다. 주차장에 관광버스 세 대가 멈추어 서고 사람들이 우르르 내렸다. 안내에 따라 주차장에서 등산로 입구를 향해 걷기 시작했다. 수연으로 인해 덩달아 최 대리까지 뒤처지자 자연스레 단둘만 남았다.

"처음부터 그렇게 파이팅 넘치다간 중간에 맥도 못 출 텐데, 무리하지 마."

"한 시간 반 정도 코스면 어렵지 않을 거예요."

그의 조언을 가볍게 무시한 지수는 여전히 기운이 넘쳤다. 가방에 생수와 힘들 때 당 보충하기 위한 초코바도 챙겨 왔다. 가득 찬 가방에 덩달아 마음까지 든든했다.

"진달래꽃 볼 수 있었으면 좋겠다."

"볼 수 있을 거야. 오늘은 기온이 높기도 하고, 뉴스 보니까 벌써부터 꽃이 만발했다던데."

지수는 말없이 빙그레 웃었다. 진달래꽃을 볼 수 있다는 것보다 자신을 위해서 오늘 날씨부터 뉴스까지 검색한 그의 노력이 가상했다.

"이따 배고프면 말해요. 비상식량으로 초코바 넉넉하게 챙겨 왔어요."

가방을 툭툭 치며 야무진 표정을 짓는 지수의 머리를 성현이 가볍게 쓰다듬었다.

"그나저나 대리님이랑 수연 선배가 많이 늦네요."

"입구 앞에 도착해서 기다리자."

두 사람이 보이지 않자 지수는 살짝 걱정되었다. 보나마나 수연을 챙기고 있을 최 대리의 모습이 선했다. 하지만 날씨도 좋고, 그와 단둘이 있는 것은 더 좋아 금세 다른 사람은 안중에도 없어졌다.

목적지에 먼저 도착한 성현과 지수는 뒤쳐진 두 사람을 기다렸다. 그렇게 10여 분쯤 기다렸을까. 벌써 지친 듯 보이는 수연과 그런 그녀의 가방을 끌다시피 걸어오는 최 대리가 보였다. 과연 예상대로였다.

"대리님!"

지수의 부름에 최 대리가 손을 흔들었다.

"많이 기다렸어? 수연 씨 걸음이 어찌나 느린지 끌고 오느라 내가 다 지치네."

지수는 가방에서 아침 일찍 챙겼던 얼음물을 최 대리에게 건네었다.

"드세요."

"고마워. 안 그래도 목말라서 죽을 것 같았는데."

얼음물을 벌컥벌컥 들이켠 최 대리는 이제야 좀 살 것 같은 표정이었다.

"그럼 다시 출발하죠."

앞장서는 성현의 뒤를 세 사람이 따랐다. 여느 때보다 날이 좋아 다행이었다.

능선으로 한참 올라갔을 무렵이었다. 길을 에워싼 분홍빛 진달래꽃이 예쁘게 만발해 있었다.

"진달래꽃이 원래 이렇게 예뻤어요?"

봄이 되면 벚꽃만 생각했지, 진달래꽃은 생각해 본 적 없는 지수였다. 그런 그녀에게 만발한 분홍빛 꽃은 새롭게 다가왔다.

"그러게. 정말 예쁘다."

지수는 꽃에 가까이 다가가 향기를 맡았다. 향기로운 꽃 내음에 절로 미소가 지어졌다.

"팀장님, 저희 셋 사진 좀 찍어 주세요."

최 대리가 휴대폰을 성현에게 건네며 부탁했다. 성현은 지

수와 단둘만의 사진을 남기길 포기했다. 이 두 사람이 함께
인 이상 불가능한 일이었다.

"사진 찍습니다. 하나, 둘, 셋."

지수가 환하게 웃는 순간 휴대폰을 터치한 성현은 만족스
러운 미소를 지으며 휴대폰을 최 대리에게 건네었다.

"지수 씨, 잘 나왔다."

최 대리가 사진을 지수에게 보여 주며 말했다. 두 사람의
표정이 어떻든 전혀 상관 않고 사진을 찍은 것이 훤히 보였
다. 몇 걸음 앞서 걷던 그가 기다리는 모습에 지수는 걸음을
재촉했다.

"아아!"

급하게 걷다 뒤로 넘어지려는 걸 한달음에 달려온 그가 지
수를 붙잡았다. 한 손은 지수의 손을, 다른 손은 등을 감싼
채였다.

"괜찮아?"

"아, 네."

너무 의욕만 앞선 탓일까. 스텝이 꼬여 그대로 뒤로 넘어
질 뻔했다. 놀란 가슴을 진정시키며 그녀는 성현의 품에서
빠져나왔다.

"그런데 가방이 왜 이렇게 무거워?"

가방 고리를 들어 올린 성현이 미간을 좁혔다. 지수는 가
방을 앞으로 가져와 지퍼를 열었다. 안에 내용물을 확인한

성현이 고개를 내저었다.

"이러니 무겁지. 얼음물을 네 개나 가져오는 사람이 어디 있어? 최 대리한테 준 것까지, 다섯 개네. 거기다 초코바 한 봉지까지."

"올라가다 보면 목 탈 거 아니에요. 그리고 이거 전부 제 거 아니거든요? 다른 사람들 것도 같이 챙겨 온 건데……."

다시 가방을 메려는 걸 성현이 가뿐하게 가져갔다. 의문스러운 지수의 표정이 성현에게 닿았다.

"가방 무거워요. 주세요."

쭉 뻗은 지수의 손을 가뿐히 잡아 올린 그가 입술을 끌어당겼다.

"뒤쳐지지 말고 따라오기나 해."

"누가 보면 어쩌려고……."

뿌리치려는 지수의 손을 더 세게 붙잡으며 성현이 뒤쪽을 턱으로 가리켰다. 두 사람은 세상 편한 자세로 자리를 잡고 앉아 쉬고 있었다. 그 외에 다른 사람들은 보이지 않았다. 앞서 걷는 그를 지수가 따랐다. 여전히 손을 꽉 마주 잡은 채였다.

끝이 보이지 않을 만큼 길게 늘어져 있는 나무 계단을 오르기 시작했다. 숨이 턱까지 막히고 다리가 후들거릴 즈음 맞잡은 손에 힘이 실렸다.

"좀 쉬었다 갈래?"

정자나무를 가리키며 성현이 물어 왔다.

"아뇨. 이대로 쭉 정상까지 가요."

안 그래도 뒤처졌는데, 더 늦을 수는 없었다. 앞에서 끌어주는 사람이 있어 지수는 아까보다 덜 힘들었다.

걷고 또 걷다 보니 어느새 끝이 보였다. 맞잡은 손은 어느새 땀으로 진득했다. 가슴을 관통하고 지나가는 듯한 시원한 바람에 지수가 소리쳤다.

"정상이에요, 정상!"

쭉 펼쳐진 서울 도심을 바라보는 지수는 가슴이 뻥 뚫리는 희열을 느꼈다.

"와, 서울 도심이 원래 이렇게 예뻤어요?"

"오늘따라 질문이 많네. 아깐 진달래꽃이 이렇게 예뻤냐고 묻더니."

흐뭇한 표정으로 지수를 바라보던 그가 손수건을 건네었다. 이마의 땀을 손수 닦아 주고 싶지만 보는 눈이 많아 행동으로 옮길 수 없었다. 반으로 접혀진 지수의 눈을 따라 성현의 눈도 반으로 접혔다. 살면서 욕심이라는 걸 단 한 번도 부린 적 없던 그가 처음으로 눈앞의 여자가 욕심났다. 부디 매일이 오늘만 같기를.

오후 4시에 가까워졌을 무렵 청계산에서 회사로 복귀했다. 산행에 다들 지친 기색이 역력했지만, 이대로 헤어지기 아쉬운 듯 보였다.

"원래 산에 내려오면 막걸리 한잔해야 피로가 싹 풀리는데 말이야. 팀장님, 오랜만에 함께 막걸리 어떠세요?"

"딱히 선약도 없으니, 낮술 한 번 마셔 보죠."

낮술은 즐겨 하는 편은 아니었지만, 가볍게 한두 잔 하며 분위기를 맞춰 줄 정도면 괜찮겠지 싶었다.

농담 섞인 성현의 말에 다들 의아한 표정이 되었다. 농담을 받을 줄도 모르던 꽉 막힌 사람에게서 새로운 표정을 발견한 듯한 표정이랄까.

"그럼 제가 잘 아는 데로 가죠. 파전이 아주 죽이는 데가 있거든요."

"역시 대리님이 뭘 좀 아시네요. 막걸리에 파전은 영원불변의 법칙인데."

죽었다 살아난 수연이 생기 넘치는 표정으로 맞장구를 쳤고, 죽이 척척 맞는 두 사람을 향해 지수는 못 말린다는 표정을 지었다.

"대리님, 그러다 큰일 나는 거 아니에요? 술 좀 줄이시는 게 좋을 것 같아요. 주 4일을 술과 함께 보내시면 어째요."

술고래 최 대리에게 앞선 걱정을 서슴지 않는 지수의 모습에 성현은 소리 없이 웃었다. 역시 윤지수답다는 생각에.

"우리 부모님도 안 하는 걱정을 지수 씨가 다 해 주네. 지수 씨랑 살까 봐."

무서운 소리를 웃으면서 하는 최 대리를 곁눈질로 흘기며 한마디 하려던 그때였다. 성현은 점퍼 주머니 안에 넣어 둔 휴대폰을 꺼내었다. 모르는 번호에 혹시 거래처인가 싶어 성현은 사람들에게서 떨어져 전화를 받았다.

"이성현입니다."

숨소리조차 나지 않은 적막에 성현은 휴대폰을 눈앞으로 가져왔다. 통화가 끊기지 않은 것을 확인하고 나서야 다시 입을 열었다.

"말씀하세요."

—나 지수 엄마예요.

떨리는 목소리에 성현의 시선이 지수에게 향했다. 일전에 함께 식사하고 난 후로 처음하는 통화였다. 이내 조심스러운 목소리가 이어졌다.

—오늘 잠깐 만날 수 있을까요?

갑작스러운 제안에 성현은 마른침을 삼켰다. 중요한 용건이 있는 것 같은 느낌에 성현은 거절할 수 없었다. 그것이 지수에 관한 것이라면 더더욱 그러했다.

"네. 시간 괜찮습니다."

—지수에겐 말하지 말고 나왔으면 좋겠어요. 부탁할게요.

마지막 이어지는 당부에 성현의 표정이 심각하게 굳어졌다. 가볍게 넘길 용건이 아닐 것 같은 예감에 사람들 틈에서 환하게 웃고 있는 지수를 바라보는 그의 마음이 왠지 좋지 못했다.

‖   ‖   ‖

먼저 카페에 도착한 성현은 손목을 들어 올려 시간을 확인
했다. 샤워하고 옷을 갈아입고 나온 그는 몇 번이고 옷매무
시를 살폈다. 지수의 모친과 단둘이 만나게 될 거라고 생각
하지 못했던 성현은 밀려오는 긴장감에 냉수를 들이켰다.

그렇게 기다린 지 얼마 지나지 않아 낯익은 얼굴과 눈이
마주쳤다. 성현은 자리에서 일어났다.

"미안해요. 갑자기 만나자고 해서."

"아닙니다. 신경 쓰지 마십시오."

기우가 가득했던 성현은 부드러운 은숙의 모습에 살짝 안
도했다. 자리에 앉은 두 사람 사이에 어색한 기류가 흘렀다.

"저번에 미안했어요. 혹시 상처 받았으면 마음 풀어요."

"아닙니다. 괜찮습니다. 차는 어떤 걸로 드시겠습니까."

메뉴판을 펼쳐 은숙의 앞에 보여 주며 성현이 물었다.

"난 국화차 마실게요."

마침 주문 받으러 온 직원에게 성현은 국화차 두 잔을 시
키고서 차가 나오길 기다렸다. 몇 시간 전까지만 해도 쨍쨍
했는데 벌써 날이 어둑해졌다. 곧이어 찻잔이 두 사람 앞에
놓여졌다.

"궁금한 게 있어서 보자고 했어요. 실례인 걸 알면서도 꼭 물어봐야 할 것 같아서."

사뭇 진지한 표정으로 찻잔을 내려놓는 은숙이 힘겹게 운을 뗐다.

"편히 말씀하십시오."

은숙은 가방에서 빛바랜 사진 한 장을 꺼내 성현 쪽으로 밀었다. 의문스러운 표정으로 성현은 사진을 집어 들었다. 웬 젊은 남자와 여자가 다정한 포즈를 취하고 있는 사진을 성현은 유심히 들여다봤다. 아무리 오래된 사진이어도 성현은 사진 속 여인이 누군지 알 수 있었다. 사진으로 향한 좁혀진 시선이 은숙에게 향했다.

"일주일 전인가. 카페에서 이 여자와 함께 있는 걸 봤어요."

"어머니와 어떻게 아는 사이인지 먼저 여쭤 봐도 되겠습니까."

성현의 물음에 충격 받은 표정을 지은 은숙이 입술을 달싹거렸다. 이 여자가 그의 어머니여선 안 되었다. 찻잔을 드는 은숙의 오른손에 미세하게 경련이 일어났다.

"어, 어머니? 저번엔 어머니의 생사도 모른다고……."

"얼마 전 연락이 닿아 한 번 뵈었습니다."

쨍.

대답과 동시에 날카로운 소리가 사방에 울렸다. 은숙의 손

에 아슬아슬하게 매달려 있던 찻잔이 바닥에 떨어지며 흔적
도 알 수 없게 산산조각 났다.

"괜찮으십니까?"

한달음에 다가와 손수건을 건네는 성현의 손을 은숙이 차
갑게 뿌리쳤다. 영문도 모른 채 돌변한 모습에 성현은 당혹
스러웠다.

"이 여자가 그쪽 모친이라고요?"

충격과 원망, 복잡한 표정이 깃든 은숙의 표정에 성현은
굽혔던 무릎을 펴고 일어났다. 조금 전까지만 해도 부드러운
음성으로 자신에게 사과를 구하던 여인이었다. 한순간에 돌
변한 모습에 성현은 할 말을 잃었다.

"괜찮으십니까?"

성현이 내미는 손을 은숙이 다시 차갑게 내쳤다. 씩씩대며
분노 서린 눈빛으로 자신을 노려보는 여인은 아까와는 완전
히 딴사람이었다.

"우리 지수랑 당장 헤어져요."

은숙의 냉랭한 시선이 성현에게 향했다. 설마 이렇게 가까
운 곳에 그 여자의 아들이 있을 거라곤 상상조차 하지 못했
다.

"남의 가정 파탄 내고 뻔뻔하게 얼굴 들고 다니는 여자의
아들이 내 딸의 애인일 줄은 꿈에도 몰랐어요."

오래 전 그의 어미에게 받은 모멸과 멸시를 아직도 잊을

수 없었다. 자신보다 한참 어린 여자에게 무릎 꿇고 남편을
돌려보내 달라며 은숙은 사정사정했었다. 아직 어린 두 아이
에게 아빠의 부재를 느끼며 외롭고 서럽게 살게 하고 싶지
않아 갖은 수모도 견뎌 내며 매달렸다. 자신은 몰라도 눈에
넣어도 아프지 않을 자식들이 받을 상처로 인해 은숙은 가슴
이 미어졌다.

절대 안 된다, 절대.

"그게 무슨……."

"우리 지수랑 절대 안 돼요. 불륜을 저지른 가해자와 피해
자가 가족이 될 순 없어요. 지수가 못 헤어진다고 해도 내가
절대 허락 못 해요!"

눈에 핏대를 세우고 악다구니를 쓰며 은숙은 몸을 바르르
떨었다. 설마 그 여자와 모자지간일 줄이야. 아무리 생사를
모르고 지냈다 한들 핏줄이었다. 집에 초대해 상다리 부러지
도록 식사 대접한 것도 모자라 반찬까지 해다 바친 자신의
무지함을 떠올리자 피가 거꾸로 솟는 것 같았다.

"그 여자의 아들이라니. 정말 이렇게 끔찍할 수가 없어."

붙잡지도, 매달리지도 못한 채 충격 받은 얼굴로 서 있던
성현은 은숙이 찬바람을 불며 나가자 쓰러지듯 의자에 앉고
말았다. 지금 자신이 들은 말이 뭐지. 분노와 원망 서린 은숙
의 모습만이 생생하게 떠오를 뿐이었다.

그저 한 여자가 행복하게 웃는 모습을 볼 수 있길 바란 것

이 과분한 소망이었던 모양이다. 자책과 누구를 향한 것인지 모를 원망이 담긴 그의 눈빛이 빈 테이블에 향했다.

한동안 넋을 잃고 앉아 있던 성현은 충격이 가시지 않는 얼굴로 카페를 나왔다. 믿기 힘든 현실에 그의 걸음이 술집으로 향했다.

자신은 전혀 상관없고 모르는 일이었다고 안면몰수하고 매달려 볼 걸 그랬나. 어머니란 여자와는 완전히 인연을 정리했노라, 구질구질한 변명이라도 해 볼 걸 그랬나. 끝내 아무것도 하지 못한 자신의 무능함을 탓하며 성현은 술잔을 비워 냈다.

자신에게 향한 노기와 비난이 뇌리에서 쉬이 사라지지 않았다. 끔찍이 자식을 사랑하는 모성애 앞에서 그는 어떤 변명도, 항변도 할 수 없었다.

그저 한 여자를 사랑할 뿐이었다. 그 여자로 인해 공허하던 가슴이 꽉 찬 느낌을 받았다. 내일이 오늘만 같기를, 행복이란 욕심을 부리기도 했다.

너무 과분한 욕심을 부려 하늘이 노한 것일까.

"그렇지 않고서야 어떻게."

어떻게 이런 일이 있을 수 있을까. 사실을 확인하기 위해 정훈에게 전화를 건 성현은 믿기 힘든 사실을 전해 들었다. 당시 어머니가 사랑한 남자는 어린 자식이 둘이나 있는 유부남이었고, 부인이 무릎까지 꿇어 가며 빌던 모습이 지금도 생생하노라고. 엄동설한에 그 모습이 딱해 그만 일어나라고 정훈이 부축까지 했다고 했다.

어떻게 사람의 탈을 쓰고 다른 사람의 가슴에 못 박는 일을 서슴지 않을 수 있을까. 그런 사람이 자신을 낳아 준 어머니란 사실에 성현은 소름이 끼쳤다. 하긴 20여 년 만에 돈 때문에 아들 앞에 나타나는 사람이니 더한 짓도 할 사람이다.

잔이 넘치는 것도 모른 채 넋 놓고 술을 따르던 그의 손이 미세하게 떨렸다. 그녀의 힘든 유년 시절이 제 탓인 것만 같아 미치게 괴로웠다.

지잉지잉.

아까부터 계속 전화가 울렸다. 성현은 차마 받을 수 없었다. 지금 전화를 받아 버리면 제발 자신을 버리지 말아 달라고 구질구질하게 매달릴 것 같았다.

잠잠해진 휴대폰으로 향한 그의 시선이 무겁게 내려앉았다. 아무렇지 않게 지수의 얼굴을 볼 자신이 없었다.

"무슨 일 있나."

아까부터 계속 전화를 걸었지만, 그의 목소리는 들을 수 없었다. 갑자기 급한 일이 생겼다며 워크숍을 마치고 바로 가 버린 이후로 연락 한 통 없었다. 지수는 혹여 그에게 사고라도 난 건 아닐까 걱정부터 앞섰다.

〈무슨 일 있어요? 걱정되니까 메시지 보면 바로 전화해요.〉

메시지를 보내고서도 지수의 마음은 한동안 편치 못했다. 당장 그의 집으로 달려가고 싶었지만, 시간도 너무 늦었고 외출한 엄마가 곧 들어올 때가 되었다.

얼마 지나지 않아 현관문 열리는 소리가 들렸다. 방에 있던 지수가 거실로 나왔다.

"엄마, 이제 들어와?"

은숙의 손에서 가방을 가져간 지수가 애교 있는 목소리로 배웅했다. 축 처진 어깨며 안색이 좋지 않은 은숙의 얼굴이 뒤늦게 지수의 눈에 들어왔다.

"얼굴이 왜 그래? 무슨 일 있었어?"

"일은 무슨."

지수의 손에서 가방을 가져간 은숙이 구두를 벗고 안으로 들어왔다. 쓰러지듯 소파에 앉더니 땅이 꺼질 새라 한숨을 내쉬었다.

"엄마, 왜 그래? 응?"

걱정스러운 모습에 지수는 곁에 앉아 그녀의 팔을 잡아당겼다. 은숙은 아무 말 없이 그녀를 물끄러미 바라볼 뿐이었다.

"아빠 복은 없어도 남자 복은 있을 줄 알았는데……."

"그게 무슨 말이야?"

딱하게 지수를 보던 은숙이 힘겹게 소파에서 일어나 방으로 터벅터벅 걸어갔다.

"따라 들어오지 마. 피곤해."

지수는 굳게 닫힌 안방 문을 바라보며 한숨을 내쉬었다.

"무슨 일이지……."

그 흔한 종교 하나 없던 엄마가 점집에 갔을 리는 없고. 뜬금없는 말에 괜히 마음이 뒤숭숭해졌다. 여전히 잠잠한 휴대폰을 바라보며 지수는 이유 모를 불안감을 느꼈다.

향긋한 커피 향이 느껴지는 것과 동시에 지수가 찻잔을 책상 위에 내려놓는 모습이 성현의 시야로 들어왔다. 노크하는 소리도 듣지 못하고, 걸어오는 발소리를 듣지 못한 채 얼마나 멍청한 얼굴로 정신을 놓고 있었던 것일까.

"잘 마실게."

뒤늦게 인사하며 성현이 찻잔을 들었다. 잔뜩 삐쳐 입술이 삐죽 튀어나온 지수의 얼굴이 그의 시야에 들어왔다.

"손도 멀쩡하고, 다리도 멀쩡하네요."

이건 또 무슨 말이지? 찻잔을 내려놓은 성현의 퀭한 눈빛이 지수에게 향했다.

"근데 눈이 좀 퀭하고 얼굴도 까칠하니, 혹시 밤샜어요?"

허리를 숙인 지수의 예리한 질문에 성현이 먼저 시선을 피했다. 이젠 제법 익숙해진 샴푸 향에 그의 눈이 좁아졌다. 눈을 감고 있어도 이젠 향기만으로 곁에 누가 있는지 알 수 있었다. 익숙함이 이렇게 무섭다는 걸 다시금 깨달았다.

"귀신이네, 윤지수."

"밤새 뭐하느라 나한테 연락도 안 했는데요?"

팔짱을 낀 지수가 도끼눈으로 무섭게 성현을 다그쳤다. 그가 말없이 지수의 허리를 끌어당겨 가슴에 얼굴을 묻었다. 아무것도 선택할 수 없는 비겁함을 탓하면서도 이 순간 그녀의 웃는 얼굴을 볼 수 있어 안도하는 스스로가 역겨웠다.

"이런다고 내가 봐줄 줄 알아요?"

툴툴대면서도 성현의 머리를 감싼 지수의 손은 다정하기만 했다.

"오늘 데이트 신청한다면 또 모르죠. 내 마음이 아주 살짝 풀릴지도."

"미안. 오늘 할 일이 많아."

삐친 얼굴이 귀여워 성현은 저도 모르게 미소 짓고 말았다. 이런 상황에서 속없이 웃는 자신이 참으로 한심하게 느껴졌다.

"됐어요."

휙 돌아서는 지수의 팔을 가볍게 잡아끈 성현이 그대로 지수의 입술 위로 제 입술을 포갰다. 놀란 지수의 눈이 커다래졌지만 이내 늘 그렇듯 감칠맛 나는 짧은 입맞춤에 아쉬운 표정을 지었다.

"이걸로 좀 봐주면 안 될까?"

반질반질한 지수의 입술을 손끝으로 문지르며 성현이 다정한 목소리로 애원했다. 결국 지수의 마음이 스르륵 녹아내렸다.

"내일은 대신 시간 비워 놔요."

성현이 가볍게 고개를 끄덕이고 나서야 지수의 얼굴에 환한 미소가 그려졌다. 매일 보던 그 미소가 오늘따라 가슴에 사무쳤다.

과연 제 손으로 그녀를 놓을 수 있을까. 상처 받은 지수를 두고 냉정하게 돌아설 수 있을까. 분명 자신은 돌아섰다가 다시 되돌아와 지수를 꽉 끌어안고 말 것이다.

하지만 그녀를 비롯해 가족들에게 씻을 수 없는 상처를 안겨 준 사람의 핏줄이란 사실은 변하지 않는다. 모든 사실을 그녀가 알고도 과연 제 곁에서 행복할 수 있을까. 지금처럼 웃어 줄까?

이별.

단 한 번도 생각해 본 적 없는 단어였다. 그러나 이젠 고민해야 하는 선택 앞에서 성현은 눈을 질끈 감았다. 조금만 더 그녀의 남자로 곁에 있고 싶은 욕심을 부려 본다.

피곤한 얼굴로 눈두덩이를 문지르던 손이 서랍을 뒤져 담배를 찾는다. 쉽게 찾아 꺼내 입에 물었지만 성현은 불을 붙이지도 못하고 그대로 쓰레기통에 던져 버릴 수밖에 없었다. 하필 그 순간, 작은 화분이 눈에 들어온 것이다. 너구리 굴에서 숨 좀 쉬고 살라며 아주 너그러운 얼굴로 화분을 건네던 모습이 눈에 선했다.

"말라 죽게 할 순 없지."

볕이 잘 드는 곳으로 자리를 옮기고, 때에 맞춰 물을 준 덕분에 여전히 파릇파릇 생기가 넘쳤다. 지수와 닮았다. 사무실 공기를 정화해 주듯 제 마음을 어루만져 주는 걸 보면.

그나저나 친구들과 아직도 같이 있으려나. 술을 많이 마시게 되면 택시 타지 말고 전화하라고 당부했건만, 여전히 그녀에게선 연락 한 통 없었다.

똑똑.

노크 소리에 성현의 표정이 의아하게 변했다. 대답도 하기 전에 살짝 열린 문 틈 사이로 보이는 얼굴에 성현의 눈이 깊어졌다.

"방해됐어요?"

"안 그래도 네 생각 중이었어."

"우와, 감동이다."

가까이 다가온 지수가 책상에 걸터앉았다. 살짝 드러난 매끈한 허벅지가 시야를 자극했다. 이런 위험한 행동이 어떤 결과를 가져올지 뻔히 알면서 당돌하게 자극하는 그녀가 귀여우면서 예뻤다.

"감동은 내가 더. 안 그래도 보고 싶던 참이었는데."

"그 말도 감동."

푸시시 웃으며 반으로 접힌 지수의 눈동자가 오늘따라 유독 맑았다. 작은 것에 감동 받고 세상 다 가진 것 같은 표정으로 행복해하는 그녀는 자신을 상대로 작은 계산도 하지 않는다. 그녀 어머니의 말 한마디에 비겁하게 머리를 굴리는 자신과는 달랐다.

"커피 식겠다."

마주 보며 미소 짓던 지수가 성현의 팔을 끌고 소파에 앉혔다. 샌드위치와 따끈따끈한 커피를 봉투에서 꺼내곤 그의 손에 쥐여 주었다.

해야만 하는 결정 앞에서 하루에도 몇 번씩 흔들렸다. 오늘도 이별과 한 걸음 더 멀어졌다.

골목 어귀를 막 꺾었을 무렵이었다. 지수는 빌라 앞을 서성거리는 여인의 정체가 눈앞에 가까워져서야 엄마라는 걸 알았다. 성현을 집으로 초대했던 그날 이후 오랜만에 보는 두 사람이었다.

"왜 밖에 나와 계시지?"

혼잣말로 중얼거리며 고개를 돌리자 굳어 있는 성현의 얼굴이 보였다. 그는 차에서 내려 은숙에게 인사했다. 두 사람 사이에 묘한 기류가 흘렀다. 뭔가 말하려던 은숙은 조수석에서 내리는 지수를 보며 말을 삼켰다.

"엄마."

"이 계집애야, 이 늦은 시간까지 뭐하고 돌아다녀? 밤길 위험하다고 일찍 들어오랬지!"

다짜고짜 지수의 등을 때리며 은숙이 불같이 화를 냈다. 엄마의 괴팍한 모습이 살짝 부끄러워 지수는 눈을 흘겼다.

"그래서 성현 씨가 데려다줬잖아. 엄만 참 걱정도 많다."

"늦었는데 그만 가요."

반찬까지 손수 싸 주며 다음에 꼭 집으로 다시 초대하겠다고 한 지 얼마 되지도 않았건만, 싸늘한 은숙의 태도에 지수는 되레 민망했다. 사람을 앞에 두고서 대놓고 무시하는 법이 어디 있는가.

"조심히 가요. 이따 전화할게요."

미안한 얼굴로 부랴부랴 성현을 배웅한 지수는 은숙을 따라 집으로 들어갔다.

"엄마, 나랑 얘기 좀 해."

"피곤해. 다음에 해."

딸마저 무시하기로 작정했는지 은숙은 지수에게 시선조차 주지 않고 방으로 들어가 버렸다. 따라 들어가려는 그녀를 지혁이 막아섰다.

"무슨 일인지 몰라도 다음에 해. 오늘만 해도 두통약 한 통을 다 비우셨더라. 계속 머리가 아프시대. 그러니까 오늘은 쉬게 해 드리자."

아프게 입술을 깨문 지수는 어쩔 수 없이 방문 손잡이에서 손을 뗐다. 딸로서 엄마에 대해 잘 안다고 생각했지만, 오늘 같은 행동은 지수조차 이해하기 힘들었다. 그를 마음에 안 들어할 만한 이유가 있는 것만 같았다. 불안하고 걱정스러운 밤이었다.

고개를 들어 2층 창문을 바라보는 그의 표정이 어두웠다. 또다시 자신으로 인해 어머니와 다투는 건 아닌지, 성현은 걱정이 되어서 그냥 갈 수가 없었다. 자신을 탐탁지 않아 할 이유는 충분하기에 은숙에게 서운한 마음조차 갖지 못했다. 동시에 그 사실을 지수까지 알아 버리면 어떻게 될지 눈앞에 선해 하루하루가 살얼음판을 걷는 아슬아슬한 기분이었다.

싸늘하게 식은 은숙의 눈빛이 무엇을 말하고 있는지 성현은 가늠할 수 있었다. 왜 아직까지 지수의 곁에 있느냐고 묻는 듯했다.

비겁한 변명이라도 해 볼 걸 후회가 밀려들었다. 주먹을 꼭 쥔 손이 하얗게 도드라졌다. 한 걸음 멀어졌다고 생각한 이별이 한순간 눈앞에 닥쳐왔다. 결국 이리될 운명이었는데 뭘 기대한 것일까. 공허함만이 가슴을 그득 채웠다. 애먼 휴대폰만 만지작거리며 고민하던 그때 메시지 알림 음이 울렸다.

〈미안하단 말밖에 할 수 없어서 미안해요.〉

내려앉은 시선이 오랫동안 머물렀다. 그 역시 지수에게 미
안한 것이 참 많았다. 부모의 사랑을 독차지해도 모자랐던
유년 시절을 기억에서 지워 버리고 싶을 정도로 지옥으로 만
든 사람이 제 어머니라서 괴로웠다.

11. 여름의 시작

마음과 달리 날이 참 화창하다고 생각하며 집에서 나왔을 때였다. 생각지도 못한 성현이 그녀를 기다리고 있었다. 반색했던 얼굴이 지난밤 일에 굳어졌다. 거듭되는 엄마의 무례함에 그의 얼굴을 제대로 볼 낯이 없었다.

"내가 별로 반갑지 않은 모양이네."

"아뇨. 그게 아니라……."

차마 똑바로 얼굴을 볼 수가 없어 지수는 시선을 다른 곳으로 돌렸다. 파릇파릇한 꽃봉오리가 피어 있는 나무로 시선이 내려앉자 청계산에서 봤던 진달래꽃이 떠올랐다. 지금 이 순간 왜 그게 생각나는 걸까.

"타."

다정하게 조수석 문을 열어 주는 그를 흘깃 바라보던 지수가 몸을 실었다. 운전석으로 돌아온 그가 벨트를 매고 시동을 켰다. 마음이 많이 상했을 텐데, 평소처럼 자신을 대하는 모습에 지수의 가슴이 저릿해졌다. 두 번 다시 자신을 보지 않겠다고 할까 봐 밤새 걱정했던 지수는 안심하며 가방 끈을 그러쥐었다. 이런 순간에도 그가 마음 상한 것보다 다시 성현을 볼 수 있어 안도하는 자신에게 실망스러움을 느꼈다.

번잡한 국도를 내달리던 차가 고속 도로로 진입했다. 낯선 주행 길에 당황스러운 그녀의 시선이 그에게로 향했다.

"회사는 이쪽 방향이 아닌데……."

"파주에 있는 유통사 담당자와 미팅 잡혔어."

대답하는 목소리가 아주 평온했다.

"아, 저는……."

"직무 유기는 이럴 때 쓰라고 있는 거 아니었어?"

농담 섞인 말에 결국 지수가 웃고 말았다. 내내 굳어져 있던 얼굴이 한마디에 사르륵 녹아 버리다니.

"공범은 사양할게요. 아직 미래가 밝은 파릇파릇한 신입 사원이거든요. 누구와 달리."

"미래 밝은 파릇파릇한 신입 사원, 누구 덕에 됐는데?"

할 말을 잃은 표정으로 입술을 비쭉 내민 지수의 볼을 그가 가볍게 잡아당겼다. 업무 시간에 이래도 되나 싶으면서도 일탈이란 걸 한 번도 해 본 적 없어 뭔가 설레었다.

"서 과장님한테는 미리 말했으니까 회사 일은 걱정할 거 없어."

"나한테 이렇게 든든한 백이 생길 줄은 꿈에도 몰랐네요."

무릎 위에 있는 지수의 손등 위로 그의 손에 겹쳐졌다. 여자인 자신보다 길고 곧게 뻗은 예쁜 손이었다. 지수는 손을 뒤집어 손깍지를 꼈다. 그가 힘을 싣자 손가락 사이사이가 꽉 맞물렸다. 차가 목적지에 도착할 때까지 맞물린 손은 떨어질 기미를 보이지 않았다.

신제품 마케팅 건에 대한 미팅은 순조롭게 끝났다. 담당자와 인사를 나누고, 밖으로 나온 성현은 돌담길을 따라 심어진 꽃을 감상 중인 지수를 바라봤다. 바람결에 흩날린 머리를 귀 뒤로 넘기곤 자신이 곁에 온 것도 모른 채 꽃을 보고 있었다. 청계산에서도 이렇게 예쁜 표정이었다.

"여기서 뭐하고 있어?"

"이제 막 꽃봉오리 피기 시작한 게 너무 예뻐서요. 미팅은 잘 끝났어요?"

몸을 돌려 성현에게 향한 지수의 얼굴에 말간 햇살이 골고루 뿌려졌다. 안 그래도 뽀얀 얼굴이 투명하게 빛났다.

"응. 잠깐 주변 좀 둘러보자. 여기 가 볼 곳이 꽤 많아."

출판 단지부터 시작해 각종 명소가 자리 잡은 곳이라 바람 쐬며 머리 식히기 적당하다고 생각했다.

"네. 어디든 가요."

수줍은 얼굴로 지수가 손을 내밀었다. 그 작은 손을 성현은 기꺼이 맞잡았다. 그녀에게 사실을 말해 줄까. 그 말을 전해들은 그녀는 어떤 표정을 지을까. 자신을 어떤 눈으로 바라볼까. 덜컥, 겁이 났다.

"왜요?"

빤히 저에게 향한 그의 시선에 지수가 물어 왔다. 갈등 끝에 성현이 고개를 내저었다.

"아니야. 아무것도."

당분간은 아무것도 아닌 일로 치부하고 싶었다. 아직 그녀를 보낼 용기도, 그녀의 어머니와 같은 표정으로 자신을 바라볼 그녀를 감당할 자신이 없었다. 무엇보다 지수가 조금만 더 지금처럼 자신을 사랑해 주었으면 했다.

따뜻한 커피 두 잔을 가지고 성현이 테이블로 돌아왔다. 자리에 앉아 있으라고 했더니 강아지마냥 여기저기 탐색 중인 모양이었다. 출판 단지는 처음이라며 어린아이처럼 실내 구경에 여념 없는 지수를 찾으러 나섰다. 천장까지 높게 치솟아 있는 책장 사이사이를 옮겨 다니며 구경 중인 지수를 바라보는 그의 입술이 길게 늘어났다.

"온 김에 마음의 양식 좀 쌓아 봐야겠어요."

눈에 보이는 책 두 권을 집어 품에 안은 지수가 그를 향해 씨익 웃었다.

"따라와요. 여기 아주 전망 좋은 곳이 있더라고요."

몇 번 온 사람처럼 자연스럽게 테이블을 지나치던 지수가 커다란 창을 열어젖혔다. 그런 지수를 따라나선 성현은 탁 트이는 공간에 절로 속이 뻥 뚫리는 기분이었다.

"진짜 끝내주죠?"

자랑스러운 듯 어깨를 으쓱거리며 야외 테라스에 배치된 테이블로 지수가 걸음을 옮겼다. 푸른 숲이 어우러진 배경에 그늘진 공간까지 더해지니, 여기가 바로 천국이 아닐까 싶을 만큼 환상적이었다. 성현은 일회용 컵 두 잔을 테이블 위에 내려놓았다.

"여름에 오면 더 좋을 것 같아요. 그늘져 있고, 시원하고, 마음의 양식까지 쌓고."

말없이 미소 짓는 성현을 바라보며 지수가 덧붙였다.

"그땐 직무 유기 말고 주말에 와서 느긋하게 있어요."

여름까지 몇 달이 더 남아서 그럴까. 그녀가 말하는 그날이 참 멀게만 느껴졌다. 약속을 지킬 수 있을지도 확실치 않았다.

"주말이면 굳이 여름까지 기다리지 않아도 되는데."

"여름 바람 맞고 싶어서요. 오늘은 봄바람 맞았으니까."

여름 바람이라. 불확실한 현재에서 미래까지 욕심내도 괜찮은 걸까.

"그래. 또 오자."

불확실한 약속을 하는 성현의 마음이 불편하기만 했다. 가지고 있던 책 두 권 중 하나를 그에게 건넨 지수가 책을 펼쳤다.

"지수야."

성현은 자신을 빤히 쳐다보는 그녀를 눈에 담듯 오랫동안 바라봤다. 제 어머니를 대신해 과오를 사죄해야 마땅하지만, 아직 그는 그럴 용기가 부족했다.

"성현 씨."

"어머니께서 나한테 그럴 만한 이유는 충분하셔."

이유뿐만 아니라 자격, 근거, 원인까지 합당했다. 자신을 반대하는 분명한 이유가 너무나 합당해서 감히 변명조차 할 수 없게 만들 정도였다.

"어머니 가슴 아프게 하지 마."

"왜 그런 말을……."

"하나뿐인 어머니잖아."

지수가 그래도 많이 웃었던 이유 중 하나, 어머니였다. 그녀에겐 그 누구와 바꿀 수 없는 소중한 사람.

"지금 이런 말하는 거 이상하다는 거 아는데, 하고 싶어."

불안한 시선으로 자신을 바라보는 지수의 뺨을 감싸 쥐곤 성현이 낮게 속삭였다. 가슴 꽉 찬 이 느낌이 이젠 무엇인지 잘 안다.

"사랑한다."

지금 이 순간은, 그저 그녀의 남자이고만 싶었다.

오후에 사무실로 복귀하여 업무를 보다 보니 어느덧 퇴근 시간이 되었다. 불금인 만큼 다들 칼퇴하는 분위기였다. 딱 한 사람을 제외하고.

하던 업무를 마무리하고 퇴근 준비하던 지수는 한숨을 푹 내쉬었다. 엄마와의 냉전이 꽤 길어지고 있는 참이었다. 일찍 퇴근해 엄마와 이야기를 해 볼까, 고민하던 지수는 휴대폰 메시지 알림 음에 상념을 깼다. 다름 아닌 효영의 메시지였다.

외근 나왔다 퇴근하는 길인데 약속 없으면 술 한잔하자는 내용이었다. 얼굴 본 게 며칠 전이지만, 갑작스러운 만남이 싫지 않았다. 엄마를 떠올리며 잠깐 고민했지만, 이내 효영에게로 마음이 기울어졌다.

답답한 속내를 털어놓으면 속이 조금 시원해지지 않을까 싶었다. 금방 퇴근 준비하고 내려가겠다는 답신을 보낸 후, 지수가 가방을 들고 일어났다. 여전히 업무 중인 그의 모습이 창문 사이로 보였다.

똑똑.

그녀의 방문에 그제야 한숨 돌리는 성현에게 다가가 걱정스레 물었다.

"오늘도 야근이에요?"

"아니. 일찍 퇴근할 거야. 조금만 기다려 줄래? 같이 저녁 먹자."

그의 제안이 아쉬웠지만 방금 전 효영과 선약이 잡힌 상태였다.

"미안해요. 오늘은 안 되겠어요."

"왜?"

"친구가 회사 앞에 왔다고 해서 술 한잔하기로 했어요."

지수의 대답에 성현이 아쉬울 얼굴로 변했다.

"내가 한 발 늦은 거야?"

"데이트는 내일해요. 영화도 보고, 맛있는 것도 먹고, 커피도 한잔해요."

"그래, 알았어."

유독 오늘따라 피곤해 보이는 그의 얼굴에 지수가 재차 당부했다.

"일찍 들어가서 쉬어요. 알았죠?"

"응. 그럴게."

순순히 대답하는 모습을 좋아해야 마땅한데 지수는 이상한 기분이 들었다.

"오늘 성현 씨 이상해요."

"뭐가?"

"그냥 기분이 이상해."

그저 기우일까. 뭔가 체념한 듯한 모습에 지수는 이유 모를 불안감을 느꼈다.

"친구 기다리겠다. 어서 가 봐야지."

"아, 내 정신 좀 봐. 이따 전화할게요."

전화벨이 울리는 휴대폰을 내려다보던 지수가 성현을 향해 손을 흔들었다.

"응. 지금 내려가. 1분, 아니 2분만 기다려 주라."

급한 성격답게 왜 아직도 사무실이냐며 다그치는 효영을 달래며 지수가 엘리베이터에 몸을 실었다. 하지만 이내 머릿속에는 내일 있을 데이트 생각만 가득했다.

회사 일로 힘들어하는 효영을 위로하고 집으로 돌아오자 시간은 지정에 가까워진 후였다. 거실 소파에 불도 켜지 않은 채 누군가 앉아 있는 것을 보고 깜짝 놀랐다.

"엄마?"

소파에서 일어난 낯익은 인영에 지수가 가슴을 쓸어내렸다. 뒤늦게 거실 불을 켠 지수의 입에서 마음과 달리 퉁명스러운 목소리가 튀어나왔다.

"불도 안 켜고 뭐해?"

말없이 자신에게 응시한 은숙에게 가까이 다가간 지수가 코를 쥐어 쌌다.

"술 마셨어?"

코를 찌르는 냄새가 한두 잔 마신 것 같지 않았다. 그간

316

냉전으로 인해 마음이 많이 상했던 걸까.

"지수야, 너 그놈이랑 당장 헤어져."

턱까지 바르르 떨며 내뱉는 단호한 말에 지수의 얼굴이 굳어졌다. 며칠 만에 겨우 한다는 소리가 그와 헤어지라는 말이라니. 지수는 황당해서 말문이 막혔다.

"엄마."

"엄마 말 들어."

지수는 은숙의 고집이 납득되지 않았다. 손수 반찬까지 싸줄 때는 언제고 찬바람이 쌩쌩 분 것도 모자라 이젠 헤어지라니. 이유 없이 막무가내로 고집부리는 엄마가 아니라는 걸 딸인 자신이 누구보다 잘 알기에 은숙의 이런 행동은 지수를 혼란스럽게 만들었다.

"그 사람이 뭘 잘못했다고 그래? 부모 없는 게 성현 씨 잘못은 아니잖아. 그런데 왜 그렇게 사람을 구석으로 내몰아. 왜 자꾸 불편하게 만들어? 왜?"

참다못한 지수가 속에 쌓아 둔 말을 속사포처럼 터트렸다. 성현이 어머니 일로 힘들어하던 게 얼마 지나지 않았다. 그런 그에게 부모 없는 게 최대 약점이라도 되는 양 헤어지라니. 가뜩이나 마음 상할 자신을 외려 배려해 은숙을 두둔하던 그였다. 지수는 그런 성현에게 너무 모질고 가혹하기만 한 엄마의 태도에 섭섭해서 눈가가 시큰거렸다.

"지수야!"

"엄마 딸이 그 남자가 좋다잖아. 그럼 못 이기는 척 받아 주면 안 되는 거야? 그 사람이 뭘 그렇게 잘못했고, 뭐가 그렇게 부족한데? 응?"

"그래도 이건 아니야! 어떻게 그놈이랑 네가……. 내 눈에 흙이 들어가도 절대 허락 못 해. 절대!"

악을 쓰고 울분을 토하는 은숙의 두 눈에 핏발이 섰다. 온 몸으로 그를 거부하는 은숙의 모습에 지수는 허망한 표정으로 변했다.

"엄마……."

"어떻게 허락을 해, 어떻게! 지금도 이렇게 피가 거꾸로 솟는데. 그 여자 아들이랑 네가 어떻게 좋아 죽어? 씹어 먹어도 분이 풀리지가 않는데! 지금도 그때 아무것도 하지 못 한 게 억울하고 분해서 잠을 못 자는데!"

은숙이 '그 여자'라고 칭하는 사람은 단 한 명뿐이었다. 붉어진 지수의 눈에서 굵은 눈물이 뺨을 타고 흘러내렸다. 설마…… 아닐 거다. 그럴 리가 없다. 현실을 부정하는 지수의 눈동자가 파도처럼 흔들렸다. 그런 지수의 마음에 은숙이 또다시 쐐기를 박았다.

"그놈만 생각하면 속에서 천불이 나고 자다가도 벌떡 일어나! 피는 못 속인다고 제 엄마랑 똑같이 생긴 그놈을 왜 진작 못 알아봤는지 화가 나 죽겠어! 그 여자 아들인 것도 모르고 집에 초대한 것도 모자라 반찬까지 싸 준 내가 미친년이

지! 누구 목구멍으로 들어가는 줄도 모르고!"

후들거리는 다리를 간신히 붙잡은 지수는 충격 받은 표정으로 은숙을 내려다보았다.

"그 사람도…… 알아?"

흐느끼듯 묻는 지수의 목소리가 가느다랗게 떨렸다. 대답 대신 은숙이 고개를 끄덕였다.

"엄마가 말했어? 방금 나한테 했던 것처럼?"

이번에도 은숙이 고개를 끄덕였다. 꼭 감은 그녀의 두 눈에서 눈물이 흘렀다.

"어떻게 그래, 사람이……."

결국 지수는 무너져 내리고 말았다. 그는 도대체 어떤 마음으로 끝까지 모질었던 엄마를 두둔하고, 자신을 위로해 주었던 걸까. 모든 걸 체념하고 겸허히 받아들이겠다는 그 표정이 지수의 눈에서 잊혀지지가 않았다. 독하게 퍼붓는 엄마 앞에서 그저 죄인처럼 고개만 숙이고 있었을 성현을 떠올리자 지수의 가슴이 한없이 미어졌다.

방금 전 들은 목소리가 또 그리워졌다. 친구와 헤어지고 집으로 가는 택시 안에서 조잘조잘 떠들 지수의 목소리를 떠올리자 성현의 입가가 길어졌다. 언제부턴가 혼자서 웃는 일이 많아졌다. 유일한 낙이었던 것마저 얼마 남지 않은 것 같아 씁쓸했다. 맥주 한 캔 마시고 자야겠다고 생각하며 성현이 소파에서 몸을 일으켰다.

딩동딩동.

연달아 울리는 초인종 소리에 성현이 인터폰으로 걸음을 옮겼다. 내일 보자며 통화한 게 얼마 안 됐는데 어쩐 일인 건지. 집으로 가는 택시 안이 아니었나? 어떤 이유든 간에 얼굴을 볼 수 있어 좋기만 했다. 하지만 반가운 얼굴로 현관문을 열자마자 성현의 얼굴이 굳어졌다.

바들바들 떠는 작은 몸. 눈동자에 가득 차오른 눈물. 달싹거리는 잔뜩 마른 입술. 성현의 시선이 지수를 차례로 훑었다.

"지수야."

그녀를 부르는 목소리가 불안함에 떨렸다. 그의 부름에 눈에 고여 있던 눈물이 뺨을 타고 흘러내린다.

"어떻게, 어떻게……."

믿을 수 없다는 표정으로 같은 말만 되풀이하는 지수의 모습이 불안이 현실임을 알려 주었다. 결국 사실을 알아 버렸다. 끝까지 모르길 바랐던 추악한 이기심을 비웃듯, 현실은 지독히도 냉혹했다.

손을 뻗어야 할까. 하지만 내쳐질까 봐 두려웠다. 다른 사람은 몰라도 그녀에게 내쳐지면 제 세상이 전부 끝날 것 같았다. 손톱이 살갗을 파고드는 것도 모른 채 성현은 주먹을 굳게 쥐었다. 자신에게 향한 지수의 아픈 눈동자가 그의 가슴을 수없이 난도질했다.

"나랑 헤어질 생각이었어요?"

"……."

"나는, 나는 성현 씨랑 절대 못 헤어져요. 어떻게 헤어져, 내가……."

고개를 저으며 울먹거리는 지수의 눈에서 쉴 새 없이 눈물이 쏟아졌다. 뺨을 가르고 턱 끝 아래로 떨어진 눈물이 그의 가슴으로 내렸다.

손을 뻗어 현관 안으로 지수를 끌어당긴 그가 뺨을 쓸어내렸다. 이 순간조차 안도가 되는 걸 보면 끝까지 자신 밖에 모르는 이기적인 놈인 모양이었다.

지체 없이 지수의 입술을 내리눌렀다. 눈물과 타액이 한데 섞여 그의 입안으로 넘어왔다. 불안했던 만큼, 그리웠던 만큼, 사랑하는 만큼 강렬하게 입술을 점령했다. 입천장까지 구석구석 그녀의 입술을 뜨겁게 달구며 불안하고 암담했던 마음을 잠재웠다. 팔을 뻗어 자신에게 매달리는 그녀를 기꺼이 꽉 안아 주었고, 내리누르는 입술은 어느 때보다 간절했다.

✻　　　✻　　　✻

날이 밝았다. 하지만 암막 커튼으로 인해 시간을 가늠할 수 없었다. 밤새 내린 비가 지수의 마음까지 들어차 뜬눈으로 밤을 새웠다.

사방에 어지럽게 흩어진 옷가지들 가운데 지수는 그의 품에 꼭 안겨 있었다. 성현의 가슴에 얼굴을 묻은 채 익숙한 체향을 맡고 나서야 지수는 안도했다. 여전히 그가 제 곁에 있다는 것을.

밤새 휴대폰은 잠잠했다. 그와 헤어지라고 악다구니를 쓰는 엄마를 내버려 둔 채 지수는 정신없이 택시를 잡아타고 그에게로 왔다. 엄마 역시 그 사실을 알고 많이 충격 받았을 거란 걸 알았지만, 지수에게 그런 엄마를 보듬어 줄 정신 같은 건 없었다.

은숙에겐 지혁이 있지만 그의 곁엔 아무도 없었다. 엄마의 폭언과 모진 소리를 묵묵히 듣고만 있었을 그를, 심란함과 불안함을 혼자 감당해야만 했던 그의 곁에 자신이 아니면 누가 곁에 있어 준단 말인가.

그래서 뒤도 돌아보지 않고 달려왔지만, 아무것도 변한 것은 없었다. 성현이 불륜 가해자의 아들이라는 것도, 자신과 엄마가 그 피해자라는 것도. 어머니를 대신한 그의 죄책감도, 지옥에서 살았던 기억들이 지워지는 것도 아니었다. 지금도 여전히 잠을 못 이루는 엄마에게 마냥 제 사랑을 허락해 달라고 떼쓸 정도로 지수는 어리지 않았다.

그렇다고 헤어지기엔 성현을 향한 마음이 너무 컸다. 게 다가 헤어지더라도 오랫동안 그를 잊지 못한다는 걸 알았다. 이런 우리가 계속 사랑해도 되는 걸까. 서로가 서로에게 상처이고 아픔인데, 예전처럼 사랑할 수 있을까.

"성현 씨."

꽉 막힌 목소리가 흘러나왔다. 지수는 자신의 허리를 끌어 안은 팔에 힘이 실리자 눈물이 핑 돌았다. 아무 말하지 말라는 듯, 네 마음 다 안다는 듯, 따뜻하게 지수의 가슴을 어루만졌다.

"우리 오늘 뭐하기로 했더라. 영화도 보고, 맛있는 것도 먹고. 아, 커피도 마시기로 했지."

자신만큼이나 꽉 막힌 목소리에 지수의 가슴이 먹먹해졌다. 얼마나 많은 고민 끝에 꺼낸 말인지 떨리는 목소리로 인해 알 수 있었다.

"어제 네가 하고 싶다는 거 하자."

그렇게 아무 일 없었다는 듯 하루를 보내 볼까. 그러면 되는 걸까. 없던 일이 될 수 없겠지만, 아무렇지 않은 척 하루를 보내도 괜찮은 걸까.

그저 일상적인 하루가 어느 때보다 절실하게 느껴졌다. 지수는 그의 품을 파고들며 눈을 감았다. 눈을 떴을 땐, 이 모든 게 꿈이길 바라며.

날은 화창했다. 겨울이 지나고 완연한 봄이 왔지만 지수의 표정은 어둡기만 했다. 봄이 다 가기 전에 그와 자신의 관계가 지금과 같을 수 있을까. 함께 여름을 맞이할 수 있을까. 문득 그와 함께 파주에 갔던 일이 떠올랐다. 아무 생각 없이 여름에 또 오자는 지수의 말에 왜 한참이나 뜸 들였는지 그제야 이유를 알게 되었다. 역시 함께 여름을 맞이하긴 어렵다고 생각한 걸까.

"봄이 너무 짧다."

어째서 붙잡을 새도 없이, 눈 깜짝할 사이 지나가 버린 걸까. 한숨 쉬며 고개를 들자 티켓을 끊어 돌아오는 그의 모습이 보였다.

아무렇지 않게 외출 준비를 하고 오피스텔에서 나와 곧장 영화관으로 왔다. 하지만 두 사람 사이에 흐르는 분위기는 더없이 삭막했다.

그는 어제 일에 대해선 일부러 언급하지 않는 것처럼 보였다. 지수 역시 오늘만큼은 계획대로 하루를 보내고 싶었기에 아무 말도 하지 않았다.

"가자."

지수는 자신에게 향한 손을 멀거니 바라보다 뒤늦게 잡았다. 온기가 느껴지는 따스한 손이었다.

"요즘 흥행하는 영화라더니 사람이 많네."

"그러게요. 재미있겠다."

어색한 미소를 그리며 지수는 애써 괜찮은 척 대답했다.

광고 중인 영화관 안으로 들어간 두 사람은 자리에 착석했다. 정면을 향한 지수의 눈빛이 복잡하게 변했다. 성현은 무릎 위로 올려 둔 그녀의 손을 맞잡았다.

지수는 말없이 시선을 내려 손을 바라보다 고개를 돌려 그를 바라봤다. 마냥 행복한 표정으로 그를 바라볼 수 없는 현실이 가슴을 아프게 만들었다.

영화는 지루하지 않게 이어졌던 것 같았다. 유명 배우가 출현하면서 화제를 모았던 영화답게 관람한 사람들의 호평이 이어졌지만, 지수는 내용이 잘 기억나지 않았다. 영화에 집중하지 못했던 걸까.

늦은 점심을 먹으러 식당에 도착해 두 사람은 아무 말도 하지 않고 서로를 바라봤다. 피한다고 해결될 일도 아니고 부딪힌다고 달라질 일이 아니란 건 알고 있었지만, 어디서부터 말을 꺼내야 할지 암담했다. 말없이 수저로 밥을 퍼 입으로 가져가는 기계적인 행동이 이어졌다. 그러던 중 지수의 밥 위에 반찬이 얹어졌다.

"밥만 먹고 있잖아. 반찬도 먹어야지."

아, 내가 그랬나. 뒤늦게 지수가 어색한 표정을 지어 보이며 수저를 내려놓았다. 밥으로 가득한 입안을 냉수로 헹구곤 억지로 삼켰다.

평소처럼 하루를 보내고 싶었던 지수는 그마저도 제 뜻대로 되지 않아 서러워졌다. 엄마를 그대로 두고 나온 게 마음에 걸렸고, 전화 한 통 없는 게 신경 쓰였다. 동시에 죄인처럼 제 앞에 앉아 있는 이 남자가 무척 가여웠다. 다른 보통의 날처럼 하루를 보낼 수 없다는 걸 깨닫자 눈가에 뜨거운 눈물이 차올랐다.

또다시 그녀를 울리고 말았다. 역시 자신은 우는 그녀 앞에서 여전히 약자였다. 지수를 끌어안고 달래는 성현의 눈자위가 저절로 붉어졌다. 근심과 걱정은 내일로 미루고자 했던 자신이 얼마나 어리석었는지 깨달았다.

"미안해요."

품에 안겨 한참 동안 울던 지수가 고개를 들었다. 목소리가 콱 막힌 주제에 퉁퉁 부은 눈으로 이제 괜찮다며 바보처럼 웃어 보였다.

"네가 미안할 일 아니야."

눈자위를 문지르는 손끝에 촉촉한 눈물이 묻어났다. 앞으로 우리 둘이 함께하면 그녀가 웃는 날보다 우는 날이 지금처럼 더 많을까. 지수를 바라보는 그의 표정이 처연하게 변했다.

"진작 말했어야 했는데 말하지 못해서 미안해. 몇 번이고 말하려고 했는데, 겁이 났어. 다른 사람도 아닌 내가, 널 지옥에서 살게 한 여자의 자식이라니."

자신이 미치긴 했나 보다. 이런 상황에서 웃음이 나오는 걸 보면. 여전히 그 사실이 믿기지 않고, 믿을 수가 없어 허탈한 미소가 나왔다.

조금만 더 시간을 끌고 싶었다. 그저 행복한 얼굴로 자신을 바라보는 그녀를 조금만 더 지켜보고 싶었다. 하지만 결국 부질없는 짓이었다.

"성현 씨."

"얼마 전 어머니와 연락이 닿아 잠깐 만난 걸 우연찮게 보신 모양이야."

원망과 분노, 경멸 어린 복잡한 감정이 깃든 은숙의 눈동자가 다시금 떠올랐다. 그녀 역시 그와 같은 시선으로 자신을 바라볼까 봐 성현은 두려웠다.

"내 잘못이 아니라고 말하고 싶겠지. 내 어머니가 오래전 저지른 과오라고, 그러니 죄책감 가질 필요 없다고, 날 위로하고 싶겠지. 그러겠지, 너는."

그가 아는 지수는 그런 사람이라는 걸 왜 몰랐을까. 무작정 자신에게 달려와 아무 말 없이, 아무것도 묻지 않고 자신을 안아 주면서 그녀는 끝까지 제 편에 설 사람이었다. 하지만 그러면 안 됐다.

"그런데 그러지 마, 지수야."

그 한마디를 내뱉는 성현의 목이 쓰리고 아팠다. 지옥 같다던 유년 시절을 전해 듣지 않았으면 몰랐을까, 여인을 향해 분노로 몸부림치는 은숙을 보지 않았으면 몰랐을까. 전부 아는데도 불구하고 이런 자신을 이해해 달라는 뻔뻔한 말이 차마 나오지 않았다. 다시금 지수의 눈에 눈물이 차올랐다.

"성현 씨도 몰랐던 일이잖아요."

"그렇다고 없었던 일이 되는 건 아니잖아. 그리고 이젠 너도 알게 됐고."

담담한 목소리로 말하며 성현이 처연하게 미소 지었다.

"날 보면서 아프지 않을 자신 있어? 반대하는 어머니 마음 돌릴 자신 있어? 나는…… 널 보면서 미안해하지 않을 자신이 없어."

우린 언제부터 서로가 서로에게 미안한 존재가 되었을까. 눈물을 참는 성현의 눈시울이 금세 붉어졌다. 다 견딜 수 있다고, 시간이 해결해 줄 거라고 말해야 하는데 목소리가 나오지 않아 지수는 입술을 깨물었다.

"나와 상관없는 일이다, 내가 저지른 잘못 아니다. 그렇게 합리화하고, 외면하고 싶다가도 그게 안 돼. 그럴 수가 없어."

절망 어린 그의 눈빛이 지수의 가슴을 아프게 난도질했다. 그가 느끼는 자괴감과 실망감이 섞인 복잡한 감정을 자신이 어떻게 해 줄 수 없어 괴로웠다.

"지수야, 어머니 곁에 있어."

엄마는 힘든 상황 속에서 그녀가 유일하게 웃을 수 있었던 이유였다.

"내가 갈게. 언제가 될지 모르겠지만, 내가 너에게 미안해하지 않게 되고, 네가 날 보면서 더 이상 괴롭지 않을 때, 그 때 너에게 갈게."

참았던 눈물이 기어이 지수의 뺨을 타고 흘러내렸다. 입술 안을 꽉 깨문 채 성현은 가까스로 눈물을 참아 냈다. 하지만 이별을 미루고 미루면서 잠시나마 헛된 기대를 품었던 그의 가슴에는 뜨거운 눈물이 내렸다.

당장이라도 방금 내뱉은 말을 취소한 뒤에 지수를 품에 안 고 맘껏 키스하고 싶은 마음을 짓누르며 성현은 입술 안쪽을 더 세게 사리물었다.

지수가 집에 들어오자마자 기다렸다는 듯 은숙이 방에서 나왔다. 몰골이 말이 아닌 딸을 보는 은숙의 마음이 한없이 미어졌다.

"엄마……."

가느다랗게 떨리는 음성으로 은숙을 불러놓고 목이 메어 지수는 입술을 깨물었다. 또다시 그득히 차오르는 눈물이 주 체 없이 뺨을 타고 흘러내렸다. 은숙은 지수에게 아무것도 묻지 않고 그저 가는 어깨를 감싸 안고 토닥여 주었다.

"나 어떡해……."

그를 잊을 자신도, 더 이상 사랑하지 않을 자신도 없었다. 성현이 없는 하루하루를 생각하면 벌써부터 눈앞이 암담하 고 고통스러웠다.

"괜찮아. 괜찮아, 지수야."

"엄마."

지수의 등을 어루만져 주며 달래는 은숙의 눈가에 눈물이 차올랐다. 딸에게 처음 생긴 남자 친구였다. 매일 행복에 겨워하는 모습에 은숙 역시 덩달아 행복했다. 그런데 왜 하필 그 여자의 아들이란 말인가. 하늘도 무심하시지 어떻게…….

"흐읍."

언젠가 서로가 서로에게 미안해하지 않고 괴롭지 않은 날이 과연 올까. 이 짧은 봄이, 괴로움과 함께 눈 깜짝할 새 지나가 버릴까.

"그래, 울어. 실컷 울고 털어 버려."

따뜻한 손길로 등을 쓰다듬어 주는 은숙의 손길에 지수는 결국 더 크게 울어 버렸다. 되돌릴 수 없는 현실이 뾰족한 칼날이 되어 지수의 가슴을 아프게 찔러 댔다.

❉ ❉ ❉

힘겨웠던 주말이 지나가고 월요일이 되었다. 시간에 맞춰 일어나 출근 준비를 하고 만원 버스로 출근길에 오르며 평소와 다름없는 하루를 맞이하는 지수의 안색이 좋지 못했다. 상념을 깨트리기 위해 그녀는 이어폰을 귀에 꽂았다. 음악이라도 들으면 그나마 생각이 덜 날까 싶어서였으나 의미 없는 행동이었음을 얼마 지나지 않아 깨달았다.

엘리베이터 문이 열림과 동시에 눈앞에 보이는 남자로 인
해 시끄럽게 들리던 노랫소리가 점차 귀에서 멀어지는 것을
느꼈다. 다른 사람들이 탑승하고 문이 닫히려던 찰나, 성현
이 열림 버튼을 눌렀다.

"윤지수 씨, 안 탑니까?"

늘 좋다고 느꼈던 저음이 오늘따라 무척 서늘하게 들렸다.
표정을 고치며 지수가 엘리베이터에 탑승했다. 늘 평소와 다
름없는 반듯한 차림의 흐트러짐 없는 모습이 눈에 가득 들어
왔다. 지수는 핏줄이 도드라지도록 가방끈을 그러쥐었다.

중간에 제법 많은 사람들이 내리자 엘리베이터 안엔 두 사
람 뿐이었다. 애써 침착하고 이성적으로 생각하려고 해도 그
의 얼굴을 보자 와르르 무너질 것 같았다.

"안색이 안 좋아."

불현듯 날아온 목소리였다. 천천히 고개를 옆으로 돌리자
여전히 정면을 응시한 그의 옆얼굴이 보였다. 자신을 보지
않으려고 애쓰는 모습이 지수의 가슴을 아프게 만들었다.

"내 걱정은 하지 말아요."

걱정 어린 목소리에, 자신에게 향한 안타깝고 쓸쓸한 눈빛
에 무너지려는 걸 지수는 애써 다잡았다. 확실한 이별이 아
닌 애매한 관계였어도 그녀는 알고 있었다. 이 관계조차 오
래 가지 못한다는 것을. 그의 품에 안겨 사랑한다고 속삭이

331

고 싶은 욕구가 치솟았지만 처한 상황과 분명한 이유가 두 사람 사이에 남아 있는 한 힘들 것을 알았다. 그리고 자신에게 죄인의 마음을 한 채 그가 곁에 있는 걸 원하지 않았다.

"밥 잘 챙겨 먹고, 잘 자고, 잘 지내세요. 그 후에 우리 웃으면서 봐요."

"지수야."

"서로가 미안해하지 않게 될 때, 그때……."

그땐 우리의 관계가 어떻게 변할까. 과연 예전처럼 사랑할 수 있을까. 불확실한 미래와 상황들은 더 이상 생각하지 않기로 했다. 지금은 현재에 최선을 다하는 수밖에 없으니.

"전 여기서 내릴게요. 먼저 올라가세요."

한층 먼저 엘리베이터에서 내린 지수는 말없이 문이 닫히는 것을 바라봤다. 두 눈을 깊게 감았다 뜨며 애써 눈물을 삼켰다. 속은 여전히 쓰리고 아프지만, 이 또한 언젠간 지나갈 것이라고 최면을 걸며 입술을 꽉 깨물었다.

입술 안쪽을 사리문 성현의 주먹이 굳게 쥐어져 있었다. 엘리베이터 문이 열리며 그녀가 보인 순간부터 무너지지 않으려고 안간힘을 쓰는 중이었다. 짧은 손톱이 살갗을 파고드는 것도 모른 채 얼마 동안 그러고 있었던 건지. 손을 들어 눈가를 문지르며 정신을 차리기 위해 애를 썼다.

"후."

마른 입술 사이로 낮은 한숨이 새어 나왔다. 결국 그녀를 다정하게 부른 자신의 한심함을 탓하며 깊게 눈을 감았다 떴다.

사무실로 들어가자 자신에게 인사하는 사람들을 무시한 채 팀장실 안으로 들어갔다. 아무리 이성적으로 행동하려고 해도 의지와 빗나간 마음은 제멋대로 날뛰었다.

창문 너머로 보이는 그녀의 얼굴이, 사람들과 대화하는 목소리가, 작은 손짓 하나가 그의 마음을 흔들어 놓았다. 타이를 느슨하게 풀어 놓은 성현의 눈이 일순간 좁아졌다. 늘 같은 자리에 놓인 찻잔이 시야에 들어온 순간, 깊은 향기가 그의 후각을 자극했다.

늘 같은 자리, 같은 찻잔만 쓰던 그녀였으니 이젠 굳이 묻지 않아도 누가 가져다 놓은 커피인지 정도는 알았다. 일부러 자신이 들어오기 전에 가져다 놓은 커피일 것이다.

또다시 손톱이 얇은 살갗을 파고들었다. 자신을 향해 웃어 주는 미소가, 자신을 다정하게 불러 주는 목소리가, 눈빛이 벌써부터 참을 수 없을 정도로 그리웠다.

✳   ✳   ✳

은숙은 거의 산송장 같던 딸의 얼굴을 떠올리며 한숨을 내쉬었다. 밤새 또 얼마나 울었는지 얼굴이 하루 만에 수척해

지고 안쓰럽게 변했다. 힘없이 출근하는 딸을 배웅하는 은숙의 속도 썩어 문드러지기 직전이었다. 화사하게 빛나던 딸의 얼굴이 하루아침에 시든 꽃처럼 푸석푸석하게 변해 버렸으니 속이 타들어 가기만 했다.

남편과 그리되고 없는 살림에 자식 둘을 키우느라 부모로서 해 준 것도 없었다. 그래서 늘 삐뚤어지지 않고 건강하고 바르게 자라 준 것만으로도 늘 고맙고 미안했다. 특히 맏이인 지수는 일찍 철이 들어 한창 공부할 나이에 생계에 뛰어들어 갖은 아르바이트를 해 왔다. 이제 좋은 회사에 취직했으니 아낌없이 사랑해 줄 남자를 만나 행복할 일만 남았다고 생각했다.

"하늘도 무심하시지."

하루에도 몇 번이고 하늘을 원망하며 은숙은 눈물을 훔쳤다. 차라리 되먹지도 못한 놈이었으면 헤어진 것에 대해 속이라도 시원할 텐데, 어디다 내놔도 빠지지 않는 데다 지수를 끔찍하게 여기는 모습이 눈에 훤히 보여 헤어진 낌새에도 은숙의 마음은 좋지 않았다.

죽어서까지 딸의 앞길을 막는 전남편이 원망스러웠다. 아버지 없이 어려운 살림에 이렇게 반듯하게 큰 자식이 흐뭇하지도 않은 모양이었다.

"하긴 자식으로 생각했다면 그리 냉정하지 않았겠지."

무의미한 원망을 하던 은숙은 느릿하게 걸음을 옮겼다. 수

척해진 지수를 위해 몸보신할 것을 사러 마트에 온 참이었다. 한 수저라도 뜨길 바라는 마음에서 정육 코너를 돌며 잡은 지 얼마 안 된 사골을 골라 담았다. 속이라도 따뜻해야 그나마 잘 이겨 낼 수 있을 것 같아서였다.

"오늘 늦을라나. 전화라도 해 봐야지."

주머니 속에 넣어 둔 휴대폰을 꺼내 딸에게 전화를 걸려던 차에 벨소리가 울렸다. 혹시 몰라 저장해 둔 이름이 휴대폰 액정 화면 위로 보이자 그녀의 얼굴이 굳어졌다. 딸과 헤어진 마당에 자신에게 전화할 용건이 무엇이란 말인가. 갈등 끝에 결국 전화를 받았다.

"여보세요."

—안녕하십니까, 이성현입니다. 오늘 시간 괜찮으시면 잠깐 뵐 수 있을까요.

은숙은 잠깐 침묵을 지켰다. 하지만 이내 결심 선 얼굴로 대답했다.

"나도 확인하고 싶은 게 있으니 보는 게 좋겠네요."

저녁 즈음 지난번에 만난 카페에서 보기로 정한 은숙은 무거운 장바구니를 들고 계산대로 가져갔다. 이따 나가려면 빨리 집으로 가서 음식을 준비해 놔야 했다. 마음을 다잡는 그녀의 얼굴에 복잡한 심경이 그대로 드러났다.

먼저 카페에 도착한 성현은 냉수로 마른 입술을 몇 번이고 적셨다. 그녀를 사랑하는 것과 별개로 성현이 해야 할 일이 있었다. 비록 애정이 없다지만 자신의 어머니의 과오에 대해 제대로 용서를 구해야 했다. 아무리 부정하려 외면하고 발악해도 그녀가 과거 한 가정을 파탄 낸 주범이란 사실은 변하지 않았다. 그런 어머니의 아들로서 자신이 응당해야 할 일이었다. 창밖으로 던져 놓았던 시선이 카페 문이 열리는 소리에 옮겨졌다. 성현이 자리에서 일어났다.

"안녕하십니까."

가볍게 고개를 숙인 성현에게 향한 은숙의 표정은 무척 싸늘했다. 하지만 지수 못지않게 얼굴이 상한 모습에 그의 마음이 좋지 못했다.

"날 보자고 한 용건이 뭐예요?"

"어머니를 대신해서 용서를 구하고 싶었습니다."

"그런다고 내 마음이 돌아서진 않아요."

단번에 싸늘한 냉대가 날아왔다. 예상 못 한 일은 아니었다.

"알고 있습니다. 지수와의 관계를 허락해 달라고 용서 구하는 것은 아닙니다. 제 어머니를 대신해서 당연히 해야 한다고 생각했을 뿐입니다. 용서해 달라는 염치없는 말씀은 드리지 않겠습니다. 죄송합니다."

무릎 위에 올려 둔 주먹을 굳게 쥔 성현은 고개를 들지 못했다.

"우리 지수와는 헤어진 건가요?"

"시간을 주십시오."

바짓가랑이를 붙들고 매달리고 싶은 걸 성현은 간신히 참았다. 하지만 자신이 아무리 매달려도 현실이 바뀌지 않는다는 것도, 그로 인해 제일 난처할 사람이 누군지도 잘 알았다. 가슴 아픈 현실에 성현이 할 수 있는 건 그저 용서를 구하는 것뿐이었다.

"그래요. 무 자르듯 깨끗하게 사람 마음이 정리되긴 힘들겠지. 그래도 지수를 위해서 현명한 선택해 줘요."

자신에게 향한 은숙의 간절한 눈빛이 성현의 가슴을 아프게 찔러 댔다. 그녀를 위한 현명한 선택, 그리고 자신이 반드시 해야 하는 일. 눈자위가 뜨거워지는 것을 느꼈다.

"정말 죄송합니다."

"그쪽과 우리 지수는 절대 안 된다는 걸 이제 알았겠죠? 아무리 그쪽 어머니와 생사도 모른 채 지냈다고 해도, 우리 가정을 파탄 낸 가해자의 자식이란 사실은 변하지 않아요. 나라고 왜 이해하지 않으려고 했겠어요? 내 딸이 좋다니까, 이렇게 힘들어하니 눈 딱 감고 허락해 줄까 싶다가도 가슴에 맺힌 이 한이 사라지지가 않아."

"……."

"그쪽에게 유감은 없지만, 우리 지수와는 여기까지 해 줘요. 내가 이렇게 부탁할게요."

차라리 불같이 화를 내고 모진 소리를 했으면 그의 마음이 한결 편할 것 같았다. 떨리는 목소리로 조근조근 말하는 목소리 속에 맺힌 상처와 응어리가 너무도 잘 보여 성현은 제 어머니가 지은 죄가 얼마나 크고 무거운지 깨달았다.

은숙이 먼저 자리에서 일어나고도 그는 한참 동안 앉아 있었다. 남들은 그리 쉽게 하는 사랑이 그에겐 이토록 어려운 것인지 하늘이 원망스러웠다. 그 흔한 사랑을 하겠다는데 반겨 주는 사람 하나 없었다. 아니, 오히려 죽어라 넘으려 해도 넘지 못할 산이 존재했다.

어둠이 짙게 내려앉은 밖을 내다보는 그의 눈이 처연하게 빛났다. 자리에서 일어서면 그녀에게로 달려갈 것만 같아 성현은 일어나지도 못했다.

"……."

함께 여름을 보낼 수 있으면 좋겠다고 생각했지만, 그마저도 힘들 것 같았다. 봄의 끝자락은 어느새 성큼 다가와 있었고 여름은 이제 시작이었다. 너무 빨리 끝나 버린 사랑 앞에 성현은 후회스러운 것 투성이었다. 더 마음껏 사랑해 주지 못했고, 더 많이 진심을 보이지 못했다. 매 순간마다 최선을 다했다고 생각했지만, 돌아보니 아쉬운 것뿐이었다. 길어지는 밤 앞에서 성현이 할 수 있는 것이라곤 후회밖에 없었다.

이제 막 시작된 여름은 한여름처럼 뜨거웠다. 완연한 봄을 만끽한 것이 바로 엊그제 같은데, 시간은 지수의 의지와 상관없이 무색하게 흘러갔다.

어느 때보다 날이 좋았다. 햇살은 눈부셨고, 머리를 흩날리는 바람은 제법 시원했다. 커피를 사 들고 서점 밖으로 나온 지수는 다채로운 풍경을 보며 조용히 미소 지었다. 성현과 함께 왔으면 더 좋았겠지만, 그마저 힘들다는 걸 알기에 지수는 혼자 걸음을 했다. 그녀가 말하면 들어줄 테지만, 부담을 느끼게 하고 싶지 않았다. 지수는 달콤한 커피로 입술을 적시며 벤치에 앉았다.

"그래도 좋네."

그와 함께 웃었던 공간에서 그를 추억할 수 있어 좋았다. 분명한 이별은 아니었지만, 이 관계의 끝이 결코 행복하지 못할 것을 알았다.

화창하지만, 더없이 쓸쓸하고, 외롭고, 허전했다. 살랑이며 부는 바람이 공허한 가슴을 채워 주는 것만 같았다.

오늘 집으로 돌아가면 괜찮아지기 위해 노력해 볼 생각이었다. 죄인처럼 자신의 눈치를 살피며 며칠 사이 더 늙은 엄마의 모습이 오늘 아침에서야 지수의 눈에 들어왔다. 어디 가냐고 묻지도 않고 그저 잘 다녀오라고 배웅하던 엄마의 마음을 이제 헤아려 주어야 할 것 같았다.

일회용 컵을 양손으로 쥔 채 상념에 빠져 있던 지수의 귀에 발걸음 소리가 들렸다. 일정한 간격으로 들리던 걸음이 바로 뒤에서 멈추었다.

"……."

반사적으로 몸을 돌리는 순간, 그녀의 눈이 커졌다. 부딪친 시선 끝에 상대방 역시 적잖게 놀란 표정이었다. 그 후로 어느 누구도 먼저 말을 꺼내지 못했고, 어느 누구도 서로에게 향한 시선을 거두지 못했다. 그저 서로를 안타깝게 응시할 뿐이었다. 천천히 자리에서 일어난 지수의 눈에 말로 표현할 수 없는 안타까움이 담겼다.

"여기서 보네요."

담담하게 말하려고 애썼지만, 살짝 목소리 끝이 떨렸다. 컵을 그러쥔 손에 힘이 실렸다.

"날이 좋아서 한 번 와 봤어. 좀 앉아도 될까."

"네."

어쩌면 연인으로 보는 게 마지막일 수도 있다는 생각이 들어 지수는 거절하지 않았다. 의자를 끌어다 앉는 그를 따라 지수도 앉았다. 이렇게 서로 마주 보고 앉아 있는 게 굉장히 오랜만인 것 같은 기분이 들었다. 이런 순간에도 속없이 가슴이 마냥 설레었다.

"벌써 여름의 문턱이네요."

추웠던 겨울이 언제 지나갔나 싶을 만큼 눈 깜짝할 새 빠르게 지나갔다. 하지만 그와 함께했던 소중한 시간들은 느릿하게 지수의 눈앞에 아른거렸다.

"결국 이렇게 약속을 지키게 되었네."

애써 서글픈 표정을 지운 그녀가 미소를 지었다. 비록 함께 오진 못했지만, 결국 만났으니 되었다.

"이렇게라도 지켰으니 됐어요."

그와 더 많은 것들을 하고, 보고 싶었던 것들에 대한 아쉬움은 잠시 묻어 두었다.

"좀 걸을래?"

"산책하기 아주 좋은 날이죠."

미지근하게 식은 커피를 들고 지수가 일어났다. 어쩌면 마지막일지도 모르는 이 순간을 조금 더 함께하고 싶었다.

하늘은 높고 나무들은 푸르렀다. 피어 있는 꽃은 무척 예뻤고, 보폭을 맞춰 함께 걷는 여자는 사랑스러웠다.

성현의 시선이 커피를 들고 있는 지수의 손으로 향했다. 당연하게 잡았던 손을 멀거니 바라보기만 할 수밖에 없는 현실이 너무 원망스러웠다. 당장이라도 손을 잡아끌고 키스하고 싶은 욕구를 간신히 참는 눈빛이 짙어졌다.

제 손을 잡던 작은 손도, 사랑한다고 속삭이던 입술도, 자신을 바라보던 초롱초롱하게 빛나던 말간 눈동자도 여전히 모두 예쁘고 사랑스러웠다. 그리고 소중했다. 애써 욕구를 짓누르며 시선을 거둔 성현의 손에 지수의 손이 겹쳐졌다.

"우리 아직 끝은 아니잖아요."

성현은 고개를 들어 지수와 마주 봤다. 다시 예전처럼 돌아갈 수 있다는 확신을 갖는 눈빛은 아니었다. 그저 언젠가 다시 만날 수 있는 날이 오길 바라는 기대가 깃들어 있었다. 자신 역시 그 희망마저 없으면 살 수 없기에 그녀의 마음이 고마웠다.

"이렇게 아쉬울 줄 알았다면, 더 많이 잡는 건데."

쓸쓸한 지수의 목소리가 귓가를 울렸다. 놓지 않겠다는 듯 성현은 지수의 손을 꽉 잡았다. 조금만 더 힘을 주면 바스러질 것처럼 연약했다. 그런 여자를 자신은 수도 없이 울렸다.

"난 아쉬운 정도가 아니야."

일주일이었다. 불과 일주일 동안 서로 연락도 하지 않은 채 지냈다. 휴대폰 너머로 목소리를 들을 수 없었고, 사랑 가득한 메시지 역시 끊겼다. 그나마 회사에서 얼굴을 보는 게 전부였지만, 그것은 잠시였다. 연인으로서 그녀가 얼마나 그립고 애달팠는지, 그리고 얼마나 보고 싶었던 걸 참았는지 모른다. 당장이라도 팔을 끌어당겨 작은 몸을 안고 살 내음을 맡고 싶었다.

"미친놈이 될지도 모르겠어."

"성현 씨."

오랜만에 불리는 호칭에 성현의 가슴이 먹먹해졌다.

"지금도 널 끌어안고 싶다는 생각을 하니까. 하면 안 되는 짓까지 생각해."

그런 성현에게 한 발자국 다가간 지수가 말없이 그의 등을 끌어안았다. 까치발을 들고, 넓은 등을 부드럽게 쓸어 주었다. 말이 필요 없는 순간이었다.

"널 사랑할 수 있어서 참 다행이야."

태어나 처음으로 사람답게 살아도 봤고 분에 넘치는 사랑도 받았다. 생각해 보면 위로가 필요한 순간엔 늘 그녀가 곁에 있었다. 무료하던 삶이 잠깐이나마 빛나던 순간이었다. 다시없을 그 순간을 미치도록 잡고 싶어졌다.

"날 많이 사랑해 줘서 고마워요."

과거가 아니었다. 여전히 사랑하고, 사랑할 수밖에 없었다.

서울로 돌아가는 차 안엔 적막이 흘렀다. 성현이 손을 뻗어 라디오를 켰다. 감성을 자극하는 아나운서의 목소리가 흘러나왔다.

—인천에 사는 김효선 씨의 사연입니다. 결혼하고 싶은 남자 친구와 집안의 반대로 헤어졌습니다. 헤어지고 단 하루도 남자 친구를 잊은 적 없습니다. 오히려 헤어져 있는 지금 이 시간이 더 고통스럽네요. 그를 다시 잡고 싶은데, 잡아도 될까요? 라고 하셨네요. 음, 이런 결심을 하기까지 참 많이 힘드셨을 텐데 용기가 대단하시네요. 어떤 이유로 부모님께서 반대했는지 모르겠지만, 헤어져 있는 시간이 더 고통스러웠다면 진심을 다해 잡으셔도 되지 않

을까 싶네요. 아무것도 하지 않고 사랑하는 사람을 놓치는 것보다 해 볼 수 있는 데까지 해 봐야 후회가 없지 않을까요?

어딘가 공감되는 사연에 지수의 가슴이 찌릿해졌다. 가장 가슴에 와 닿는 말, 그녀는 할 수 없었던 그 일이 지수의 귓가에 맴돌았다.

할 수 있는 데까지…….

자신도 그랬어야 했을까. 그렇지 않아서 이렇게 힘들고 미련이 남은 걸까. 할 수 있는 데까지 해 보자, 생각 안 한 것도 아니었다. 시도를 안 해 본 것도 아니었다.

하지만 어느 누구도 행복할 수 없는 일이라고 치부하며 헛되다 여긴 희망을 접을 수밖에 없었다. 용기가 부족했던 걸까, 아니면 끈기가 없었던 걸까. 상념 가득한 지수의 눈동자가 그에게 향했다.

"저 여자분, 남자 친구 다시 잡을까요."

"아마 그렇겠지."

돌아온 대답은 짧았다. 지수 역시 그가 곁에 없는 시간이 고통이었다. 하지만 아무리 발악해도 안 되는 일이 있었다. 그와 자신이 그러했다. 불륜의 가해자와 피해자만 아니었다면 우린 행복할 수 있었을까.

"행복했으면 좋겠어요."

"지수, 너도."

"성현 씨도요."

이제 서울로 돌아가면 그와 자신의 관계가 어떻게 될지 모르겠지만, 조금만 더 그의 여자로 남고 싶었다.

지수는 창밖으로 시선을 던졌다. 어느덧 고속 도로를 나온 차는 국도로 진입했다. 종횡무진하는 차들로 인해 국도는 평소보다 더 번잡한 느낌이었다.

문득 그런 생각들이 스쳐 지나갔다. 그가 자신이 아닌 다른 여자를 향해 자신에게 보여 준 것처럼 미소를 지어 준다면 어떨까. 견딜 수 있을까. 후회하지 않을 자신 있을까. 지금도 이렇게 혼자 미련 떨고 있는데 과연 괜찮을까.

"있잖아요……."

지금이 아니면 영영 꺼내지 못할 것 같았다. 끝까지 엄마의 편에 서야 하는 한다는 걸 알면서도 지수는 그럴 수 없었다. 그녀의 말에 성현의 시선이 지수에게 향했다.

그 순간이었다. 순식간에 차가 왼쪽으로 기울어지며 지수의 몸이 속절없이 흔들리기 시작했다.

끼익! 쾅!

고막이 찢겨 나갈 듯한 굉음과 함께 차가 부딪치는 소리가 들렸다. 몸이 앞으로 쏠리고 어딘가에 부딪치며 정신이 없었다.

성현이 왼쪽으로 핸들을 꺾으며 급하게 브레이크를 밟았으나 이미 늦은 후였다. 가속도가 붙은 차는 결국 커다란 굉음을 내고서야 멈추었다.

지수의 눈앞이 흐려졌다. 뿌연 연기가 차 안에 가득 피어올랐다. 흐릿한 시야 사이로 붉은 피를 흘리며 정신을 잃은 그가 보였다.

"성, 성현 씨……."

말도 안 돼. 어떻게, 어떻게……. 겨우 뜬 눈 사이에서 주체 없을 만큼 눈물이 흘러내렸다. 몸은 제 뜻대로 움직여지지 않았고, 정신을 잃은 그를 부르며 지수가 오열했다. 곧이어 구급차 소리가 들렸지만 그 순간 그녀의 눈이 감겨졌다.

12. 기적

    귀가 찢겨 나갈 정도의 커다란 굉음과 클랙슨 소리, 그리고 사람들의 비명 소리가 마지막 기억이었다. 정신을 잃은 그를 보며 기절한 지수의 귀에 구급차의 사이렌 소리가 희미하게 들리는 듯했고, 들것에 실리는 것 같기도 했다. 두 번 다시 꾸고 싶지 않은 끔찍하고 지독한 악몽이었다.

    "하아, 하아."

    통증에 몸부림치며 지수가 어렴풋이 눈을 떴다. 소독약 냄새로 어지럼증을 느낀 지수가 눈을 감았다가 다시 떴다. 급한 걸음 소리가 들리는가 싶더니 눈물범벅인 은숙이 보였다.

    "지수야, 정신이 들어? 엄마 알아보겠어? 응?"

    딸이 죽었다 살아 돌아온 것에 안도하며 은숙이 지수의 어깨를 끌어안고 오열했다. 이것도 악몽의 한 부분인 건지 이해할 수 없는 상황과 엄마의 행동에 다시금 그녀는 어지럼증을 느꼈다.

"엄마……."

"흐으윽. 네가 잘못되면 엄만 못 살아. 이만하길 다행이야. 살았으니 됐어. 부처님, 감사합니다. 살려 주셔서 감사합니다."

하지만 지수의 눈앞에는 악몽이라고 여겼던 끔찍한 상황이 필름처럼 펼쳐졌다.

"그 사람……, 그 사람 어떻게 됐어? 어디 있어? 응?"

지수의 물음에 은숙은 대답하지 못한 채 눈물만 흘릴 뿐이었다. 불길한 예감에 지수가 아픈 몸을 억지로 일으키곤 침대에서 내려왔다.

"지수야!"

"그 사람 어디 있냐고, 엄마!"

그녀의 가는 어깨를 붙잡고 있는 은숙을 향해 지수가 오열했다. 머리에 피를 흘리며 쓰러져 있던 모습이 그에 대한 마지막 기억이었다.

"괜찮은 거지? 아무 일 없는 거지? 응? 제발, 엄마……."

흐르는 눈물은 막을 새 없이 지수의 뺨을 타고 흘러내렸다. 아무 말도 하지 못하고 입술만 달싹거리며 세상을 잃은 표정으로 소리치는 딸을 바라보는 은숙이 눈물을 삼켰다.

"중환자실에 있는데 아직 의식이 없어. 언제 깨어날지도 모르겠고⋯⋯."

"엄마⋯⋯."

상처투성이인 지수의 손을 꼭 잡은 은숙은 그녀를 끌어안고 달래 주는 것 외엔 할 수 있는 게 없었다. 바들바들 몸을 떨며 은숙의 품에서 오열하던 그녀가 중환자실로 향했다. 몸여기저기가 비명을 내지르고, 사고 당시 충격을 받았는지 걸음을 내딛는 다리도 성치 못했다.

그럼에도 살아 있었다. 숨을 쉬고, 말을 하고, 모든 상황들을 기억했다. 사경을 헤매는 그와는 달리 자신은 너무나 멀쩡했다.

절뚝거리며 엘리베이터에서 내린 지수는 서늘한 복도에서 걸음을 멈추었다. 날은 이제 막 여름의 문턱인데도, 굳게 닫혀 있는 중환자실 앞은 한겨울처럼 추웠다. 온몸을 뒤덮는 한기에 그녀는 바들바들 몸을 떨었다.

믿을 수 없다는 눈으로 중환자실까지 겨우 걸어간 지수는 크게 흐느꼈다.

"성현 씨⋯⋯."

어째서 혼자 무사한 걸까. 도대체 왜.

차디찬 병실 문을 잡고 소리 없이 눈물만 흘리던 지수는 무너지고 말았다. 지독한 악몽은 꿈이 아니라 현실이었다.

오열하는 지수의 어깨 위로 포근한 담요가 둘러졌고, 차가운 맨발엔 슬리퍼가 신겨졌다. 멍하니 의자에 앉아 면회 시간을 기다리던 그녀의 시선이 은숙에게로 향했다. 지수의 발에 슬리퍼를 마저 신긴 은숙은 딸을 이렇게 만든 게 다 제 탓인 것 같아 가슴이 미어졌다.

"그 사람 깨어날까. 안 깨어나면 어떡해……."

"깨어날 거야, 아무렴. 무사히 일어나야지."

눈물을 훔치며 은숙이 지수의 손을 감쌌다. 여기저기 긁히고 찢긴 상처들이 여자의 손이 맞나 싶을 정도로 처참했다. 그녀의 다리와 이마 역시 멍들고 찢긴 상처들이 꽤 많았다. 하지만 그보다 사랑하는 사람이 생사의 기로에 놓여 있는 것이 지수에겐 가장 큰 고통이었다. 사경을 헤매는 그가 있는 중환자실을 바라보던 그녀의 가슴이 턱, 하고 막혔다.

"나 때문에 사고 난 거야. 내가 여름에 또 오자는 말만 안 했어도 그 사람은 거기 안 왔을 텐데. 그럼 사고 같은 건 나지 않았을 텐데. 아니, 차라리 내가 가지 말았어야 했어. 그럼 그 시간에 서울로 돌아가지 않았을 거야. 그랬다면, 그랬다면……."

울음 섞인 목소리엔 죄책감이 가득했다. 사소한 것 하나부터 전부 자신의 탓인 것만 같아 지수는 후회스럽고 죄스러웠다.

"왜 네 잘못이야? 대낮부터 술 처마시고 음주운전한 사람 잘못이지! 네 잘못 아니야, 지수야."

"그게 무슨 말이야?"

"너 정신 잃었을 때 경찰에서 조사 나왔었어. 사고 낸 사람, 음주운전이었대. 그날 회사에서 잘리고 분한 마음에 앙심을 품고 술 왕창 마신 다음에 운전대 잡았다고 그랬어. 누구 하나 죽여 버리고 싶은 마음에. 그런데 사고 낸 당사자는, 그 인간은 멀쩡하다더라……. 어떻게 이럴 수 있니."

당시 응급실에 누워 정신을 잃은 지수를 떠올린 은숙은 씨근덕대며 숨을 몰아쉬었다. 다시 떠올려도 눈앞이 캄캄해지는 순간이었다.

"죽고 싶으면 곱게 혼자 죽던가. 왜 엄한 사람까지 다치게 만들어!"

중환자실 앞이라는 것도 잊은 채 은숙이 흥분해선 고함을 내질렀다. 울음 가득한 그녀의 고함에 어느 누구도 뭐라 하는 이는 없었다. 이곳에 있는 사람들 모두 하나쯤 사연이 있는 사람들이었기에.

"그런 사람 때문에 성현 씨가 이렇게 된 거라고?"

주체 없을 만큼 화가 치밀었다. 한 사람으로 인해 자신과 그를 비롯해 많은 사람들이 다치고 피해를 봤다. 그런데 정작 본인은 무사하다니. 세상은 너무 불공평하고, 가혹하기만 하다. 욕설을 퍼붓고 모진 말로 비난하고 싶었으나, 지수는 입술을 깨물며 참았다. 그저 지금은 성현이 다시 자신의 곁으로 돌아오면 더 바랄 것이 없었다.

"그런데 엄마."

"왜?"

"같이 차에 타고 있었고, 같이 사고를 당했는데 어째서 나만 이렇게 멀쩡한 거야……. 왜 저 사람만 사경을 헤매고 있어?"

"널 살린 게 아닐까 싶다."

처연한 표정으로 지수를 바라보던 은숙이 어렵게 입술을 뗐다.

"사고 현장을 조사한 경찰이 말하길 운전자 좌석 쪽만 차가 형태를 알아볼 수 없을 정도로 처참했대. 역주행하는 차를 피하기 위해 핸들을 무리해서 왼쪽으로 꺾은 것 같다고. 오른쪽으로 핸들을 꺾을 수도 있었지만, 그렇게 되면 충격이 고스란히 너에게 갈까 봐 운전자가 혼자 그 충격을 흡수한 것 같다고……."

더 이상 말을 잇지 못한 은숙이 손으로 얼굴을 감쌌다. 텅 빈 지수의 눈이 흔들렸다. 심장이 난도질당한 것처럼 고통스러웠다.

"엄마……."

아직 그가 사경을 헤매고 있는 것도 견디기 힘든데, 그게 자신 때문이었다니. 천천히 고개를 내젓는 지수의 눈에서 또다시 주체할 수 없을 만큼의 눈물이 흘렀다.

"나 그 사람 이렇게 못 보내……."

서울로 돌아오던 차 안에서 그에게 하려던 말이 있었다. 끝내 할 수 없게 될지도 모르는 말. 이젠 그 말을 어디에, 누구에게 전해야 하는 걸까. 심장을 쥐어뜯기는 고통에 지수는 결국 바닥에 주저앉아 버렸다. 어떤 모습이든, 어떤 상태든 제발 자신의 곁으로 돌아오길 간절히 바랐다.

긴 시간을 기다린 끝에 면회 시간이 다가왔다. 기다린 것에 비해 턱없이 짧았지만 막상 면회 시간이 다가오자 지수는 긴장되고 떨렸다. 못 알아볼 정도로 처참한 모습이면 어쩌나 싶어 걱정됐지만 막상 자신의 차례가 오자 서둘러 중환자실로 향했다.

손 소독을 하고 복장을 갖춰 입은 후 마스크를 끼고 나서야 안으로 들어갈 수 있었다. 정해진 시간은 턱없이 짧은데 아직 그에게 무슨 말을 해야 할지 생각하지 못했다. 하지만 절대 성현의 앞에서 약한 모습이나 우는 모습은 보이지 않겠다고 지수는 마음을 굳게 먹었다.

바라보기에도 아까운 그 시간을 눈물로 보내고 싶지 않았다. 그 역시 자신이 우는 건 바라지 않을 테니.

여기저기서 들리는 울음소리와 흐느낌에 지수는 입술을 꽉 깨물었다. 바들바들 몸을 떨면서 천천히 그가 있는 곳으로 향했다.

지수는 다시 한번 입술 안쪽을 피가 나도록 깨물어야 했다. 이름을 알 수 없는 의료 장비에 의존한 채 겨우 생명을 유지하고 있는 그가 눈에 들어왔다. 차라리 자신이 여기에 누워 있었으면 좋았을 걸.

"나 왔어요."

눈에 고인 눈물로 시야가 흐려졌다. 얼마나 아팠을까, 고통스러웠을까, 그리고 무서웠을까. 그럼에도 불구하고 그는 자신을 위해 목숨을 내놓으려 했다.

"왜 그랬어요. 왜 혼자 다 감수해서 이렇게 다쳤어요. 왜 나만 멀쩡하게 만들어."

원망의 말들이 끝도 없이 쏟아졌다. 험하고 넓은 세상에 왜 자신 혼자 버려두고 이리 누워 있느냐고. 제발 자신 좀 보라고.

손을 뻗어 성현의 손을 움켜잡았다. 손마저 성한 곳이 없었다.

"한잠 푹 잔다고 생각해요. 성현 씨는 아주 긴 잠을 자고 있는 중인 거예요. 그렇죠?"

잡은 손을 그대로 가져와 제 뺨을 만지게 했다. 눈물이 날만큼 따뜻했던 손이 시리도록 차가웠다.

"아직 못 한 말이 있어요. 그러니까 다시 돌아와야 해요. 나 어디 가지 않고 기다릴 테니까. 그러니까 꼭 다시 돌아와야 해요."

결국 굵은 눈물이 의지와 상관없이 마른 뺨을 수없이 적셨다. 아직 못 다한 말들이 가슴 속에 맺혔으나 주어진 시간이 거의 다 끝나가고 있었다.

"사랑해요. 사랑해……."

온 마음과 진심을 담은 목소리가 처연하게 울렸다. 이게
끝일 것만 같아서 잡은 손을 차마 놓지 못하고 지수의 안타
까운 눈길이 여전히 그에게 향한 채였다.

"제발 신이 있다면 그를 살려 주세요."

중환자실에서 나온 지수는 양손을 잡고 처음으로 신께 빌
었다. 성현만 살려 준다면 제 목숨도 내놓을 각오까지 되어
있었다.

✤ ✤ ✤

마른하늘에 날벼락도 유분수지. 하나뿐인 손자 녀석에게
사고라니. 비보를 전해 듣자마자 정훈은 정신없이 병원에 도
착했다. 하지만 먼저 성현을 면회한 사람이 있다고 해 걸음
을 멈추어야 했다.

사경을 헤매는 손자 녀석의 손을 잡고 흐느끼는 여자의 모
습도 성치 않아 보였다. 유리창 너머를 잠시 응시하던 정훈
이 이내 발길을 돌렸다.

머리부터 시작해 다리까지 어느 한 군데도 성한 곳이 없어
보이던 성현을 떠올리자 가슴이 찢길 듯 고통스러웠다. 온갖
기계에 의존한 채 겨우 숨이 붙어 있는 거나 다름없었다. 촉

촉하게 젖은 눈가를 손수건으로 문지르다 이내 눈물이 참을 수 없을 만큼 흘렀다.

"성현아……."

일찍 아들을 보낸 것도 원통한데 손자까지 이리되자 하늘이 원망스러웠다. 이 늙은이를 대신 데리고 가 달라고 소리치고 싶은 심정이었다.

부모의 사랑을 제대로 받지 못한 가엾은 녀석이었다. 삐뚤어지지 않고 바르게 자란 것만으로도 늘 기특하고 대견스러웠지만, 정훈은 살가운 말 한마디 해 주지 못했다. 혹시라도 부모가 없다고 손가락질 받을까 봐 늘 엄하게 가르치고 무뚝뚝한 모습만 보인 것이 이리 후회될 줄이야.

뜨거운 눈물로 번진 눈가를 손수건으로 닦고 또 닦았을 때였다. 넋이 나간 얼굴로 중환자실에서 나오는 여자에게로 정훈의 안타까운 눈길이 향했다.

다리를 절면서 나오던 그녀가 바닥에 주저앉았다. 그 모습을 짠한 눈길로 바라보던 정훈이 그녀에게 다가갔다. 그리곤 말없이 손수건을 건넸다.

"나 성현이 할아비요."

성현과 비슷한 분위기를 풍기는 정훈을 보자 지수의 눈시울이 붉어졌다. 덩달아 정훈도 손으로 눈가를 문질렀다.

"어서 닦아요."

손수건을 건네받은 지수는 한참 동안 말없이 바닥만 내려다보다 보기 싫게 젖은 눈가를 닦았다.

"안녕하세요. 윤지수입니다."

천천히 바닥에서 몸을 일으킨 지수가 허리를 숙였다.

"아가씨, 밥은? 아직 안 먹었으면 요 앞에서 국밥이나 한 그릇 같이 하세나."

정훈이 인자한 얼굴로 지수를 건너보며 말했다. 딱 봐도 오늘 한 끼도 제대로 못 먹은 것 같은 모습이 정훈은 안쓰러웠다.

"괜찮습니다. 전 여기 있겠습니다."

"이럴 때일수록 속이 든든해야 지치지 않는 법이야."

깡마른 지수를 안타까운 시선으로 바라보다 하던 말을 이었다.

"살 좀 쪄야겠어. 저 녀석 깨어나면 보나마나 잔소리 꽤 들을 것 같구만."

시큰거리는 콧등을 문지르며 정훈이 앞장섰다. 사경 헤매는 손자 녀석을 두고 끼니를 해결하러 가는 정훈의 마음이 편치 않았다. 하지만 기다림이 장기전이 될지도 모르는 일이었다. 무엇보다 말이 아닌 몰골로 성현이 깨어나길 기다리겠다는 지수를 보고 있자니 국밥 한 수저라도 먹이고 싶은 마음이 들었다. 눈물이 마를 새 없이 정훈의 눈가를 뒤덮었다.

두 사람 앞에 따끈따끈한 국밥이 놓여졌다. 먹을 생각 없이 멀거니 국밥을 내려다보던 지수의 눈가가 뜨거워졌다. 이런 와중에 배를 채우려는 자신에게 너무 화가 났다.

"따뜻할 때 어서 들어."

수저를 들어 지수의 손에 쥐여 주며 정훈이 따뜻한 얼굴로 말했다.

"같이 차에 타고 있었습니다. 그런데 저만 멀쩡해요. 저 사람은 사경을 헤매는데 저만……."

"……."

"저만 무사해서 죄송합니다."

지수의 작은 어깨가 들썩이더니 흐느낌이 더욱 커졌다. 더 이상 나올 눈물도 없을 것만 같은데, 성현을 생각하면 눈물이 쉴 새 없이 흘렀다.

"아가씨라도 이렇게 무사해서 얼마나 다행이야."

"할아버지……."

지수의 손등 위로 잔주름이 가득한 정훈의 손이 겹쳐졌다.

"아가씨가 산 데는 그만한 이유가 있겠지. 그러니 너무 상심 말고 어서 한 수저 뜨게나."

촉촉하게 젖은 눈길로 지수를 바라보며 정훈이 지수의 손에 수저를 다시 쥐여 주었다. 그제야 지수는 맑은 국물을 떠 마른 입술로 가져왔다. 하지만 목이 메어 삼키지 못했다.

"천천히 들어. 천천히."

정훈 역시 한 수저도 들지 못하고 눈물만 삼킬 뿐이었다.

더 이상 지수에게 먹으라고 권하지 못했다. 국밥이 차갑게 식을 때까지 두 사람은 조용히 어깨를 들썩일 뿐이었다. 그렇게 성현이 중환자실에 입원한 지 하루가 지나가고 있었다.

＊　　　＊　　　＊

성현이 중환자실에 입원한 지 어느덧 3일 째가 되었다. 수술은 무사히 잘 끝났지만 여전히 기계에 의존한 채 잠든 그를 볼 때마다 지수의 속이 새까맣게 탔다.

최선을 다했다는 말과 며칠 더 기다려 보자는 담당 의사의 소견에 따라 지수가 할 수 있는 거라곤 그가 돌아오길 기다리는 것 외에 없었다.

안정을 취하라는 의료진의 말에 지수도 병원에 입원해 있었다. 평소와 다르게 하루는 무척 길었고, 덩달아 그를 기다리는 시간도 더디게 흘러갔다. 기다림이 길어질 지도 모른다는 생각을 한 지수는 정훈을 만난 이후부터 조금씩이라도 밥을 먹기 시작했다. 살겠다고 배고플 때마다 끼니를 챙겨 먹는 자신이 용서가 안 되었지만 그가 깨어났을 때 적어도 볼품없는 모습으로 만나고 싶지 않았다.

"엄마, 집에 가서 좀 쉬어. 나 혼자 있을 수 있어."

"엄마는 아직 끄떡없어. 그러니까 네 걱정이나 해."

은숙은 며칠째 좁은 병실에서 함께 생활하며 제대로 먹지도, 씻지도 못했다. 젊은 사람도 힘든 게 병간호인데 나이 든 엄마는 얼마나 힘들까 싶어 지수는 걱정이었다.

"그래도 집에 가서 편히 눈이라도 붙여."

"집에 간다고 해서 두 다리 뻗고 잠이 올 것 같아? 내 딸 구하려다 죽을 고비를 넘기고 있는 사람도 있는데."

"엄마……."

"미안하고 고마워서 그래."

긴 한숨을 토해 내는 은숙의 코끝이 시큰해졌다.

"내가 미워한 건 그 여자지. 이 군이 아니니까. 아무리 그 여자의 아들이라고 해도 그 죄를 아들한테 물을 생각은 추호도 없어. 그러니까 일어나야지. 일어나서 고맙다는 인사도 듣고, 모진 말해서 미안하다는 사과도 듣고 해야지. 그래야지."

은숙의 젖은 목소리에 그간 참았던 눈물이 터질 것 같아 지수는 은숙을 똑바로 마주 보지 못했다. 언제부턴가 서로의 눈만 마주쳤다하면 누가 먼저랄 것도 없이 눈물을 흘리곤 했으니 이번에도 그렇게 될 것을 알았다.

"미안해, 지수야. 엄마가 이 군 만나서 헤어지라고 했어. 모진 말로 가슴에 상처도 주고. 그 사람 잘못이 아니라는 걸 알면서 얼굴 볼 때마다 그 여자가 떠올라서 맺힌 한이 엉뚱한 곳으로 갔어. 어른스럽지 못한 처사가 결국 이런 화를 불러왔나 싶다."

주름이 자글자글한 은숙의 손등 위로 지수의 손이 겹쳐졌다.

"엄마가 나한테 했던 말 기억 안 나? 내 잘못 아니라며. 엄마 잘못도 아니야. 그러니까 여긴 걱정 말고 가서 눈 좀 붙여. 조금 있으면 지혁이 올 시간 됐으니까."

"그래도."

"나도 혼자 편히 쉬고 싶어서 그래."

겉옷까지 챙겨 주며 요지부동인 등을 억지로 떠밀자 그제야 은숙이 못 이기는 얼굴로 병실을 나섰다. 며칠 새 더 늙은 엄마를 보고 있자니 지수의 가슴이 콱 막히는 기분이었다. 고새 작아진 엄마의 뒷모습에서 그녀의 시선이 쉬이 떨어지지 않았다. 어서 들어가라며 손짓하는 엄마에게 고개를 끄덕이면서도 다리는 움직이지 않은 채였다.

굳게 닫힌 병실 문을 바라보는 지수의 표정이 복잡했다.

"지금 사람이 죽게 생겼는데 합의금? 또 누굴 어떻게 죽일지 모르는데 합의?"

씨근덕대며 분한 얼굴로 지혁이 들으라는 듯 큰소리쳤다. 방금 가해자와 그의 가족들이 병실에 다녀갔다. 뉴스에서 보도될 정도로 큰 사고인 데다, 인명 피해까지 있으니 가해자는 합의를 하지 못하면 전과자 신세를 모면하지 못할 것이다. 무릎을 꿇고 사과하며 합의를 부탁하는 가해자의 가족들이 어마어마한 합의금을 제시해 왔다. 그때 자신이 제정신이 아니었다며 고개를 숙인 채 사과하는 나이 어린 가해자를 보고 있자니 지수는 눈물부터 나왔다.

의식 없는 그를 하루에 고작 두 번 면회하면서 억장이 무너지려는 걸 가까스로 참아 내는데, 그를 이렇게 만든 사람은 어째서 뻔뻔할 정도로 멀쩡한지 하늘이 원망스러웠다.

음주운전도 모자라, 교통 법규까지 무시하며 질주한 당신 덕에 사랑하는 사람이 지금 사경을 헤매고 있다고. 당신이 무릎 꿇고 사과해야 할 사람은 중환자실에 의식 없는 그 사람이라고. 분노에 찬 서늘한 목소리로 지수가 소리쳤다.

그녀의 강경한 태도에 가해자의 부모까지 무릎 꿇고 나섰다. 무릎까지 꿇고 사죄하는 어른을 보자 지수는 엄마 생각이 나서 얼른 일으켜 내보내고 마음을 가다듬는 중이었다.

"그 사람 깨어날 때까지 합의할 생각 추호도 없어. 아니, 못 해."

지수를 침대에 앉힌 지혁의 얼굴에 근심이 가득했다.

"사람이 사는 게 먼저잖아. 합의가 먼저가 아니고."

"그래. 지금은 아무것도 생각하지 말자."

흥분을 가라앉힌 지수는 화장실로 들어가 눈물로 얼룩진 얼굴을 찬물로 세수했다. 정신도 차릴 겸 흐려진 마음을 가다듬기 위해서였다. 시간을 확인한 지혁은 측은한 표정으로 화장실에서 나온 지수에게 말없이 깨끗한 수건을 건네었다.

어느덧 그를 만나러 갈 시간이었다.

산소 호흡기에 의존한 성현은 여전히 의식이 없었다. 그래도 지수는 그가 듣고 있을 거라는 믿음을 저버리지 않고 하루도 빼놓지 않고 면회를 가서 이런저런 이야기를 했다. 말수가 많은 편이 아니라 면회 시간만 다가오면 무슨 말을 해야 하는지 고민하는 것도 성현의 얼굴을 보면 말끔히 사라졌다. 덕분에 면회 시간은 늘 짧게만 느껴졌다.

"어젠 비가 내렸어요. 보슬보슬 내리는 여름비가 꼭 내 마음 같아서, 나 대신 울어 주는 것 같아서 보고만 있어도 후련해지더라고요. 오늘은 언제 비가 내렸냐는 듯 날이 아주 화창해요."

성현의 손등을 잡고 쓸어내리는 지수의 시선이 의식 없는 그의 얼굴로 향했다.

"잠든 얼굴은 이제 그만 보고 싶은데……. 웃는 모습 좀 보여 주면 안 돼요? 나 아직 성현 씨한테 못 한 말이 있어요. 그거 들어야죠."

우리 한 번 노력이라는 거 해 보자고, 나 아직 당신 놓을 준비 안 되었다고. 그 말하기가 왜 이렇게 힘들었던 걸까.

"우리 엄마도 성현 씨한테 사과하고 싶대요. 그러니까 기회를 줘요."

간절함을 담은 지수의 눈시울이 금세 붉어졌다. 그가 없는 하루하루가 이토록 고통인데 어떻게 이별을 생각했을까. 이젠 성현이 없는 하루는 어떤 의미도 없었다.

"뜨거운 여름엔 우리 물놀이도 하고 가을엔 불꽃놀이도
하고 겨울엔 겨울 바다도 보러 가요. 성현 씨와 하고 싶은 게
많아요. 그러니까 너무 오래 기다리게 하지 말아요. 아니, 오
래 기다리게 해도 좋으니까 꼭 돌아와요."

돌아온다는 믿음만 있다면 그를 기다리는 시간은 결코 힘
들지 않았다. 가만히 손등을 문지르며 다시금 그의 온기를
느꼈다. 아직 살아 있었다. 의지가 약한 사람이 아니니 늦어
도 반드시 돌아올 거란 믿음을 가졌다. 여전히 시선은 그에
게 둔 채로 지수는 떨어지지 않은 발길을 돌렸다. 짧은 면회
를 마치고 중환자실에서 나온 지수는 정훈과 마주쳤다.

"왜 안 들어가시고……."

"여기서도 누워 있는 녀석이 다 보인다네."

조용히 중환자실 창문을 바라보던 정훈이 의자에 앉았다.

"아가씨 몸은 좀 어때?"

"염려해 주신 덕에 많이 좋아졌습니다."

여전히 누군가에게 흠씬 두들겨 맞은 듯한 통증은 있었지
만, 제 뜻대로 움직이지 못했던 다리는 많이 좋아졌다. 이마
를 몇 바늘 꿰맨 것 빼고는 큰 수술 하나 없었으니 빠른 회복
을 보이는 것도 당연했다. 이제 지수에게는 퇴원해도 좋다는
의사 소견이 내려졌다.

"다행이구만. 다행이야."

지수가 소독복을 벗고 자판기에서 따뜻한 율무차 한 잔을 뽑아 왔다.

"속이 따뜻해야 덜 지쳐요. 할아버지."

어느새 촉촉이 젖은 눈길로 정훈이 지수가 건네는 종이컵을 받았다. 마시지 못하고 따뜻한 종이컵을 쥐는 정훈의 손에 작은 경련이 일었다.

"할아버지."

"괜찮아. 괜찮아."

숨을 고르던 정훈이 따뜻한 율무차를 마른입으로 가져갔다.

"요 근래 저 녀석 얼굴이 많이 밝아진 게 다 아가씨 덕분이구만. 못난 놈 옆에 있어 줘서 고마워."

"무슨 그런 말씀을……."

"아비가 그리되고 엄마한테도 버림받아 나한테 왔을 때 단 한 번도 울거나 떼쓴 적 없는 가엾은 아이였어. 또다시 버림받으면 갈 곳이 없다는 걸 그 어린 것은 알았던 게야. 그걸 알면서도 부모 없이 자라 손가락질 받을까 봐 늘 엄하게만 키웠는데……."

"성현 씨도 할아버지 마음 다 알 거예요."

주름진 정훈의 손등 위로 지수의 손이 겹쳐졌다. 혼자가 아닌 기다림이라 그런지 외롭지 않았다. 그를 기다리는 순간순간이 언젠간 추억이 될 날이 오겠지.

퇴원을 해 며칠 만에 집으로 돌아온 지수는 기분이 이상했다. 죽을 고비를 넘기고 돌아온 집이라 그런지 굉장히 오랫동안 집을 비운 느낌이었다.

"앉아서 쉬고 있어. 엄마가 점심 금방 차려 줄게."

집에 들어오자마자 옷을 갈아입을 새도 없이 은숙이 주방으로 부리나케 갔다. 소매를 걷어붙이고 식사 준비하는 은숙의 뒷모습을 바라보던 지수는 콧등이 시큰해졌다. 병원에 입원해 있는 동안에도 늘 직접 도시락을 싸 오던 엄마였다. 자신을 생각하는 마음을 누구보다 잘 알아 지수는 가슴이 먹먹해졌다.

은숙이 식사 준비를 하는 동안 방으로 들어오니 이제야 비로소 집에 왔다는 게 실감이 났다.

"후."

무거운 한숨이 내려앉았다. 여전히 그는 차가운 중환자실에 있는데 혼자만 이리도 멀쩡해져 죄스러운 마음이 들었다.

복잡한 머릿속을 비우려 눈을 바쁘게 움직였다. 방 안은 그대로였다. 당연한 거였지만 원래 있던 옷장이나 화장대, 그리고 침대까지 뭐 하나 변하거나 바뀐 것이 없었다. 그래서인지 지수는 며칠 전 큰 사고가 났다는 게 믿기지 않았다. 자고 일어나면 없던 일이 될 것처럼 여전히 꿈만 같았다. 하지만 이마의 상처와 손에 남은 크고 작은 흉터들이 그날의 일을 대변해 주고 있었다.

"누나."

노크 소리와 함께 방문이 열렸다.

"응."

"뭐하고 있어? 점심 먹어야지."

"알았어. 금방 갈게."

입고 있던 카디건을 벗어 두고 뒤늦게 방에서 나왔다. 익숙한 반찬과 구수한 된장찌개가 차려진 소박한 식탁을 바라보는 그녀의 눈가가 흐려졌다. 사고가 난 이후로 감정 기복이 심해진 탓인지 시도 때도 없이 눈물이 났다. 지수의 눈물바람에 은숙도 훌쩍거리며 눈가를 훔쳤다.

"누나 퇴원한 좋은 날에 왜 다들 눈물 바람이야."

지수의 팔을 끌어다 제 옆에 앉힌 지혁이 가는 손목을 안타깝게 바라보다 손에 수저를 쥐여 주었다. 빨개진 눈으로 억지 미소를 그린 지수가 된장찌개를 떠서 입으로 가져갔다.

"맛있다."

어쩌면 두 번 다시 못 먹었을지도 모르는 된장찌개였다. 두 번 다시 못 봤을지도 모르는 사랑하는 가족들을 보고 있자니, 그녀 대신 차가운 중환자실에 있는 그가 떠올랐다. 덕분에 자신이 이렇게 사랑하는 가족들과 함께인 것이다.

"많이 먹어, 지수야."

지수의 앞에 그녀가 좋아하는 반찬을 가져다주며 은숙이

뒤늦게 수저를 들었다. 오랜만에 가족이 모두 모인 식탁 앞에 앉아 있으니 성현이 더 간절해졌다.

"누나 전화 온 것 같은데."

밥 먹던 지혁이 방으로 들어가 지수의 휴대폰을 가져다주었다. 시끄럽게 울리는 휴대폰을 건네받은 지수는 저장되어 있지 않은 낯선 번호에 의문스러운 표정으로 전화를 받았다.

"여보……."

—성현이 녀석 깨어났어! 방금 깨어나서 일반실로 옮겨졌으니까…….

그 뒤로 아무 말도 들리지 않았다. 벌떡 자리에서 일어난 지수는 그만 두 다리에 힘이 풀려 주저앉아 버리고 말았다. 지혁의 도움으로 다시 일어나서는 엄마를 꼭 끌어안고 아이처럼 울었다. 그녀의 등을 은숙은 말없이 토닥여 주며 같이 눈물을 흘렸다.

택시를 타고 정신없이 병원으로 향하는 동안 지수는 온갖 생각을 했다. 자신이 전화를 끊고 병원에 오는 사이 다시 잘못되진 않을까, 설마 이게 꿈일까 싶어 불안하고 초조했다. 하지만 지수의 손을 꼭 잡은 은숙이 불안함을 잠재워 주었다.

엘리베이터에서 내려 정훈이 알려 준 병실로 걸음을 옮기는 지수의 두 눈엔 벌써부터 눈물이 고였다. 우는 모습보다 웃는 모습을 더 보여 주고 싶은데, 그게 제 뜻대로 되지 않아 속상할 지경이었다.

이성현

이름을 바라보며 한참을 그렇게 서서 울다가 병실 문을 열자마자 지수는 그 자리에 주저앉아 버렸다.

"지수야."

그토록 그립고 그리웠던 목소리가, 간절했던 얼굴이, 거짓말처럼 눈앞에 있었다. 달려가 와락 품에 안기고 싶은데 감정에 복받쳐 몸이 말이 듣지 않았다.

가까스로 문고리를 잡고 바닥에서 몸을 일으킨 지수는 천천히 걸음을 옮겼다. 여전히 몰골이 말이 아닌 그의 모습을 바라보는 눈에서 뜨거운 눈물이 쏟아졌다.

"성현 씨……."

더 이상 아무 말도 할 수 없었다. 깨어났으니 되었고, 결국 돌아왔으니 되었다. 더 무슨 말이 필요할까. 지수를 바라보는 성현의 눈시울이 붉어졌다. 손을 뻗어 지수의 눈가를 훑어 내리던 그가 그녀를 제 품으로 끌어당겼다.

"기다려 줘서 고마워."

떨리는 목소리만큼이나 지수를 끌어안은 단단한 팔에도 떨림이 일었다. 그 떨림은 그녀의 가슴까지 전해졌다.

"살아 줘서 고마워요."

그토록 절실하고 간절히 바랐던 시간들이 결국 기적을 만들어 낸 순간이었다.

13. 여름의 끝, 함께

살짝 열어 둔 창문 사이로 싱그러운 바람이 불어왔다. 투명한 유리창 너머로 따스한 오후의 햇살이 침실을 비췄다.

불과 며칠 전이었다면 부는 바람이 얼마나 싱그러운지, 햇살이 따스한지도 몰랐을 것이다.

"아."

어린아이처럼 입을 벌린 성현이 목까지 빼고 재촉해 왔다. 잠깐 딴생각하는 것조차 허용 못 하겠다는 듯한 모습이 지수의 눈엔 마냥 사랑스러웠다.

"뭐 줄까요?"

"계란말이."

지수는 젓가락으로 계란말이를 집어 성현의 입에 넣어 주었다. 참새마냥 입을 벌리고 있는 모양새에 작게 웃음을 터트렸다.

웃을 일 같은 건 앞으로 없을 줄 알았는데 이런 날이 오는 걸 보면 참 신기하다.

"왜?"

오물오물, 볼이 터질 듯 부푼 모습으로 물어오는 성현을 바라보며 또다시 웃음이 새어 나왔다. 마냥 어른스럽고 기대고 싶기만 했던 남자의 어린아이 같은 모습은 또 다른 매력으로 다가왔다.

"다 먹고 얘기해요."

"왜 웃었어?"

음식물을 꿀꺽 삼킨 성현이 물로 입안을 헹구었다.

"입을 벌리고 있는 게 꼭 아기 새 같아서요."

"내가 아기 새면, 넌 어미 샌가?"

"그렇게 되나요?"

여전히 지수는 꿈만 같았다. 다정한 미소를 지으며 농담을 주고받는 이 남자가 정말 이성현이 맞나 싶어 지수는 하루에 몇 번씩 그의 뺨을 잡아당기곤 했다.

지수의 손이 성현의 얼굴로 향했다. 푸석한 얼굴을 살짝 잡아당기는 손에 의해 짙은 눈썹이 살짝 찡그려졌다. 그가 지수의 양손을 잡아다 제 얼굴로 가져왔다.

"마음껏 만져. 어차피 윤지수 거니까."

너그러운 얼굴로 말하며 그녀의 손등 위로 성현의 손이 겹쳐졌다. 양쪽 뺨에서 오뚝한 콧등 위로, 그리고 짙은 눈썹이 있는 이마에서 내려와 입술로 손이 옮겨졌다. 지수의 표정이 안도감으로 한결 밝아졌다. 그런데 얼마 안 가 눈시울이 금세 붉어졌다.

"안 본 사이 울보 다 됐어."

손을 뻗어 엄지로 눈가를 문질러 닦아 주는 성현의 눈빛이 짙어졌다. 이렇게 매일, 이런 슬픈 얼굴로 중환자실 앞에서 자신을 기다렸을 그녀를 떠올리자 그의 가슴이 미어졌다. 더 오래 기다렸으면 어쩔 뻔했나 싶으면서도 더 일찍 그녀의 곁으로 오지 못한 것이 안타까웠다.

"그러게요. 울보 다 됐어요. 누구 때문에."

감정 기복이 나날이 심해져 툭 하면 울고, 다시 아무 일 없다는 듯 웃는 게 지수의 일상이 되었다. 다리에 철심을 박은 그의 모습을 볼 때마다 미안하고 또 미안했다.

"정말 나 때문에 성현 씨 혼자 충격을 다 받은 거예요?"

말없이 그녀를 응시하던 성현의 눈동자가 흔들렸다. 사고 현장을 조사하던 경찰 관계자들의 말이 맞았다. 지수의 눈에서 뜨거운 눈물이 뺨을 타고 흘러내렸다.

"결국 나 때문인 거잖아. 이렇게 많이 다친 거……."

"미안해. 혼자서 많이 무서웠지?"

뺨을 타고 흐르는 눈물을 연신 손으로 거둬 내던 성현이 지수를 끌어안았다.

가만히 등을 토닥여 주며 되레 미안하다고 사과하는 모습
에 그녀의 가슴이 꽉 막히는 듯했다.

"아, 도시락 치워야지."

눈물로 얼룩진 얼굴을 보이기 싫어 어느새 깨끗하게 비운
도시락을 치우려는 그녀의 손을 성현이 잡아끌었다. 시선이
마주친 순간, 성현은 지체 없이 지수의 입술을 삼켰다.

그녀의 등을 감싼 손에 힘을 싣자 상체가 부딪힐 듯 가까
워졌다. 침대 끄트머리에 살포시 앉은 지수가 그의 목을 감
싼 채 고개를 움직였다. 그렇게 시작된 입맞춤은 끝날 줄 모
르고 계속 이어졌다.

안으로 들어가려던 은숙이 흐뭇한 표정으로 문을 닫았다.
저렇게 서로 좋아 죽는 모습을 보니 자신이 반대했던 이유가
아무것도 아니라는 생각이 들었다.

딸을 살리고 대신 목숨을 내놓으려 했던 성현의 마음이 얼
마나 진실 되고 간절한지 은숙은 느낄 수 있었다. 만약 그가
아니었다면, 차디찬 중환자실에 있어야 할 사람은 딸이었을
지도 모른다고 생각하니 더 미안하고 죄스러운 마음이 들었
다.

은숙은 잠시 의자에 앉았다. 두 사람의 오붓한 시간을 방
해하고 싶지 않은 탓이었다. 죽을 고비를 넘기고 살아 돌아

왔으니 얼마나 애틋하고 좋을까.

"왜 안 들어가시고 나와 계십니까?"

병실 문을 가리키며 정훈이 말을 걸어왔다. 은숙은 의자에서 일어나 가볍게 인사했다. 지수의 병간호로 인해 병원에 살다시피 하면서 정훈과도 안면을 튼 상태였다.

"할아버님도 조금 이따 들어가 보시는 게 좋을 것 같은데……."

"흠흠."

병실 문을 돌아보며 보내는 은숙의 눈치에 정훈은 헛기침을 해 댔다.

"그럼 좀 앉아야겠구만."

정훈이 은숙의 옆에 빈자리를 보며 하는 말이었다. 은숙은 그가 의자에 앉을 수 있도록 몸을 비켜섰다. 정훈이 의자에 앉자 은숙도 말없이 앉았다.

"제가 많이 반대했었습니다."

속죄하듯 터져 나온 은숙의 목소리가 측은했다.

"오래전, 차디찬 바닥에 무릎을 꿇고 있던 걸 기억합니다. 나라도 반대했을 겝니다."

정훈이 모자를 벗고 그녀에게 고개를 숙였다.

"그럼에도 우리 성현이를 받아 주셔서 감사합니다. 어려운 결정이었다는 거 압니다."

"별말씀을요. 감사 인사는 오히려 제가 드려야 하는데요."

송구스럽다는 듯 은숙이 어쩔 줄 몰라 했다. 그러다 곧 편안한 얼굴로 말을 이었다.

"살다 보니 별일이 다 있습니다. 요 며칠간 지옥에서 사는 기분이었는데 인정할 건 인정하고, 놓을 건 놓으니 마음이 한결 편안해지네요."

"사는 게 별거 있습니까. 아이들이 저리 좋아하는데, 무슨 이유가 필요할까요."

동조의 의미로 미소를 지은 은숙이 고개를 끄덕였다. 지수의 목숨을 대신했을 때부터 이미 성현을 반대할 이유가 없어진 셈이었다.

병실 안에서 들려오는 행복한 웃음소리를 듣는 그녀의 입가에도 웃음꽃이 만발했다. 은숙은 결심이 선 얼굴로 말했다.

"결혼식은 간소화하는 게 어떨까요."

정훈의 시선이 은숙에게 닿았다. 나이를 먹은 티를 내듯 주름이 자상하게 한층 더 깊어졌다.

"애들 의견이 중요하겠지만, 저 역시 사부인 의견에 동감합니다."

익숙지 않은 호칭에 은숙은 민망했지만 싫지는 않았다. 그 후 그들은 성현과 지수의 미래를 생각하며 이야기꽃을 피웠다.

"몸조리 잘 하시고 퇴원 후에 뵐게요."

의미심장한 미소를 지은 최 대리가 지수의 옆구리를 콕콕 찔렀다. 민망함에 어쩔 줄 몰라 그녀의 얼굴이 발갛게 달아올랐다.

"다들 와 줘서 고맙습니다."

힘겹게 성현이 상체를 일으켜 병문안 온 사람들에게 인사했다. 지수는 사람들을 배웅하기 위해 같이 병실을 따라나섰다. 일전에 다 함께 한 번 병문안을 왔지만 중환자실에 있는 그를 면회하지 못하고 돌아갔었다.

"와 주셔서 정말 감사해요."

수줍게 인사하는 지수에게 사람들은 그녀의 어깨를 툭툭 치며 다독였다.

"그동안 많이 힘들었겠어. 뉴스 보고 내가 얼마나 깜짝 놀랐는지 몰라. 다시 생각해도 오금이 저려."

"맞아요. 이만하길 정말 다행이에요."

최 대리의 말을 거드는 사람들을 보며 지수는 눈물이 핑 돌았다. 늘 자신을 아껴 주고 챙겨 주는 사람들에게 깊은 고마움을 느꼈다.

"팀장님 잘 챙겨 드려. 그래도 지수 씨가 곁에 있어서 안심이다. 이만 가 볼게."

엘리베이터 문이 열리자 사람들이 탑승하며 손을 흔들어 인사했다. 지수는 한결 가벼워진 얼굴로 병실로 걸음을 옮겼다.

"다들 잘 갔어?"

"엘리베이터 앞까지 배웅하고 오는 길이에요. 그나저나 어떡해요, 이제."

"뭘?"

방금 전 다녀간 사람들이 사 온 귤을 까먹던 성현은 지수와 달리 태연했다. 끝까지 그와의 사이를 숨길 생각은 없었다. 다만 불시에 들이닥친 사람들로 인해 한창 애정 행각을 벌이던 두 사람은 민망한 장면을 들켜 버리고 말았다.

"몰라서 물어요? 우리 사이가 회사에 퍼지는 건 시간문제라고요."

"사내 연애 좋잖아. 이제 숨어서 할 필요도 없고. 좋네."

"여심 루팡에 홀린 여직원들은 어쩔 건데요? 공공의 적이 된 셈인데, 내 걱정은 안 돼요?"

뾰로통한 얼굴로 다다다 지수가 쏘아 대는 통에도 그는 태연한 얼굴로 귤을 까 지수의 입에 넣어 주었다.

"귤이 아주 달아. 맛있어. 먹어 봐."

"지금 귤이…… 진짜 맛있다."

속도 없이 이런 상황에서도 입안을 가득 채운 귤의 당도에 놀라고 말았다.

"난 이제 귀찮게 하는 여자들이 없어져서 너무 좋은데. 안 그래도 몰래 숨어서 하는 연애가 성미에 맞지도 않았으니까. 그리고 혹시나 너한테 관심 있었던 남자들도 퇴치하고 좋지. 안 그래?"

"그런 사람 없는 거 알면서."

팔짱을 끼고 가자미눈을 한 채 노려보았지만 그가 귤을 까 입에 갖다 대자 입을 아, 하고 벌렸다.

"마음 같아선 이마에 써 붙이고 싶어. 애인 있음. 이성현 거. 이렇게."

"유치하게 뭐예요, 그게."

"그러니까 유치한 남자 만들지 말고 순순히 받아들이는 게 어때? 자, 아."

익숙하게 귤을 받아먹는 지수의 얼굴에 행복 가득한 미소가 피어올랐다. 여전히 걱정되는 건 사실이지만 내일로 미뤄 두기로 했다.

"그나저나 귤 진짜 달다."

"그렇지?"

성현이 깐 귤을 넙죽넙죽 잘 받아먹던 지수가 화들짝 놀란 얼굴로 그의 손에서 귤이 든 봉지를 가져갔다.

"환자를 부려 먹을 순 없죠."

지수의 손에서 다시 봉지를 가져간 성현이 너그러운 표정으로 변했다.

"무슨 일인가 했네. 손은 멀쩡하니까 이 정돈 할 수 있어."

"괜찮긴요. 그래도."

여전히 환자를 부려먹는 것 같아 미안한 눈빛이 그의 손에 든 봉지로 향했다.

"윤지수는 나한테 발도 되어 주고, 손도 되어 주는데 이 정도도 못 하게 해 줘?"

"에이, 그건……."

"지금 윤지수가 해야 할 일은 내가 까 준 귤을 맛있게 먹는 거야. 자."

도저히 거부할 수 없게 만드는 태도에 지수는 결국 지고 말았다. 다시 아이처럼 아, 하고 입을 벌려 받아먹었다.

눈앞이 아득했었던 최악의 상황이 언제였는지 모를 정도로 지수는 매일매일 행복에 겨웠다.

그를 잃을 뻔한 경험을 겪고 나니, 지금이 얼마나 행복한 순간인지 지수는 다시금 깨달았다. 성현과 함께하는 시간을 소중하게 오랫동안 간직하고 싶었다.

❖   ❖   ❖

가해자와 함께 온 보험사 직원이 연신 고개를 조아리며 병실 밖으로 나갔다. 싸늘한 시선으로 마지막으로 나서는 가해자의 뒤통수를 노려보았다. 많은 부상자와 재산 피해를 입힌 가해자가 털끝 하나 다치지 않고 멀쩡한 모습으로 나타나자 성현은 분노를 느꼈다.

저 사람으로 인해 자신은 목숨을 잃을 뻔했고, 지수는 크게 다칠 뻔했다.

목숨을 잃어도 이상하지 않은 큰 사고였다. 아찔했던 순간을 떠올리자 손에 경련이 일어났다.

그런데 뻔뻔스럽게 합의를 부탁하는 모습이 좋게 보이지 않았다. 단지 나이 든 부모가 성현에게 무릎을 꿇고 사죄하는 모습이 떠올라 조금 괴로웠을 뿐.

어떻게 할지 어느 정도 생각해 둔 바가 있었지만, 아직 결정을 내리지 못했다.

"방금 가해자랑 그 가족들이 다녀간 거죠?"

병실 안으로 들어온 지수가 다급한 얼굴로 다가와 물었다. 고개를 끄덕인 성현의 불편한 표정에 그녀가 말을 이었다.

"합의 때문에 온 거죠?"

"그렇지. 아들을 전과자 만들고 싶진 않을 테니까."

"어떻게 할 생각이에요?"

의자에 앉으며 지수가 조심스럽게 물었다.

"합의는 해 줄 생각이야. 나 역시 앞길 창창한 젊은 사람, 전과자로 만들고 싶진 않거든."

의외라는 듯 지수의 표정이 변했다.

"단 조건을 붙일까 해."

"조건이요?"

"앞으로 절대 운전대 잡지 말 것. 그리고 합의금은 사회에 전부 환원하는 조건만 수락한다면 나쁘지 않을 것 같아. 네 생각은 어때?"

의견을 구하는 성현의 모습이 사뭇 진지했다.

"언제 그런 생각을 다 했어요?"

"솔직히 전과자 만들어서 평생 후회하면서 살게 하고 싶어. 죽을 뻔했고, 죽을 고비를 넘겼으니까. 그런데 생각해 보니 꼭 전과자가 되어야만 후회하진 않을 것 같아서. 평생 운전하지 못하게 만들면 그거대로 속죄하며 살진 않을까하는 생각이 들었어."

가만히 성현의 말을 듣던 지수는 그의 깊은 생각에 새삼 감동하여 손을 맞잡았다. 그녀 역시 성현이 돌아왔으니 뭐든 상관없었다.

"성현 씨 생각대로 해요."

"쉽게 합의해 준다고 화낼 줄 알았더니."

지수의 코를 비틀며 성현이 장난을 걸어왔다.

"조건을 들어 보니 나도 동의할 수밖에 없어서 화낼 수가 없어요."

"그럴 줄 알았어."

지수의 얼굴을 감싼 그의 손이 턱을 들어 올려 시선을 마주하게 했다. 짙은 눈길로 지수를 빤히 응시하던 성현이 허리를 숙여 그녀의 입술에 입을 맞췄다.

그녀에게로 내려앉은 입술이 살짝 벌어진 틈 사이를 가볍게 파고들어 고른 치아를 훑고 지나간 뒤 각도를 달리하여 더 깊게 흡입했다. 타액과 숨결이 얽히면서 누군가의 입에서 야릇한 신음이 흘렀다.

"아."

부끄러움에 붉어진 지수의 뺨을 감싸던 손이 그녀의 뒤통수를 잡고 바짝 끌어당겼다. 이끌리듯 의자에서 몸을 일으킨 지수가 천천히 침대로 옮겨 앉았다.

그녀의 허리를 끌어안은 손이 바짝 당겨짐과 동시에 상체가 부딪혔다.

"하아."

지수의 입에서 뜨거운 숨결이 성현의 목덜미를 간질였다. 오소소 돋는 기분 좋은 소름이 사내의 본능을 깨우기 충분했다.

촉촉하게 젖은 입술을 내려다보는 그의 눈빛이 반질반질하게 빛났다. 속내를 간파한 지수가 가볍게 그의 가슴을 밀어냈다.

"환자면 환자답게 치료에 집중하세요."

"환자 취급하는 거야?"

"환자 취급이 아니라 진짜 환자잖아요. 며칠 전까지만 해도 의식 불명으로 중환자실에서 누워 있었거든요?"

가자미눈을 하고선 지수가 무섭게 다그치자 성현의 입가에서 낮은 한숨이 흘러나왔다. 하필이면 한쪽 다리에 철심을 박아 놓은 덕에 절대 안정을 취해야 했다.

"그러니까 환자답게 안정을 취하세요."

성현의 아쉬운 눈길에도 불구하고 냉정한 얼굴로 지수가 침대에서 일어났다.

"환자여도 할 건 다 할 수 있어. 응?"

"자꾸 그러면 의사 선생님 모셔 올 거예요."

지수의 으름장에 성현이 작게 투덜거리며 삐친 얼굴을 보였다.

"이성현 어린이는 퇴원할 때까지 안정을 취해야 해요."

"어린이?"

지수의 놀림에 성현의 눈썹이 꿈틀댔다. 환자 취급에 이어 이젠 어린이라니. 체면이 말이 아니다.

"마실 것 좀 사 올게요. 기다리고 있어요, 이성현 어린이."

계속되는 놀림에 성현은 대답도 하지 않고 병실을 나서는 지수의 뒷모습을 불만 어린 시선으로 바라볼 뿐이었다. 그녀의 말대로 당분간 절대 안정을 취하며 퇴원하는 날만 기다리는 수밖에 달리 방도가 없었다.

"절대 안정? 하지, 뭐."

단, 입원해 있는 동안만이었다. 지수가 돌아오길 기다리는 성현의 입가에 장난기가 가득한 미소가 그려졌다.

지수가 나가고 얼마 지나지 않았을 무렵이었다. 완전히 닫히지 않은 병실 문을 밀고 안으로 들어온 사람으로 인해 성현은 적잖게 놀란 표정이 되었다.

누웠던 몸을 일으키자 은숙이 미안한 표정으로 곁으로 다가왔다.

"누워 있어요. 몸도 성치 않은 사람이 무슨 예의를 차리리고 그래."

마지막으로 봤을 때와 다르게 은숙의 목소리는 한층 누그러져 있었다. 은숙은 들고 있던 가방에서 반찬 통 여러 개를 꺼내었다.

"오늘 아침에 지수한테 싸 준다는 걸 깜박해서 가지고 왔어요. 입에 맞을까 모르겠네."

"매번 감사합니다. 맛있게 잘 먹고 있습니다."

성현이 일반실로 옮겨진 후 은숙은 일주일에 한두 번씩 갓 지은 밥과 반찬을 만들어 지수의 손에 들려 보내었다. 돌아오는 빈 반찬 통을 보며 은숙은 내심 흐뭇해하곤 했었다.

"그런데 지수는……."

"방금 마실 거 사러 나갔습니다. 전화해 보겠습니다."

"아니, 그럴 것 없어요."

냉장고에 반찬을 차곡차곡 정리해 두던 은숙이 손사래를 쳤다.

"이런 말 진작 해야 한다는 거 아는데 인사가 늦었어요.

고맙고 미안한 마음뿐이에요."

"무슨 그런 말씀을……."

일전에 한 약속을 지키지 못해 은숙이 크게 노할 줄 알았던 성현은 뜻밖의 말에 짐짓 당황하고 말았다.

"우리 지수 살리려고 죽을 뻔한 거 알아요."

"당연한 일이었습니다. 그리고 말씀 편하게 놓으십시오."

지금 생각해도 가슴이 철렁 내려앉는 사고 당시를 떠올리며 은숙이 눈가를 훔쳐 냈다. 그의 말대로 조심스럽게 말을 이어 갔다.

"고맙다는 말로 부족하다는 거 아네. 그동안 내가 몹쓸 말을 정말 많이 한 것도 알고. 잘못한 사람은 따로 있는데 그 화가 엄한 곳으로 갔어."

조심스럽게 성현의 손을 잡은 은숙이 손등을 매만졌다.

"내 전남편으로 인해 자네 역시 어미에게 버림받은 걸 알면서도 인정할 수가 없었네. 그래서 모질게 대할 수밖에 없었고. 결국 자네도 피해자인 걸 너무 늦게 알아 버렸어. 모든게 내 잘못이야."

"어머님."

"우리 지수 옆에 있어 주게."

허락의 말에 성현의 눈자위가 붉어졌다. 염치 불구해서 허락해 달라는 말조차 꺼내기 어려웠던 성현은 생각지도 못한 은숙의 허락에 가슴에 쌓였던 응어리가 깨끗하게 씻겨 나가는 기분이었다.

무엇보다 살아 줘서 고맙다는 말이 이렇게 가슴을 찡하게 만들지 그는 미처 몰랐다.

안으로 들어가려던 찰나, 들리는 엄마의 목소리에 잠깐 멈 칫했던 지수는 문틈으로 두 사람을 잠시 지켜보았다. 성현의 손을 잡고 그저 고맙다는 말만 되풀이하는 엄마의 뒷모습을 바라보자 가슴이 뭉클해졌다.

성현을 볼 때마다 그녀 역시 힘들고 고통스러웠던 유년 시 절이 떠올라 괴로웠다.

그럼에도 지수는 그의 곁에 있고 싶었다. 성현 역시 자신 만큼이나 불행한 어린 시절을 보냈다는 것을 알기에 가능한 일이었다.

"엄마."

아무리 부모라도 허락할 수 없는 일이 있는 법. 은숙이 그 를 있는 그대로 받아들이는 것이 얼마나 힘든 일인지 알고 있기에 주체 없는 눈물이 뺨을 타고 흘러내렸다.

"엄마, 미안해요. 고마워요."

자신을 위해 그에게 먼저 손을 내밀어 준 은숙에게 말할 수 없는 감정들이 몰아쳤다. 힘든 결정에 그녀가 보답하는 길은 그 누구보다 행복해지는 일이었다.

힘든 일을 겪고, 죽을 고비를 넘긴 후 찾아온 과분한 행복에 지수는 그제야 웃을 수 있었다. 이젠 그와 당당히 미래를 꿈꿀 수 있게 되었다.

잃을 뻔했기에 그 가치가 얼마나 소중한지를 가슴속 깊이 새겼다.

성현은 나날이 빠르게 회복됐고 얼마 지나지 않아 퇴원해도 된다는 의사의 소견이 내려졌다. 어느덧 여름 중반을 넘어서 무더위가 기승을 부리는 날이었다.

지수가 퇴원 수속을 마치고 올라오자 편한 옷으로 갈아입은 성현이 그녀를 기다리고 있었다. 여전히 한쪽 다리는 깁스 중이라 불편했지만, 통원 치료가 가능했다.

"가요, 성현 씨."

환하게 웃으며 다가온 지수의 부축을 받아 성현이 목발을 짚고 일어섰다. 이제 지루한 병원 생활도 끝이라는 생각에 병실을 나서는 그의 얼굴이 어느 때보다 밝았다.

"퇴원하는 소감이 어때요?"

다정하게 물어오는 지수의 물음에 성현이 미소 지었다.

"다리까지 다 나아서 퇴원했으면 더 좋았을 텐데."

"조금만 더 참아요. 아직 뼈가 다 붙지 않았대요."

지수의 애교 있는 목소리에 성현이 음흉한 미소를 지으며 얼굴을 내렸다. 들릴 듯 말 듯 지수의 귀에 속삭였다.

"퇴원하면 널 안을 생각에 잔뜩 기대했다고."

지수의 얼굴이 화르륵 달아올랐다. 귓불까지 빨개진 동그란 눈이 성현에게 닿았다. 사내의 본능을 일깨울 정도로 충분히 사랑스러웠다.

"일단 환자니까 윤지수 말대로 절대 안정을 취한 뒤에 보자고."

"성현 씨……."

이렇게 다시 그녀를 다정하게 바라볼 수 있다는 사실에, 마주 보며 웃을 수 있음에 성현은 감사하며 병원을 나섰다. 따사로운 햇살에 살짝 미간을 찌푸렸다가 적응된 눈을 완전히 뜨자 세상이 달라 보였다. 새삼 살아서 다행이란 생각이 들었다.

마침 멈춰 선 택시 뒷좌석에 두 사람이 다정하게 앉았다. 햇살을 받은 지수의 말간 뺨이 뽀얗게 보였다. 성현은 지수의 손을 잡아끌어 제 무릎 위에 올려 두었다.

"점심 뭐 먹을까요?"

"윤지수……."

뒤늦게 택시 기사를 눈치챈 성현이 말끝을 길게 늘였다. 사랑스러움을 담은 그의 눈빛이 지수의 얼굴로 내려앉았다. 그가 지금 제일 간절한 게 바로 눈앞에 있었지만 차마 말할 수 없었다.

도우미 아주머니가 다녀간 모양인지 냉장고 안은 밑반찬

으로 차곡차곡 쌓여 있었다. 찌개와 밥까지 해 두고 가 지수가 수고스럽게 음식을 할 필요는 없었다. 그렇게 점심을 간단히 해결한 뒤 뒷정리를 끝낸 후 그녀가 찬장으로 손을 뻗으며 물었다.

"커피 줄까요?"

"응. 부탁할게."

돌아온 대답에 지수가 커피포트에 물을 올리고 커피 탈 준비를 했다. 곧 향긋한 향기가 후각을 자극했다.

"자, 마셔요."

머그컵 두 개 중 하나를 성현의 앞에 내려놓고 지수가 곁에 앉았다.

"오랜만이다. 윤지수가 타 준 커피."

커피를 한 모금 마시며 성현이 매력적인 미소를 그렸다.

"성현 씨, 이제 큰일 났어요."

"큰일이라니?"

쌜쭉하게 눈을 뜬 지수가 머그컵을 테이블에 내려두었다.

"회사 전체에 소문이 났다고요. 우리 둘이 사귀는 거."

"듣던 중 반가운 소린데."

커피로 입술을 적시는 그의 입술이 길게 늘어났다.

"얄미워, 진짜."

"내가?"

"네. 그쪽이요."

검지로 성현의 가슴을 쿡 찌른 지수가 통명스럽게 말했다. 얄궂게 웃으며 지수의 손을 가볍게 잡아끈 성현은 제 품에 안긴 그녀를 음흉한 눈길로 훑었다.

다리만 멀쩡했다면 퇴원하자마자 그녀를 안았을 텐데, 이렇게 아쉬울 수가 없었다.

성현의 마음을 읽은 지수가 그의 뺨을 감싸곤 입을 맞추었다. 여전히 서툴었지만, 그조차 사랑스러워 벌써 중심부에 뜨거운 피가 고이는 기분이었다.

성현이 고개를 달리하여 입술을 더 깊게 머금었다. 숨결까지 모조리 마실 기세로 입술을 흡입하며 지수의 등을 감싸던 손이 아래로 내려왔다. 얇은 블라우스를 들추고 고새 맨살을 쓰다듬는 손길이 유혹적이었다.

보드라운 살결을 매만지던 손이 유영을 하며 속옷을 단번에 들어 올렸다. 한 손에 들어오는 아담한 가슴을 주무르다 이내 정점을 눌러 본다.

당장에라도 가슴에 얼굴을 묻은 뒤 마음껏 비벼 대고 싶은 충동에 휩싸인 성현의 눈동자가 검게 빛났다. 그는 지수를 그대로 소파에 눕히곤 상체를 내렸다.

"맛만 볼게."

블라우스 단추를 천천히 하나씩 풀자 드러난 뽀얀 가슴이 꽤 선정적이다. 환자라는 것을 잊게 할 만큼의 섹시함을 말없이 감탄하다 고개를 내렸다.

양손으로 가슴을 주무르다 가운데로 모아 올리자 생긴 가슴골에 얼굴을 비벼 대며 흔적을 남겼다. 붉은 표식을 군데군데 남긴 후 고새 발딱 솟은 정점을 잘 익은 과실을 베어 먹듯 입에 가두었다.

"아!"

지수의 입에서 탄식이 쏟아졌다. 어쩔 줄 몰라 발가락만 꼼지락거렸다. 그의 입술이 점령한 곳은 가슴인데 이상하게 아래가 저릿해졌다.

두 다리를 어쩌지 못한 채 꼼지락거리며 질끈 감은 지수의 속눈썹이 이내 파르르 떨었다. 그토록 간절했던 성현의 품에 안기자 눈물이 핑 돌았다.

"저번에 내 생일 선물 킵해 놓은 거 있잖아요."

지수의 말에 성현이 고개를 들었다.

"받고 싶은 선물이 생각났어요."

"뭔데?"

여전히 음흉한 눈길로 지수의 가슴을 주무르며 물었다.

"성현 씨 다리 다 나으면 그때 말할게요. 그래도 되죠?"

"좋을 대로."

더할 나위 없이 자상한 미소가 더욱 짙어지나 싶더니 그대로 지수의 가슴 위로 내려앉았다. 지금 그에게 있어 급한 건 이쪽이었다.

벌건 대낮부터 열기가 아주 뜨거웠다.

❋ ❋ ❋

그가 없는 회사 생활이 어느덧 한 달을 훌쩍 넘어가고 있었다. 불 꺼진 팀장실을 볼 때마다 외롭고 쓸쓸했다. 늘 고개만 돌리면 있던 사람이라 그의 자리가 크게 느껴질 줄 지수는 몰랐다.

성현이 병가를 내는 동안 서 과장이 커버할 수 있는 업무를 맡아 하고 다른 사람들이 그녀의 업무를 나누었다. 업무량은 늘었지만, 여러 일을 배울 수 있어 지수에겐 좋은 기회였다. 몸은 고되었지만, 즐거웠다.

오늘은 불금을 만끽하기 위해 다들 칼퇴하는 분위기였다. 지수 역시 하던 업무를 대략 마무리하고 그 무리에 합류했다.

"오랜만에 우리끼리 한 잔 어때?"

술잔을 넘기는 시늉을 하며 수연이 눈을 빛냈다. 지수 역시 함께하고 싶었지만, 그녀는 요즘 퇴근하면 바로 성현의 오피스텔로 가서 그의 거동을 도와주는 중이었다. 안 와도 된다며 극구 사양하는 그였지만, 지수는 자신이 도와줄 수 있는 한에서 최선을 다하고 싶었다.

"다음에요, 선배."

"알았어. 그럼 팀장님 깁스 풀면 진하게 마시는 거다?"

"네. 그럼요."

거절하는 지수의 미안한 표정을 본 수연이 터프하게 그녀의 어깨를 두어 번 친 뒤 다음으로 약속을 미루었다.

회사 앞에서 수연과 인사한 뒤 얼마 지나지 않아 지수 앞에 뜻밖의 사람이 나타났다. 그것도 깁스한 채가 아니라 멀쩡한 두 다리로.

놀란 지수가 한달음에 성현에게 다가갔다.

"어떻게 된 거예요?"

"오늘 병원 가서 깁스 풀었어."

"그런데 나한테 말도 안 했어요?"

두 다리로 땅을 딛고 서 있는 모습을 지수가 감동한 얼굴로 빤히 바라봤다.

"놀라게 해 주고 싶었어."

"그런 의도였다면 성공했어요. 놀란 것도 모자라 감동했거든요."

그동안 많이 불편하고 힘들었을 텐데, 참 잘 참았다 싶어 대견스러웠다. 단 한 번도 힘든 내색, 짜증 한 번 안 부리던 그였으니 가끔 지수는 그의 인내심을 시험해 보고 싶을 정도였다.

"좀 걸을까?"

"좋아요."

지수는 자연스럽게 성현에게 팔짱을 꼈다. 살랑살랑 부는 바람이 제법 시원해 딱 걷기 좋은 날씨였다.

"일은 어때?"

"죽을 맛이에요."

지수의 귀여운 투정에 성현의 입술이 속절없이 허물어졌다. 예전 같았으면 할 만하다든지, 보람차다든지 어른스러운 말을 했을 것이다.

꾸밈없이 자신에게 있는 그대로 투정 부리는 모습이 성현에겐 더 살갑게 다가왔다.

"며칠만 더 수고해 줘."

"설마 벌써 복귀하려고요?"

"당연하지. 애인을 고생시키는 무능력한 남자는 되고 싶지 않거든."

지수의 코를 살짝 잡아당기며 성현이 미소 지었다.

"무리해도 돼요?"

지수의 걱정에 성현이 의기양양한 표정을 지었다.

"집에만 있었더니 답답하고 좀이 쑤셔서 빨리 출근하고 싶어. 무엇보다 내 애인도 맘껏 보고 싶고."

"말이라도 못하면."

그의 넉살에 지수가 입술을 삐쭉 내밀었다. 그렇게까지 말하는데 걱정하는 건 그만둬야겠다 싶었다. 괜히 그의 마음을 더 무겁게 만들고 싶지 않아서였다.

"다음에 할아버지 댁에 가자. 네가 많이 보고 싶은가 봐."

"정말요?"

"다친 손자 안부보다 네 안부를 더 물으니 말 다했지."

살짝 서운한 표정으로 말하면서도 정훈이 지수를 마음에 들어 해서 내심 기분 좋았다. 덕분에 귀찮은 안부 전화가 늘었지만 말이다.

"할아버지 뭐 좋아하세요?"

"너만 오면 충분할 거야. 그 노인네는."

진심이 묻어나는 성현의 모습에 지수가 작게 웃었다. 어쩐지 정훈을 만날 날이 벌써부터 기대됐다. 성현의 팔짱을 끼던 손을 내려 맞잡았다. 손가락 사이사이 맞물린 손에 힘이 실렸다.

"나 다리도 다 나았는데 이제 말해 줄 때도 되지 않았어?"

그녀를 내려다보며 성현이 제법 궁금한 얼굴로 물었다. 그가 일반실로 옮겨질 때부터 줄곧 생각하던 선물이었다. 성현이 완전히 회복할 때 말해 주려고 기다리던 중이었다.

"나 손이 너무 허전해요. 안 그래도 손도 안 예쁜데 허전하니까 더 못 생겼어."

왼손을 펼치며 지수가 운을 뗐다. 그 모습을 귀엽게 바라보며 성현이 웃음 지었다.

"작고 반짝이는 거?"

지수가 단번에 고개를 끄덕였다.

"작고 반짝이는 결혼반지요."

그녀의 진지한 말에 성현의 입가에 미소가 사라졌다. 하지만 이내 입술이 길게 늘어나면서 문득 이런 생각이 들었다. 이 여자라면 남은 인생을 꼭 함께해야겠다고.

"남자가 할 말을 왜 네가 하고 있어."

"누가 하든 뭐 어때요."

이러니 안 반하고 배길까.

"됐어. 오늘 들은 건 안 들은 걸로 할 거야."

"그럼 반지는요?"

"내가 사고 싶을 때 살 거야. 그때까지 참아."

"치이."

삐친 얼굴조차 사랑스러운 지수의 손을 성현이 잡아끌었다. 마음 같아선 당장이라도 네 번째 손가락에 반지를 끼워 주고 싶었으나 오늘은 아니었다.

"나 언제까지 참아야 해요? 네?"

차라리 언제 청혼할 거냐는 물음에 답이 더 쉬울 것 같다고 생각하며 성현이 낮게 웃었다. 사랑스럽다는 단어 말고 더 특별한 단어가 있다면 바로 그건 그녀를 향한 말일 것이다.

"사랑해, 윤지수."

"비겁해."

이런 여자라면 기꺼이 자신을 있는 그대로 받아 주겠다는 확신과 함께 그녀를 향한 마음이 더욱 경도되었다.

한 걸음, 한 걸음이 모여 비로소 완성된 사랑은 더욱 견고해졌다.

무더운 여름의 끝자락, 두 사람은 여전히 함께였다.

에필로그

회사 복귀 후 성현은 정신이 없었다. 야근은 말할 것도 없고 주말 근무까지 해야 하는 실정이었다. 부서장의 자리가 오랫동안 비어 있던 만큼 밀린 업무량도 상당했다. 서 과장과 최 대리가 커버할 수준을 넘어선 업무는 성현이 돌아오고 나서 일사천리로 처리되고 있는 중이었다.

"하아."

담배 생각이 절실했다. 하지만 그것보다 따뜻하고 아늑한 지수의 품에 대한 간절함이 컸다. 무거운 한숨을 토해 내며 그의 눈이 아직 한참이나 남은 서류 더미로 향했다. 모두가 퇴근한 사무실엔 성현 혼자였다. 다들 너무 무리하는 거 아니냐며 걱정했지만, 이제 슬슬 결혼 준비도 해야 하기 때문에 그 전에 바쁜 일을 어느 정도 마무리해야 했다.

한편 의구심이 묻어나는 성현의 눈길이 창밖으로 향했다. 요 근래 지수는 부쩍 바빠졌다. 한두 달 전부터 뭔가 배우러 다닌다며 칼퇴근을 하는 중이었다. 뭘 배우냐는 그의 물음에도 그저 웃으며 다음에 알게 될 거라는 의미심장한 대답을 할 뿐이었다. 궁금하긴 했지만 굳이 추궁해서 억지로 듣고 싶지 않아 참고 있었다.

그러고 보니 오늘이 마지막 수업이라고 했지. 성현이 거치대에서 휴대폰을 가져와 전화를 걸려고 할 때 벨이 울렸다. 발신인 이름을 바라보는 그의 입꼬리가 속수무책으로 올라갔다.

"어. 어디야?"

전화를 받으며 컴퓨터 전원을 끄곤 쌓여 있던 서류를 한쪽으로 밀어 두었다.

—나 지금 회사 지하 주차장이에요. 어서 내려와요.

옷걸이에서 외투를 챙기는 그의 얼굴이 의문스럽게 변했다. 어째서 다시 회사로 왔는지 궁금했지만 직접 물어보면 될 터였다.

"바로 내려갈게."

대부분의 사람들이 퇴근한 회사 복도는 쥐 죽은 듯 조용했다. 피곤한 얼굴로 엘리베이터를 탄 성현은 눈자위를 꾹 눌렀다. 당장이라도 침대에 쓰러져 내일 아침까지 자고 싶은 기분이었다. 곁에 그녀만 있으면 금상첨화일 것 같았다.

지하 주차장에서 다다른 그는 차에 기대 서 있는 지수에게 다가갔다. 그녀가 활짝 웃으며 그대로 성현의 품에 안겼다. 회사 내 공식 커플이고 곧 결혼할 사이라 그런지 스킨십이 과감했다. 지수의 머리에 얼굴을 묻으며 성현도 피곤함을 날려 버렸다.

"이 늦은 시간에 어쩐 일이야?"

"대리운전 해 주려고요."

눈웃음을 지으며 지수가 성현의 외투에서 키를 가져갔다. 뭐라 말하려는 성현의 표정을 당차게 되받아치며 차 문을 열었다.

"안 타면 놓고 갈 거예요."

차 주인을 앞에 두고 누가 누굴 놓고 간다는 건지, 당돌한 지수에 성현은 다소 넋이 나간 상태였다.

일단 그녀의 말대로 순순히 조수석에 탑승한 성현의 불안한 눈길이 지수에게로 향했다. 그가 알기로 그녀는 장롱면허였다.

"지수야."

"벨트 매세요. 출발할 거니깐."

의자를 조절하고 벨트까지 야무지게 매며 지수가 시동을 걸었다. 기어를 조종하고 액셀러레이터를 밟자 천천히 차가 출발했다.

성현은 여전히 이 상황이 황당할 뿐이었다. 다행히도 차는 순조롭게 지하 주차장을 빠져나갔다.

"걱정 마세요. 장롱면허 탈출했거든요."

"무슨…… 설마."

"딩동댕! 그동안 운전 연수 받았어요."

신호에 걸려 브레이크를 밟자 정지선 안쪽으로 차가 부드럽게 멈추어 섰다. 사고 직후 성현은 한동안 운전대를 잡지 못했다. 퇴원 선물이라며 정훈이 차 한 대를 뽑아 주었으나 한참이 지나서야 겨우 운전대를 잡는 데 성공했다.

운전은 다시 할 수 있었지만 가끔 저도 모르게 브레이크를 밟는 일이 잦았었다. 경력이 상당한데도 몰려드는 피로감과 트라우마로 인해 힘들었었다. 사실 오늘도 피곤해서 지수만 아니었다면 택시를 이용했을지도 몰랐다.

"지수, 너."

그동안 지수가 배운다는 게 운전 연수일 거라고 짐작조차 하지 못했다. 정신없다는 핑계로 깊게 생각하지 못한 탓도 있었다.

"어때요, 내 운전 실력? 이 정도면 손색없죠?"

겁 없이 제 마음속으로 당당히 걸어 들어온 것도 모자라 이젠 주체할 수 없는 감동까지 선사하는 그녀로 인해 성현의 가슴이 뭉클해졌다.

"할 말을 잃을 정도로 감동받았어요?"

도저히 사랑할 수밖에 없게 만드는 윤지수였다. 자신이 지금까지 한 일들 중 그녀를 사랑한 일이 제일 잘한 거라고 자신할 수 있었다.

"정말 너……."

다시 한번 신호 대기에 걸리자 성현은 지수의 뒤통수를 끌어당겨 그대로 입 맞추었다. 터져 나오는 이 감정을 말로 설명할 방법 같은 건 애당초 알지 못했다.

현관에 들어서자마자 기다렸다는 듯 지수를 벽에 밀치듯 세워 두고 사정없이 입을 맞추었다. 사실 집으로 오는 동안, 심지어 엘리베이터를 타고 올라오는 순간조차 성현은 밀려드는 욕구를 참느라 혼났다. 그녀가 사랑스러운 건 이미 뼛속까지 아는 사실이었지만, 오늘처럼 예기치 못한 감동이 일었을 때 그가 아는 한 그걸 표현할 방법은 하나뿐이었다.

❋   ❋   ❋

"좋은 아침입니다."

시원한 목소리로 성현이 인사하며 사무실에 들어섰다. 함께 출근한 지수도 사람들에게 인사하곤 자리로 향했다.

"새신랑 얼굴이 나날이 좋아지네?"

"괜히 새신랑이겠어?"

지수를 놀리는 수연의 옆구리를 찌르며 최 대리가 한수 거

들었다. 별말도 안 했는데 괜히 찔려 지수의 얼굴이 붉어졌다. 상견례만 마쳤을 뿐인데 두 사람의 입에서 자연스럽게 나오는 새신랑이란 호칭이 어색해서 그녀는 어쩔 줄 몰라 했다.

"저번에 상견례 했다고 했지?"

"네."

"팀장님 할아버지는 어떤 분이셔? 팀장님과 비슷한가?"

눈을 빛내며 호기심을 내비치는 수연을 향해 지수가 소리 없이 웃었다.

"판박이에요. 재밌는 건, 서로 그걸 모른다는 거예요."

"정말?"

할아버지와 손주 사이니 닮은 건 당연한데 그렇게 말하면 정작 당사자들은 매우 불쾌해했다. 특히 정훈은 '이 녀석이 내 반의반만 닮았어도 이리 뻣뻣하진 않았을 거다' 라고 하며 혀를 끌끌 찼고, 성현은 한수 더 떠 '할아버지 닮았으면 고약하다는 말 들었을 거야' 라며 고개를 내저었다. 정작 그런 면이 얼마나 닮아 있는지 당사자들은 모르는 모양이었다.

"그런데 프러포즈는 누가 했어?"

"그거야 당연히 제가 했죠."

혹여나 그가 들을까 봐 목소리까지 낮추며 지수가 말했다. 그러자 다들 예상과 다르게 빗나간 대답을 들은 듯 그녀를 쳐다볼 뿐이었다.

"지수 씨, 보기보다 터프한데."

"제가 좀 그런 면이 없지 않아 있어요."

먼저 결혼하자고 말을 꺼내긴 했지만, 후에 성현에게 정식으로 프러포즈를 받았다. 무척 쑥스러워하며 결혼반지를 케이스에서 꺼내 지수의 손가락에 끼워 주던 모습을 떠올릴 때마다 눈물이 터질 것 같았다.

"결혼 준비하려면 앞으로 정신없겠다. 당분간 우린 신경 쓰지 말고, 결혼 준비에 집중해."

"그래도 종종 노는 데 끼워 주세요. 유부녀라고 따돌리지 마시고요. 그럼 저 서운해요."

지수가 애교 있는 목소리로 말하자 수연이 알았다며 그녀의 어깨를 토닥여 주었다. 올해가 끝나기 전인 막바지 겨울, 지수는 새 신부가 될 예정이었다.

✽　　　✽　　　✽

시간은 순조롭게 흘러 결혼식을 한 달 앞둔 상태였다. 성현은 지방 공장 출장으로 며칠 회사를 비웠다가 오늘 늦게 서울로 돌아올 예정이었다. 앞으로 매일 눈 뜨면 볼 사람인데도 요 며칠 그가 회사에 없으니 쓸쓸하게 느껴졌다. 지수는 매일 밤 그와 주고받은 메시지를 보며 외로움을 달랬다.

퇴근하는 사람들에게 인사하며 지수도 퇴근 준비를 마치

고 사무실에서 나왔다. 이제 막 시작된 초겨울 바람이 미처 여미지 못한 외투 속으로 들이닥쳤다.

"아가."

친근하게 지수를 부르는 목소리의 주인공은 다름 아닌 정훈이었다.

"할아버지, 여긴 어쩐 일이세요?"

한달음에 달려간 지수가 반가운 얼굴로 물었다. 정훈은 친손자인 성현보다 지수를 더 끔찍하게 예뻐했다.

"지나가는 길에 들렀다. 혹시 시간 괜찮으면 같이 저녁이나 함께하지 않으련?"

"그럼 제가 맛있는 거 사 드릴 테니까 오늘은 저랑 데이트해요."

"허허, 좋지."

싹싹하고 애교까지 겸비한 지수를 바라보는 정훈의 두 눈엔 사랑이 가득했다. 이런 예쁜 아이가 성현의 짝이라는 사실이 지금도 믿기지 않았다. 냉혈한에 뻣뻣하던 녀석이 이제야 조금 사람 냄새가 나는 것도 다 지수 덕분이란 생각에 정훈은 고맙고 또 고마웠다.

"출발하게나."

정훈의 한마디에 운전기사가 기다렸다는 듯 차를 출발시켰다. 차는 그리 멀지 않은 한식당 앞에서 멈추었다. 두 사람은 식당 안쪽, 따로 분리되어 있는 방으로 향했다. 주인이 들어오자 정훈은 항상 먹던 것으로 준비해 달라고 말했다.

어느새 정갈하고 맛있는 음식이 한 상 가득 차려졌다.

"살이 부쩍 빠졌구나. 어서 먹고 살 좀 쪄야지."

하얀 쌀밥 위에 고기 하나가 올려졌다. 행복한 얼굴로 수저를 한 입에 넣고서 지수도 정훈의 밥 위에 똑같이 고기를 올려 주었다.

"드레스 입으려면 지금으론 턱도 없어요. 할아버지."

"아가, 너도 다이어트를 하려는 게냐?"

"할까요?"

기다렸다는 듯 지수가 냅다 하는 말에 걱정스러운 듯 정훈의 얼굴에 주름이 늘었다.

"지금도 충분히 예쁘다고 성현이가 안 그러냐."

"요즘 너무 바빠서 얼굴 볼 시간도 없어요. 제가 살이 쪘는지, 빠졌는지 관심도 없다니까요."

"그 녀석이 원래 그래. 여자 마음을 너무 모르지."

고개를 저으며 정훈이 그녀를 두둔했다. 자신의 칭얼거림도 순순히 받아 주는 정훈의 모습에 기분이 좋아진 지수가 작게 웃었다.

"농담이에요."

"그럼 다이어트 안 하는 거지?"

확인 사살하는 정훈의 얼굴에 슬쩍 미소가 지어졌다.

"그럼요. 제가 뺄 데가 어디 있어요. 그쵸?"

"그럼, 그럼."

지수의 말에 고개까지 끄덕이며 맞장구친 정훈이 지수의 밥 위에 반찬을 올려 주었다. 수저로 야무지게 밥을 퍼 입으로 가져가는 지수를 흐뭇한 표정으로 바라보았다. 병원에서 봤을 때까지만 해도 비쩍 말라 금방이라도 쓰러질 것 같던 몰골이었다. 세상 다 잃은 얼굴로 굵은 눈물만 뚝뚝 흘리던 모습이 지금도 눈에 선해 마음이 아팠다. 그 생각만 하면 지금도 눈앞이 아찔하고 캄캄했다.

하지만 흐린 날 뒤에는 반드시 해가 비추듯, 이렇게 웃을 수 있는 날이 다시 와서 얼마나 다행인가.

"이렇게 잘 먹으니 얼마나 보기 좋아. 부족하면 더 시키고."

"네."

씩씩하게 대답하는 지수를 향해 그려진 정훈의 흐뭇한 미소가 더욱 짙어졌다.

"아가, 고맙다."

"할아버지."

"우리 성현이 옆에 있어 줘서 내가 얼마나 든든한지 모른다."

성현을 향한 애정이 듬뿍 느껴지는 정훈의 모습에 지수의 눈가가 붉어졌다.

"그런 말씀 마세요. 당연한 일인 걸요."

제 목숨을 구해 준 은인이기 전에 사랑하는 사람이었다. 그의 곁에 있을 수 있음에 지수는 외려 감사했다.

"할아버지도 어서 식사하세요. 저 먹는 것만 보지 마시고요."

정훈의 밥 위에 반찬을 얹어 주자 그가 인자한 미소를 지으며 수저를 들었다.

"그래, 먹자꾸나."

초겨울이 시작된 날씨는 제법 쌀쌀했지만, 마음만큼은 더할 나위 없이 따뜻한 날이었다. 앞으로도 계속 이런 날들만 이어지길 지수는 간절히 바랐다.

전화 연결이 되지 않은 휴대폰을 바라보는 성현의 미간이 좁아졌다. 지방에서 집으로 돌아오자마자 바로 지수에게 전화를 걸었지만, 어쩐 일인지 그녀는 전화를 받지 않았다. 잠깐이라도 좋으니 얼굴을 보려던 계획이 무산될 지경에 이르자 서운한 마음이 들었다. 그녀 역시 자신이 출장에서 돌아오길 손꼽아 기다리는 줄 알았는데, 역시 안달 난 쪽은 자신뿐이었던 걸까.

"하아……."

낮게 한숨을 내쉬던 그가 아직 짐을 풀지 않은 캐리어를 한쪽으로 밀어 둔 채 타이를 느슨하게 풀었다. 타이트한 일정을 소화하느라 제대로 잠도 자지 못했기에 긴장이 풀리자 피곤이 급격히 밀려왔다.

딩동.

왠지 기분이 좋아지는 초인종 소리에 성현이 소파에서 몸을 일으켰다. 방금 전까지 서운한 마음은 온데간데없이 사라지고 속없이 입술이 허물어졌다. 하지만 성현은 표정을 감추고 현관문을 열었다.

"언제 왔어요? 연락도 없이."

"휴대폰 확인해 봐."

퉁명스러운 목소리로 성현이 지수의 가방을 턱으로 가리켰다. 그제야 지수는 아차 싶은 얼굴로 가방에서 엉켜 있는 물건들을 이리저리 뒤적거리더니 휴대폰을 꺼내었다. 세 통의 부재중 전화를 확인한 지수가 눈을 질끈 감았다.

"미안해요. 갑자기 약속이 생겼지 뭐예요."

"나보다 더 중요한 일이야?"

무섭게 토라진 성현의 모습이 왠지 모르게 귀여워서 지수가 입을 가린 채 웃어 버렸다. 어쩐지 보면 볼수록 정훈과 똑같다는 생각을 지울 수 없었다.

"나 계속 여기 서 있어요? 저녁만 먹고 부랴부랴 택시 타고 왔는데."

"누구랑 먹었는데?"

팔짱까지 끼고 선 성현이 추궁하듯 물었다. 자신의 전화를 못 받을 정도로 누구에게 정신 팔려 있었는지가 궁금했고,

안절부절못하는 지수의 모습을 조금 더 보고 싶었다.

"에이, 차까지 마실 걸."

"뭐?"

잘못을 한 쪽이 외려 토라진 상황이 되자 성현은 할 말을 잃어버렸다. 자신의 뜻대로 되지 않자 그가 가차 없이 지수의 팔을 끌어당겨 그녀를 집 안으로 끌었다.

"저녁은요?"

"같이 먹으려고 다섯 시간을 쉬지 않고 운전해 왔더니 먼저 먹은 사람이 누군데?"

마음과 다르게 톡 쏘아붙인 성현이 거실을 가로질러 드레스 룸으로 들어갔다. 따라 들어간 지수가 성현이 벗은 옷을 받아 주었다.

"그래서 누굴 만났는데? 말 안 하지?"

"아주 신사적이시고, 매너도 넘치시는 데다 절 무척 귀여워해 주시는 분이요. 누굴까요?"

"흠."

마음에 안 든다는 표정으로 성현이 지수를 내려다보았다. 이쯤 되면 일부러 이러는 게 분명한데, 도대체 그녀가 말하는 사람이 누군지 감이 잡히질 않았다.

"할아버지한테까지 질투할 거예요?"

굳어 있던 그의 얼굴이 단번에 풀어졌다. 하지만 자신에게 미리 말하지 않고 걱정을 시킨 것에 대해서는 여전히 서운함이 남아 있었다.

"연락도 없이 회사 앞으로 오셨더라고요. 그래서 같이 저녁 먹고 오는 길이에요. 차 마시고 가려고 했더니, 성현 씨랑 같이 마시라고 오피스텔까지 데려다주셨어요."

"그럼 말을 했어야지."

"미안. 성현 씨가 질투하는 게 너무 보고 싶어서요."

"날 놀리는 데 재미 들린 건 아니고?"

허리를 숙인 성현이 지수의 뺨을 가볍게 잡아 당겼다.

"씻고 와요. 저녁 차려 줄게요."

성현의 입술에 촉, 하고 입 맞춘 지수가 드레스 룸을 나갔다. 그 모습을 행복에 겨운 표정으로 바라보던 그가 가슴에 손을 가만히 가져다 댔다. 자꾸 떨리고, 설렌다. 윤지수라는 여자에게, 자신의 아내가 될 여자에게.

늦은 저녁을 하고 두 사람이 나란히 소파에 앉았다. 성현이 지수의 무릎을 베고 누워 그녀를 한참 바라봤다.

"이제 한 달 남았어. 기분 어때?"

"아직 잘 모르겠어요. 일주일 전쯤이면 좀 떨릴까요?"

길게 내려온 머리를 귀 뒤로 넘기는 지수의 표정은 담담했다. 결혼 전 대부분의 여자들이 예민해진다던데 그녀에겐 그런 일이 일어나지 않을 것 같아 성현은 내심 안도했다.

"성현 씨는요?"

"난 시간이 빨리 갔으면 좋겠어. 한 달을 건너뛰어서 내일 당장 윤지수가 온전히 내 아내가 되었으면 해."

그윽한 눈길로 지수를 바라보던 성현이 지수의 뺨을 감쌌다.

"그러다 나한테 실망하면 어쩌죠?"

"별 걱정을 다해."

"싫어지면 어쩌고요?"

"행복할 생각만 해도 모자랄 시간이야."

그의 한마디에 불안감이 가신 듯 한결 편안해진 얼굴로 지수가 성현을 내려다봤다. 그 모습이 미치도록 사랑스러워 성현은 그녀의 뒤통수를 제 쪽으로 끌어당겼다. 윗입술과 아랫입술이 겹쳐졌다.

"사랑한다, 지수야."

입술이 떨어지던 찰나, 성현이 고백했다. 슬그머니 미소 짓는 지수의 입술을 그가 다시금 머금었다. 다시 시작된 키스는 어느 누구도 먼저 끝낼 생각이 없어 보였다. 간간이 흘러나오는 행복한 웃음소리와 함께 오랫동안 키스가 이어졌다.

앞으로 한 달.

한 여자의 남편이 되고, 한 남자의 아내가 되기까지 남은 시간.

"나도 사랑해요. 말 안 해도 알겠지만."

413

지수가 살며시 입술을 떼어 내 수줍게 고백했다. 오롯이 서로에게 집중된 순간, 뜨겁게 달아오른 몸이 이번엔 키스로 끝나지 않을 것을 예고했다.

—fin

작가 후기

즐겁게 연재하던 글이 세상 밖으로 나오게 되어 기쁩니다. 연재할 때만 해도 추운 겨울이었는데, 무더운 여름에 책으로 인사드리게 되었네요. 후련한 반면, 섭섭하기도 합니다.

먼저, 부족한 글임에도 연재를 마칠 때까지 사랑해 주신 독자 분들께 감사 인사드립니다. 그리고 꼼꼼하게 제 글을 봐 주신 봄 미디어 출판사 편집자 관계자 분들 너무 감사합니다. 처음 함께하는 작업인데도 리뷰를 잘해 주셔서 나름 즐겁게 할 수 있었던 것 같습니다.

또 고마운 분들이 있습니다. 무연 작가님, 꽃신 작가님, 집

사 겸 작가인 비향 작가님과 루연 작가님. 언제나 고맙고 감사합니다.

저는 조만간 새로운 글로 인사드리도록 하겠습니다.
무더운 여름, 몸보신 잘 하시고 늘 건강하세요.

—고여운 올림.